夢溪

山深知客杳
坐久觉花香

七十述学

刘梦溪——著

生活·讀書·新知 三联书店　生活書店 出版有限公司

图书在版编目（CIP）数据

七十述学 / 刘梦溪著 .—北京 : 生活书店出版
有限公司 , 2018.9
ISBN 978-7-80768-234-9

Ⅰ . ①七… Ⅱ . ①刘… Ⅲ . ①随笔—作品集—中国—
当代 Ⅳ . ① I267.1

中国版本图书馆 CIP 数据核字 (2018) 第 040175 号

责任编辑 廉 勇
装帧设计 罗 洪
责任印制 常宁强
出版发行 生活書店出版有限公司
（北京市东城区美术馆东街22号）
邮 编 100010
印 刷 北京顶佳世纪印刷有限公司
版 次 2018年9月北京第1版
2018年9月北京第1次印刷
开 本 880毫米 × 1230毫米 1/32 印张14.25
字 数 240千字 图35幅
印 数 0,001—8,000册
定 价 58.00 元
（印装查询：010-64052612；邮购查询：010-84010542）

刘梦溪

文史学者，中国艺术研究院终身研究员、中央文史研究馆馆员。研究方向为思想文化史、明清文学思潮和近现代学术思想。

主要著作有《传统的误读》（1996）、《学术思想与人物》（2004）、《红楼梦与百年中国》（2005；韩文版，2016）、《中国现代学术要略》（2008）、《中国文化的狂者精神》（2012；韩文版，2015）、《陈宝箴和湖南新政》（2012）、《陈寅恪的学说》（2014）、《当代中国之传统与现代的变奏》（新加坡青年书局，2014）、《马一浮与国学》（2015）、《将无同：现代学术与文化展望》（2015）、《红楼梦的儿女真情》（2016）、《学术与传统》（上中下三卷，2017）等。

作者在杭州蒋庄马一浮纪念馆前

假如生活欺骗了你，
不要悲伤，不要心急！
阴郁的日子须要镇静。
相信吧，那愉快的日子即将来临。

心永远憧憬着未来，
现在却常是阴沉：
一切都是瞬息，一切都会过去，
而那过去了的，就会变成亲切的怀恋。

作者中学时手抄的普希金诗

目

录

附录篇

第一章

发　蒙

我是农家子，二十世纪四十年代开始的那个年份，即公历一九四一年一月，出生在吾国北方一个名不见图籍的小村庄。村子很小，只有十几户人家。没有特别的富人，也没有特别的穷人。户与户不是比邻而居，而是各营一地，自成院宅。我家在村子的东南，与各家拉开一二百米的距离。屋后是菜地，菜地周围有树木，几棵樱桃树和几棵李子树，记忆最深。

菜地后面是一条路，可以行车。路北有小溪，向东流入一个渐行渐宽的沟壑，俗称北沟。北沟水流两边长满野草和灌木，间错着柳树、榆树、杨树。最宽阔的一处沟南缓坡地带，有一片占地几亩的杨树林。杨树很大很高，每到春天，树间草丛缀满红的、白的、紫色的小花。很多好看的鸟也不知何处飞来而赶春了。路边则是一丛丛的马莲，像韭菜，开紫色的花。间以车前子，开白色的花。这是我儿时最难忘的乡间景象。

北沟向东再弯转向北，二三里许，与北河相交。北河是一条不小的河，一年四季水流不断。不像北沟，只有夏天才露出真容。北河有非常开阔的河谷地，疯长着茂密的柳条树。柳条树是柳树的一种，丛生，永远长不成大树，一枝一枝的细柳条，可以长到八尺或一丈多高。柳条春天开花，结出茸茸的树狗狗，小孩子们最喜欢了。大人则用来编织各种或实用或装饰的器具。我哥哥的编工很好，每年编的箩筐很有一些收入呢。北河和北沟之间，是大片的农田，土质肥沃，为另外几户所有。我家土地在房宅的东面和南面，收成也有保证。

再往南，又是一条东西向的小路，小路南面，是很有些传说的两端不见边际的长壕，当地人称老壕，据说古代什么时候，为打仗设立烽火台而修筑的。壕上长满荆棘野草，有路但不宜行走。小时候，除了北沟、北河，我喜欢玩的，就是这老壕了。曾经试着往东往西走过，但不敢走太远。老壕西面三四里，壕南有大台，台上寺庙叫大台寺，远近闻名的香火胜地。

我出生的那日，按干支是庚辰年的岁尾，因此属龙。相书上说，庚辰龙为恕龙，也许我的心性与此不无关联罢。生我的时候，母亲四十五岁，我是家中最小的一个孩子，哥哥姐姐比我要大出十四五岁。父母籍山东黄县（今改龙口市），二十年代迁来此地。母亲系续弦，前面的大哥，所生长子只比我小一岁。老壕南面五里许，是亮中河，那是一条水流汹涌的大河，大哥的家住河南面，村名叫南河沿。亮中河东南七里，就是我所在县的县城了。

父亲身在农家，却很少事稼穑，兴趣主要在讲书和写字上。他书法不错，举凡春联、礼账、契约等本村和邻村的文案，大都出自他的手笔。他还懂得一点儿道教的符箓，遇到我发烧，他会写一纸“聚魂单”，在白酒里烧化，母亲边抛洒，边呼唤我的小名，而且叫我答应。究竟有没有效，我已经不记得。只记得小时候经常发烧。

我父亲的二叔父，是一位行医先生，我叫他二爷。一副古旧眼镜，手提带铜活的小皮箱，留着几绺白胡须，很有些仙风道骨的样子。每当他飘然来到我家时，大家最有兴趣的是听他讲《聊斋》。他讲得活灵活现，而且都是夜晚上灯之后，一讲就是半夜。我越听越害怕，越害怕越想听。结果多少天之后，我一个人不敢走过我家的堂屋。我的爱发烧，如今想来很可能与听二爷讲《聊斋》而受惊吓有关。二爷也教我念《千家诗》，条件是早晨的童子玉液须送他清饮。他还跟我说过，如果手拿两只棒槌，一跃可以跳上房顶。但直到他过世，也没见他试过，这是他留给儿时的我的一个好大的悬念。母亲说他的话不一定靠谱，但我小时候真的很喜欢这位神仙二爷，每次他来，都给全家带来欢笑。

二爷讲《聊斋》，我父亲一般不在场。父亲熟读《三国》，但他喜欢讲的是《隋唐演义》以及《七侠五义》《大五义》《小五义》《大八义》《小八义》等侠义小说。每当腊月来临，年关前后，全村很多人都来我家听他讲书。有时他也哼唱鼓词，一种很平很快的说书调。我哥哥姐姐也会，他们也都识字。我父亲监管很严的一个铁皮箱里，有很多这方面的书，至少他讲的几种书，还有《石头记》《水浒传》《西游记》《花木兰征北》《粉妆楼》《玉娇梨》什么的，我是看到过的。《诗经》《论语》《孟子》《史记》《左传》也有，那是在箱子旁边堆放的几摞书里。如果碰巧父亲不在，箱子又没上锁，我的好机会就来了。可以随意在箱子里翻看，只要一页认识几个、十几个字，就看得很来劲。历史演义和武侠小说对我的影响，可说是沦肌浃髓。我的学认字，也跟乱翻这些书有关。而书箱外面的书，我看的兴趣不大。

父亲认真教过我的，是《三字经》《百家姓》《千字文》等蒙学读物。他口授，我一句一句跟着念。后来《三》和《百》皆能背诵，《千》由于不喜欢开头两句的“天地玄黄，宇宙洪荒”，没有背。这种口授的方法，常因谐音闹笑话。譬如《百家姓》的“俞任袁柳，酆鲍史唐”，我会悄悄理解为“风包屎汤”，然后自己窃笑。《神童诗》我也很喜欢。“天子重英豪，文章教尔曹；万般皆下品，唯有读书高”“朝为田舍郎，暮登天子堂；将相本无种，男儿当自强”，这些朗朗上口念起来特别响亮的话，让我模模糊糊地知道，世间唯有读书最好了。“书中自有颜如玉，书中自有黄金屋”，也听大人念过。问父亲两句的意思，他不答。母亲说，书念好了，长大娶好看的媳妇。

我十岁以前，就是在这样的家庭环境里生长的。听二爷讲《聊斋》，听父亲讲侠义，背“三百千”，自己乱翻书。如此“家学”，也就思过半了。很少和小朋友玩，倒是喜欢跟姐姐、嫂嫂在一起，听她们说笑，她们都很疼怜我。大哥和三哥会木工手艺，他们那些工具，令我迷恋不已。至今我的喜欢各种工具，潜源实在此。母亲的善良，远近无人不晓。不知有多少妇女儿童，得到过她的帮助。父亲说她是吃一百个豆不嫌腥的人。我到三四岁，还吃母亲的奶。好像是她走到哪里，我都想跟到哪里。我的恋母情结，可想而知。她吓唬我的名言是：“我今儿不打你，明儿不打你，后儿指不定打你不打你。”姐姐出嫁到县城，她常去探望，有时一次住上好多天。父亲也常有事在外面。每当黄昏降临，我一个人跪在窗前，无声而泣地盼念母亲，也是儿时真切的记忆。特别当嫂嫂走过来劝慰，说别哭了，妈妈很快就回来，我会更加难过。

我的这位嫂嫂，是二哥的妻子，年龄比二哥小很多，长得俊俏，对我的照拂无微不至。一九九二年，清华大学召开纪念赵元任学术座谈会，一个女生演唱赵元任作曲、刘大白作词的《卖布谣》，其中有几句歌词是：“嫂嫂织布，哥哥卖布。卖布买米，有饭落肚。……小弟弟裤破，没布补裤。嫂嫂织布，哥哥卖布。”听得我竟流下泪来。后来，一天夜里忽入一梦：嫂嫂笑盈盈向我走来，两颊红润，年轻而美。第二天打电话给哥哥，他说你嫂子昨天没了。去年春节，姐姐的女儿一家路过北京，与我见面，同来的有二哥的一个孙女，我对她格外顾惜，希望尽量有帮助于她。我大嫂三嫂对我也很好。母亲常说：“老嫂倍母。”也许我的恋母情结也转移给了嫂嫂一部分吧。

十岁前我没正式上过学。邻村一位乡先生，是父亲的老友，他办的一个只有五六个学生的私塾，我断断续续念过。《三字经》外，多了《论语》《孟子》和《诗经》。《诗经》我喜欢，《论语》也有好感，唯不喜欢《孟子》。致使为人师后一个时期给研究生开书目，常常有《论语》而没有《孟子》。儿时的影响可真是根深蒂固呵！直到自己研究《孟子》，才知道亚圣之学渊深无涯。

第二章

进　学

一九五〇年春节过后，我上了小学，时代背景转换后的新型小学。

由于有前此那许多杂学旁搜的基础，学习非常轻松。轻松的结果，增加了顽皮淘气。给同学起名号，给自己改名字，来源都是侠义小说。喜欢乐器，喜欢画画。画没画好，乐器小成气候。村里一个叫德成的在外地上班的蒋姓青年，比我大十有余岁，一回来就找我一起拉二胡。他还会吹横笛。儿时很少跟小朋友玩，现在跟大朋友玩很高兴。幸好老师还没有嫌弃，一有全区观摩教学之类，总装扮我出场应对。语文好，算术也不错。写字比赛得过全区第一名。但平时考试，总考不过班上一个女生。

我念的是五年一贯制小学。一九五五年，考上了县城中学的初中部。小学两个班，只考上我一个。我不解，当时升中学何以那么难？小学和初中，我的读书癖好有增无减，只是范围一度由“旧学”变成了“新学”。第一本新书是《钢铁是怎样炼成的》，这缘于班主任的一次家访，看到我桌子上的《花木兰征北》，他在扉页上写道：“此书有毒啊，此书不可看啊！你喜欢看书，我可以借给你。”第二天上课，他如约拿来了奥斯特洛夫斯基的这部书。很快看完，再向他借《牛虻》，也看完了。再借，他没有了。过了好久，又拿来《卓娅和舒拉的故事》，还有《丘克和盖克》。当时是五十年代初期，苏联热，苏联文学也热。

初中的兴趣为之一变，开始喜欢诗词古文，一首一首地念，一篇一篇地背。《唐诗三百首》《古文观止》，大部分都能背诵。词喜欢李后主、李清照、苏东坡、辛弃疾，凡念过的，也多能背诵。高中大学，我也有背书的习惯。七十年代初，受困于五七干校，《毛选》之外，不准读其他书。于是偷偷地回忆从小到大能够记诵的诗词古文，背一首写一首，竟得厚厚两大册。结果发现，越是年龄小背诵的，越不容易忘记。儿时背诵的，得其八九，小学中学得其五六，大学仅得其二三而已。后来工作，同事友人不乏赞我记忆好者，其实颇得益于青少年时期的背书习惯。

初中不像小学那样轻松了。数学还好，物理、化学留下一堆笑柄。只有语文继续带来荣誉，作文常作范文宣读，还能写一点儿文言。但几何意外地好，曾连续担任几何课的课代表。对古典诗文的特殊爱好，增加了性格的羞涩，讨女孩子喜欢，自信力并没有特别突显。体育不错，篮球、手球、跳高、跳远、投掷，均有佳绩，有的得过奖项。尤其擅长三角倒立，但双杠、单杠、引体向上、俯卧撑是我的弱项。好像还一度当上了班长。住在姐姐家，母亲常来看我。

平静的初中，十五至十七岁，有一点儿近似古典诗意的少年生活。

一九五八年，我被保送升入县城第一高中，那是一所非常有名的学校，考入北大清华者，每年不乏其人。高中文理分科，我念文科班，又驾轻就熟了。而且不知从哪里涌来那么多好老师。文学老师王平，吉林大学古典文学权威杨公骥的高足，一九五七年在大学教书差点成为右派，下放到我们高中了。他视我如兄弟，三年时间，辅导我完成大学中文系的许多课程。历史老师刘远图，湖南人，超高的个子，“白专”得没地方去，来到此地。生物老师谢问秋，广东人，弹一手优雅漂亮的三弦，估计也有来历。省城大学的校花蔡淑香，上海人，因美貌出众，没人敢要，也来教文学了。图书馆的女管理员尤其不同寻常，她叫李曼立，江浙口音，风度端庄雅饬得令人生敬。北师大右派学生，送到北方为我们管理图书了。图书馆借书看书，是我的常课，因此很快与她熟惯起来。她发现我有一点儿什么特殊，便说：“你不知道特殊对一个人有多大危害。”可惜当时听不懂她的弦外之音。

开始喜欢历史，喜欢哲学，喜欢思理，论说文成为所好。王平老师指导，办起一个大型文学刊物《朝霞》，写言论，发作品，每月一期，我一人所为。后来同一年级但不在同一班的好友任惜时加入，轮流主编。《朝霞》影响所及，老师同学啧有赞声。所谓中学已“小有名气”云云，可能是因了这个缘故。

但一九五八年冬天至一九五九年春天，我迎来了人生的第一个低谷。

共和国的“大跃进”开始了。学校不再以教学和学习为主，而是师生一起下乡劳动，名曰教育和生产劳动相结合。为了“超英赶美”，全民炼钢铁，深翻地。据说土地深翻可以高产，目标是“亩产万斤”。集体住在村子里，每天早起晚归，一排一排地挖深沟，挖到一米到一米五，还不停歇。炼钢需要焦炭，分配给我的活儿，是采石搬煤，守候炼焦炉。我个头儿大，力气不大。在如此重体力面前，天生我材以来的“学习好”优势，已经不再。平时透出的那点儿聪灵气儿，一变而为疲弱不堪的“落伍者”形貌。特别是“又红又专”口号的提出，我感到了些许压力。不待别人加评，自己也知道所欠缺在哪一方面。但又不服气，心想，那要看如何解释“红”。单纯把“红”等同于政治，自当别论；如果“红”也指操守品德，应该同样是我的优势。

压力是自信力产生的源泉，我的“清高自傲”的舆评，自那以后就不时与我相伴了。

一九五八年暑期结束前，回了一次乡下老家。已经公社化了，全村大锅饭。哥哥叫我去食堂吃饭，我无论如何吃不下去。让我惊异的是，北沟和北河那些草、那些花，那些树、那些柳条、那片杨树林，已经荡然无存。她们都到哪里去了？我儿时的乡村哪里去了？

公共食堂终于散伙。办学方针也接到上面指示，说学校还是以教学为中心，学生的首要任务是学好知识，一切又回归原点。但我的内心世界却生出微妙变化。重新捡起乐器，二胡外，还学会了小提琴。学校乐队演出，偶然我会出场。酷嗜刘天华的《良宵》《病中吟》，还有瞎子阿炳的《二泉映月》。感到共鸣的歌曲，是《花儿与少年》。衣着喜欢整洁，自己还设计了一款与众不同的上装。在缝纫厂工作的姐姐略表迟疑，她的女同事毅然帮我做成，穿到学校，引起女生一片议论并遭围观。

更主要的是高中一年级暑期开始，我沉醉到欧洲十四至十九世纪文学的海洋里了。

但丁、雪莱、拜伦、歌德、普希金、莱蒙托夫的诗，契诃夫、屠格涅夫、托尔斯泰、塞万提斯、巴尔扎克、雨果、莫泊桑、司汤达、罗曼·罗兰的小说，一本接一本地读，真的到了废寝忘食、如醉如痴的地步。特别是罗曼·罗兰的《约翰·克利斯朵夫》，傅雷翻译的有点发黄的小四卷本，震撼了我的情感和心灵。情感那样充沛，文辞那样优美，故事那样婉曲，实为我国旧小说所不备。“江声浩荡，……岁月流逝……人生的大河中开始浮起回忆的岛屿。先是一些若有若无的小岛，仅仅在水面上探出头来的岩石。在它们周围，波平浪静，一片汪洋的水在晨光熹微中展布开去，随后又是些新的小岛在阳光中闪耀。”第一部开头的这些句子，至今能够背得。诗好普希金，他的长诗《叶甫盖尼·奥涅金》，达吉雅娜写给奥涅金的信，我一字一句地抄在笔记本上。炽热的爱情，慌乱的举动，忧郁的心灵自白。普希金的小说我也喜欢，《村姑小姐》《驿站长》，有一种温情的清雅。他的短诗，“假如生活欺骗了你，不要悲伤，不要心急！阴郁的日子须要镇静。相信吧，那愉快的日子即将来临”，伴随我整个青春。

我读的普希金，是查良铮翻译的。《奥涅金》中达吉雅娜说的“一架子书和一所荒凉的花园”，成了我人生的憧憬，也是一种悬浮空中的美丽人生意象。其实我还特别喜好塞万提

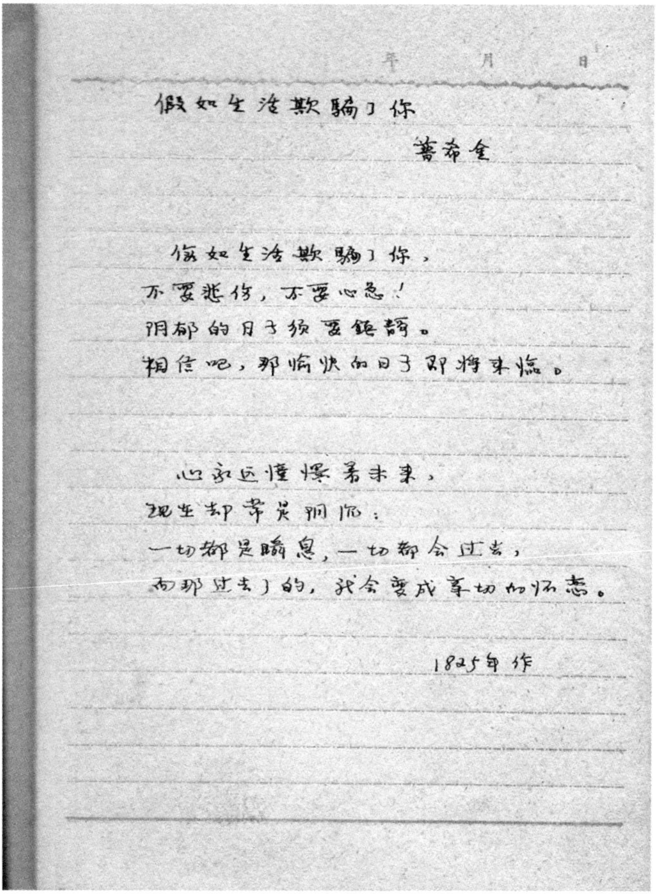
年 月 日

假如生活欺骗了你

普希金

假如生活欺骗了你，
不要悲伤，不要心急！
阴郁的日子须要镇静。
相信吧，那愉快的日子即将来临。

心永远憧憬着未来，
现在却常是阴沉：
一切都是瞬息，一切都会过去，
而那过去了的，就会变成亲切的怀恋。

1825年作

中学时手抄的普希金诗《假如生活欺骗了你》

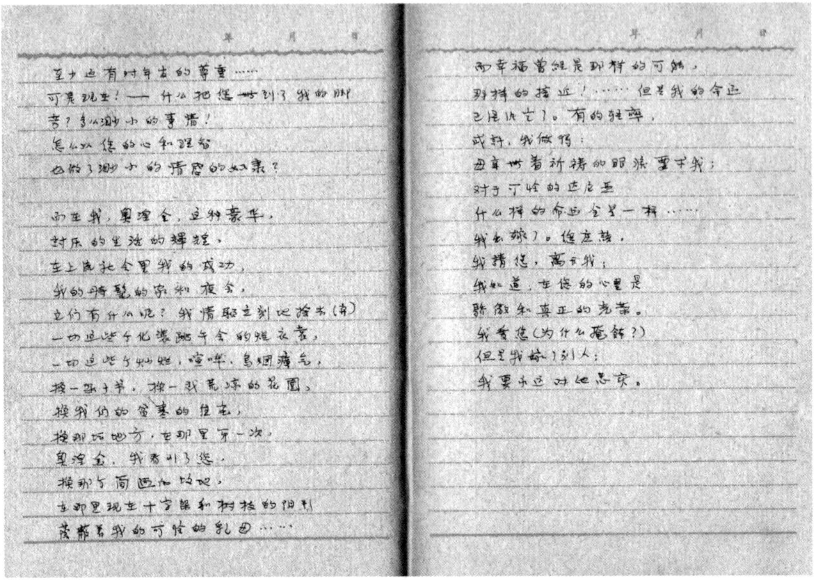

至少也有对年长的尊重……
可是现在！——什么把您带到了我的脚
前？多么渺小的事情！
怎么以您的心和理智
也做了渺小的情感的奴隶？

而在我，奥涅金，这种豪华，
讨厌的生活的辉煌，
在上流社会里我的成功，
我的时髦的家和夜会，
它们有什么呢？我情愿立刻把抛去(弃)
一切这些个化装跳舞会的褴褛衣裳，
一切这些个灿烂，喧哗，乌烟瘴气，
换一架书，换一个荒凉的花园，
换我们的贫寒的住宅，
换那些地方，在那里第一次，
奥涅金，我看到了您，
换那个简陋的坟地，
在那里现在十字架和树枝的阴影
覆盖着我的可怜的乳母……

而幸福曾经是那样的可能，
那样的接近！……但是我的命运
已经决定了。有的轻率，
或许，我做的：
母亲带着祈祷的眼泪要求我；
对于可怜的达吉雅娜
什么样的命运全是一样……
我出嫁了。您应该，
我请您，离开我；
我知道，在您的心里是
骄傲和真正的荣誉。
我爱您（为什么掩饰？）
但是我嫁了别人；
我要永远对他忠实。

中学时手抄的普希金《叶甫盖尼·奥涅金》中“达吉雅娜写给奥涅金的信”

读普希金，喜欢描画竖琴

斯的《堂吉诃德》，多次阅读，爱不释手。在这位拉曼却骑士对骑士小说的沉迷中，我看到了自己的影子。后来我写《红楼梦》和《堂吉诃德》卷首比较研究，即得自高中的阅读经验。我喜欢骑士，如同喜欢侠义小说里的英雄。

高中住校，大家一起在学生食堂用餐，总是说话声和碗筷声响作一片。但不知何时开始，食堂越来越悄没声息了。馒头变成面汤，米饭做成稀稀的粥，一人只分一碗。没有蔬菜，只有少量咸菜。深翻地有力气的同学吃不消了，有的退了学。国家三年困难时期来临。

我还好，可以在姐姐家小有补充。一次母亲在姐姐家为我做饭，米饭汤菜外，又烙了两张油很多的饼。姐姐在里间说了什么话，母亲出来，脸上有泪痕。我没吃完，就离开了。此后长时间没去姐姐家。其实是我没有体谅姐姐的难处，母亲的泪，应该是既为我也为姐姐流的。

我感到了饥饿，浑身没有力气。一次从书店回学校，走过小学门口，走不动了，不由自主地躺在那里，直到有同学把我背回。

每学年仍然要下乡劳动两三周，一次劳动结束，我顺路回到乡下家里。父亲在井边，看一个人远远走近，竟没认出来。三周劳动，又累又饿，人已走形。嫂嫂从瓷罐倒出家中仅存的二斤白米，焖了一锅饭，又炒了两只鸡蛋，我全部吃光。父亲在一旁看着，很少见他有如此柔和的目光。

暑期，尝往在吉林市化工厂工作的三哥家小住，刚下火车，他就带我去一家饭店用餐。一大碗米饭，一只炸鸡，一碗汤。请哥哥一起用，他说用过了。直看我吃完，才带我回家。

这位我从小喜欢跟在他后面的小哥，从我念高中住校，到大学五年，每月都寄十块钱给我作生活费，前后八年，不曾中断，三嫂对此向无异词。

我读普希金，读托尔斯泰，一部分就是在哥哥这座城市的江边读的。“假如生活欺骗了你，不要悲伤，不要心急！”如果当时谁看见江边有一个青年人，一边来回走着，一边念念有词，那个人就是我，当时十八岁。三哥今年八十四岁了，身体还好，去年还能踢毽子，他信奉佛教。

第三章

大　学

一九六一年初秋，终于结束了漫长的中学生活，步入大学。

高考只填写两个志愿，第一人大，第二北大，都是中文系。人大放在前面，是王平老师的主意，他希望我能在文学理论方面有所发展。得知结果时，我和母亲正在吉林哥哥家。王平老师发来电报："贺中中国人大。"九月五日开学，我提前三天到达。当时的北京不像现在，帝王之都的文化氛围，依稀可辨。人大语言文学系、历史档案系和新闻系，当时在铁狮子胡同一号，就是张自忠路。近代的西式建筑，钟楼是孙中山一九二五年逝世的地方，鲁迅《记念刘和珍君》写的

“三一八惨案”，就发生在校门口。

没有感到特别喜欢这所大学，主要是授课教师不如想象的精彩。没有杨公骥，没有朱光潜，没有王瑶，没有范文澜。文学理论课，中学学习过了，进京行箧中就有毕达可夫的《文艺学引论》。我心灵深处，还是喜欢北大。但开学典礼主席台上的那些教授，要么白发，要么秃顶，个个器宇轩昂，气象不凡。吴玉章校长讲话引用孟子：“故天将降大任于斯人也，必先苦其心志，劳其筋骨，饿其体肤，空乏其身，行拂乱其所为，所以动心忍性，曾益其所不能。”使我生出超然的想望。

不久吴玉章校长来铁一号视察了，而且走进我正在上课的教室，坐在最后一排静听。现代文学课，讲者是一名青年教师，紧张得汗如雨下，语无伦次。校长离开了，他还不能恢复常态。后来这位教师不再担任大学教职。

当时三年困难已进入尾声，毛泽东退居二线，刘少奇主政，“调整、巩固、充实、提高”成为治国方针。我们听了周总理和陈毅副总理在文艺座谈会和知识分子座谈会上讲话的传达。闻所未闻，激动不已。陈毅提出，要向被错误整治过的知识分子行“脱帽礼”。他说“红专”“红专”，基础是专。开飞机一下开到美国去，当然不好，但首先得会开飞机，能够飞上天。

老师们都对我极好，一位担任辅导员的文学理论教师，暑假在北戴河疗养，还写一信给我，说我和他见过的所有学生都不一样。还未等积累出像样的实际证据，语言文学系的老师就轻传轻信地认为我学习好了。

我的喜欢书、爱读书，所传自然不虚。来京上学就带来五六箱书，系里专门为我配备一个书架，这在大学一年级，可谓绝无仅有。只想看书，不想睡觉。奇怪的是，我真不需要睡很多觉，精力照样充沛。班里一个和我要好的同学，说我有“骡子的特点”，吃得少，能干活。骡子是否有此种特征，我不知道，但他分明这样说过，不会有误。他还悄悄告诉我，晚上大家都睡下以后，我一个人继续看书，影响不好。为此系秘书也跟我谈过。此后图书馆成了我的家。图书馆的缺点是晚上关门过早，仍不能满足我的需求。

第一个寒假看望了父母，以后连续六个假期没有回去，都在图书馆里度过。后来，《人大周报》副刊的编辑王先生，为我借来团委办公室的钥匙，白天工作人员照常办公，晚上尽可以让我用功。说来难以置信，一次为赶写文章，竟连续三夜不曾合眼，仍不觉疲倦。

不止图书馆，北京的书店也是绝好的去处。人大城内三系毗邻十条，往南走一站半地，是隆福寺，“修绠堂”中国书店就藏身那里。每天下午我几乎都去，书架上的书，可以拿在手里读，不买没关系。时间久了，管理书店的先生注意到我，彼此交谈了几句读书做学问的事，然后他送给我一张“中国书店购书卡”，名片大小，牛皮纸质，上面有编号，有椭圆图章，几年前我还保留着。由“修绠堂”，我知道了灯市东口、东安市场和琉璃厂的中国书店。我在书店看书，总是从上而下、从左至右，一行一行、一个书架一个书架地看，直到全部看完为止。至今还是这个习惯。

七十年代末，“文革”乱局结束，我去琉璃厂中国书店看书，仍然从左至右一一看起。看完抬头，见一位头发半白的先生定定地看着我。他说：“是刘先生？”我略作回忆：“是马先生？”原来是“文革”前认识的马春怀先生，中国书店的古籍专家。我诧异怎么还能认出来。他说：“只有你这样看书，看你一会儿了。”时隔十五年，中经劫火，世事沧桑，看书的习惯居然未改，自己不免顿生感慨。马先生前两年已经作古，我的宣统元年刻本、上海商务版《散原精舍诗》，还是他代我觅得并为之题签的呢。

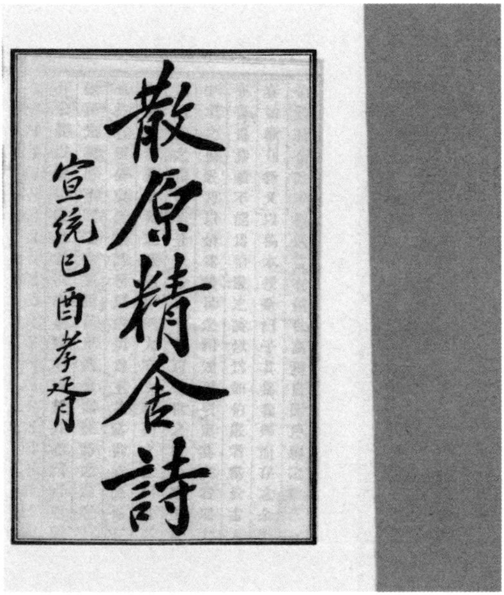

《散原精舍诗》书影

逛书店的好处，人所能知，无须赘言，“坏处”是一旦遇到好书或自己需要的书，又因囊中羞涩不能购买，难免遗憾无穷。由于此一原因，大学第二个学年的冬季，我竟将身穿的一件棉衣卖掉买书了。当时新闻系的一位高才女生，正在和我们的辅导员谈恋爱，因此与我也熟识。她见我穿得单薄，从挎包里拿出一件黑底小碎花的薄棉衣，说如不嫌弃，可以穿在里面。虽没有接受，但心存感激。教古典文学的女老师，就是毛晚年代读诗词的芦狄老师，也曾拿毛衣给我，我也婉拒了，但心中的感念，默然自知。

马春怀先生题签

一九六二年，大学的风气完全恢复到大学的自性。教师教学科研第一，学生读书学习第一。一九五七年反右派、一九五九年“反右倾”、一九六〇年“反修教学检”等系列运动整治过的业务好的教师，重新回到教学岗位。报刊的学术味浓了，冯其庸、戴逸等人大名师的名字，时常见诸报端。季羡林先生写的《春满燕园》，就发表在这一年的五月十一日。春不仅到了燕园，也到了所有学问园地。我个人感受尤深。图书馆借给学生图书，一次每人只能借五本，我经特许，每次可以借二十五本，和教师同一待遇。寒暑假借书，对我不限数量，预先开好书目，一百多册精选图书分批运回宿舍，再没有比这更让人兴奋了。一次在院中早读，广播中传来刘少奇接见科技工作者的讲话，其中一句说：“你们干吧，我们给你们做后盾！”我竟默然有泪流下。

经系主任何洛教授特许，准予我听研究班课程，这对我当时和日后读书治学起了重要作用。何洛是延安鲁艺的干部，与时任文学所所长的诗人何其芳为旧交。他们协同合作，创办文学研究班，设在人大语言文学系。给文学研究班讲课的导师，都是一时名宿，季羡林、朱光潜、宗白华、蔡仪、余冠英、萧涤非、周振甫，都来到讲堂。李泽厚也讲过两次“艺术分类”。所谓名师风采，天赐机缘让我有所领略。

本科的课程，也不乏名家讲授。教逻辑学的老师是王方名先生，《新建设》和《哲学研究》接连刊载他的力作，讲课深入浅出，颇具妙趣。“天下文章数三江，三江文章家兄好，我给家兄改文章”的趣典，就是王方名先生在课堂上引用的。这是一个典型的“三段论式”，大前提、小前提、结论，严谨无漏。隐去的主人显然是自吹，但自吹得合乎逻辑。后来知道，写《黄金时代》的深受青年读者欢迎的王小波，就是他的哲嗣。为时一年的工具书课，由北大吴小如先生讲授，经史子集，无书不可为工具，援引典籍，如数家珍。现在我遇有典故方面的疑问，有时还向吴先生请教。赵澧先生的外国文学，冯纾先生的古代汉语，印象深刻。我长期喜爱《文心雕龙》，与冯纾老师不无关系。她的讲论，使我有按篇背诵的愿望。

马一浮的好友谢无量先生也在中文系隐居，因年事高及不为时人所知，未担任课程。一次我主持学生书法展览，邀请他指导，他将自己的一幅字交来参展，表支持赞许之意。展后奉还，他说："这幅送给你，作纪念。"同班有好书法者，亦为我欣喜，遂宝藏箱底，以为珍存。可是毕业离校前收拾书籍杂物，发现谢老的字不翼而飞。所写内容一直记得，杨万里的《闲居》："梅子留酸软齿牙，芭蕉分绿与窗纱。日长睡起无情思，闲看儿童捉柳花。"近年研究马一浮，更觉这幅字的缘法可贵了。冯其庸先生未担任我们年级的课程，但经常拜望他，在所有师长中，他是我接触最多的一位。无论何时，只要登门求教，总是热诚以待。资料线索、文章作法、治学态度，受益良多。他说："不怕晚，只怕浅。"推荐我毕业留校，即出自他的首议。后来冯先生与我亦师亦友，缘会多重，此是后话。

我大学期间的读书兴趣，一是中国文学史和文学理论批评史，二是西方哲学和美学，三是马克思恩格斯的著作。这最后一项，一向少为人知。《马克思恩格斯全集》一九六四年以前出版十九卷，我一篇不漏地精读过，行文风格一度受其影响。读书期间我的第一笔稿酬，就用来买《马恩全集》了。“批判的武器当然不能代替武器的批判，物质力量只能用物质力量来摧毁。”“你们并不要求玫瑰花散发出和紫罗兰一样的芳香，但你们为什么却要求世界上最丰富的东西——精神只能有一种存在形式呢？”“这里是罗陀斯，就在这里跳跃吧！这里有玫瑰花，就在这里跳舞吧！”马恩著作中很多这类铿锵悦耳的段落，不少我能背得。《马克思恩格斯早期著作中的异化思想》即成稿于此时，一九八〇年经改润，发表于《学习与探索》杂志。《马克思恩格斯论艺术》也是我的手边书，苏联美学家里夫希茨编，我买了第一、第二卷。

马恩的著作引导我走近黑格尔，走近康德，走近西方古典美学与哲学。朱光潜翻译的黑格尔《美学》，我受益匪浅。宗白华翻译的《判断力批判》，虽已是大三，却啃得不甚顺畅。但《柏拉图文艺对话集》、亚里士多德的《诗学》、贺拉斯的《诗艺》、莱辛的《拉奥孔》、丹纳的《艺术哲学》，我都读得很熟。这也和教西方文论的老师缪朗山先生的感染力有关，一次他在课堂上，用自己的身体摆出了一个惟妙惟肖的拉奥孔造型。傅雷译丹纳的《艺术哲学》对我的影响，我可以用那是我需要感恩的书来形容。

还有《别林斯基论文学》《车尔尼雪夫斯基论文学》《杜勃罗留波夫论文学》，这些高中时的爱物，也携来北京了。后来，所有西方各家各派的“论文学”“论艺术”，我都搜罗在手，大约有几十种，绝少遗漏。可是如今，又一批批地处理这些书了。

书的命运如此，为学阶段如此，抑何言哉？抑何言哉？

我读书问学的最大缺陷是不懂外文。英文未学，俄文学了，如同弃物。所以我读西方古典，如果尚不能说吸收的是第二义，也是经过哪怕是高人处理的二手货。我少了一条腿，不具备自己真正懂得的另一种思维方式。中学学俄文，由于模仿俄文老师发出的有些怪异的卷舌音，他做出了适当的回应，每到上课都让我回答我不可能会的问题，然后他面带笑意盯我数秒。大学头两年还有俄文课，听说我文章不错的女教师王某，爱惜地想拉我一把，结果效果尔尔。很有名的俄文教授夏识吾先生，当着大家的面，施以教诲：“我们知道你文章好，但外文对日后做大学问很重要，以后你会明白。”以后的现在，我的确明白了，但为时已晚。九十年代初，常有国外会议或访学的机会，颇有学学英文的想法，也记了一些单词，又以研究写作忙为借口，没有持之以恒。

文学史方面，《诗经》、《史记》、陶渊明、杜甫，我下了一番功夫。游国恩主编而由吴小如先生定稿的《先秦文学史参考资料》和《两汉文学史参考资料》两部著作，在我心里不啻学问渊薮，它为我铺平了通往古典之路。杜甫我用的是仇兆鳌的《详注》本，参酌《杜甫年谱》，一首一首慢慢咀嚼。有了心得，则笔之于书。读《诗经》、《史记》、《乐府诗》、陶、杜，都写有文章。明清文学，我选择了《红楼梦》，对该书的思想、艺术、人物，着实作了较深入的研究。《论〈红楼梦〉前五回在全书结构上的意义》《读王昆仑〈红楼梦人物论〉》《探春新论》，是大学期间我写的有代表性的红学论文。前两篇当时未能发表，《探春新论》分上下两篇，连载于《光明日报》一九六四年三月十九、二十一日《东风》副刊，当时二十三岁，正在念大三的第二个学期。

现代文学方面，读鲁迅而大好之，曾写有长文《论鲁迅对农民问题的探索》，一九七九年在《北京师范大学学报》第三期上刊载。还有一篇《论托尔斯泰和他的创作方法》的文章，三年级学年论文，一万五千字，下了不小的功夫，记得交给了任课教师，可是后来谁也找不到了。

我们本科是五年制，这头三年，扎扎实实地念了书，铺开了面，深入了点，读和写结合，学习和研究结合，为日后精深为学打下了基础。

第四章

学　变

但一九六三年开始，国家的政治文化氛围已经在悄悄发生改变。又重提“阶级斗争”，强调知识分子的思想改造，大学师生增加了下乡劳动的时间。《探春新论》发表时，我正在京郊乡下，冯其庸先生帮我寄来样报。而一九六四年秋天，便随大队人马去陕西参加农村社会主义教育运动了，校长、教师、高年级学生“倾巢而出”，直到一九六五年春天返回。

我们在西安南面的长安县参加“社教”，被分散到县属各乡镇的社队。王昆仑的爱女王金陵老师担任我们的小组长，和宝鸡专署的干部一起组团。金陵通苏俄文学，她的先生王春元，从人大文学研究班毕业后，在学部文学所专事文学理论研究，他们夫妇是我多年的好友。长安即韦曲，地处终南山下，王曲、杜曲、杜陵、细柳、曲江、辋川，这些唐代诗文中常见的名字，一起来到眼前脚下，无法不让人发思古之幽情。李白“长安一片月，万户捣衣声”、杜甫“三月三日天气新，长安水边多丽人”“乡里衣冠不乏贤，杜陵韦曲未央前”、王维“忽过新丰市，还归细柳营”这些诗句，总会不时在脑海心际萦回。

社教初始，甚为紧张，至有“第二次土改”的说法。后来下达“二十三条”，纠正了“左”的做法，气氛缓和下来。这时才看到关中大地的美好自然景观。阳春三月，小雨初霁，桃花之美，美到艳丽欲滴，我生平第一次在辋川的一个岭坡看到。难怪王维要在此地写《辋川集》。关中民风厚朴，景物宜人，农民的口粮却严重不足，每年都需要国家拨给大量返销粮。其实是大而公的公社制度所致，一旦更张，迎刃而解。去年我去西安翻译学院讲学，车过长安，已和市区连为一体，满眼兴旺景象，四十七年前的长安不知何在何所了。

春节工作团休息整训，有了更多的访古览胜时间。大雁塔、小雁塔、碑林、半坡、灞桥、骊山、咸阳、汉武帝墓、卫青霍去病墓、武则天墓、永泰公主墓，都曾往观。李白《忆秦娥》词写的“箫声咽，秦娥梦断秦楼月。秦楼月，年年柳色，灞陵伤别。乐游原上清秋节，咸阳古道音尘绝。音尘绝，西风残照，汉家陵阙”，竟身临其境体验一过，虽非复历史旧观，亦聊资想象。汉唐文化的遗存，唐代诗人的踪迹，使我看到了文本以外的文化世界。这是另一种书，另一种文化，我读得很快乐。

当时胡耀邦任西北局第二书记，他讲话生动风趣。为强调农村工作调查研究的重要，他引用《红楼梦》第三十九回的回目：“村姥姥是信口开河，情哥哥偏寻根究底。”他说我们要做那个“寻根究底”的“情哥哥”，而不要做“信口开河”的“村姥姥”。西北局政策研究室主任李登瀛也不是等闲之辈，一次讲话说：“人是有尊严的，不要一点儿小事就整人家。”此话甚获我心，至今记得。

但农村社教中经历反复的经验，并没有变成城里人的教训。一九六五年四月返回学校，文艺整风和文艺批判，已如火如荼。批电影《早春二月》，批《林家铺子》，批田汉的《谢瑶环》，批昆曲《李慧娘》，批“中间人物论”，批几乎所有既存的艺术文化现象。这一过程，一九六三年即已开始，它缘于最高领导人的“两个批示”，大意谓：经济基础改变了，作为上层建筑之一的艺术部门，至今还是大问题，以致跌到修正主义边缘，如不认真改造，势必变成像裴多菲俱乐部那样的团体。判词是严厉的，实际上等于为“文革”拉开了序幕。

思想清算占了先机，学问不再吃香。

一九六二级新生入学，曾让我给新同学讲学习方法。一九六三级入学，就不让我讲了。一九六五年秋天系里成立写作组，也没让我参加。班里一位和我比较要好的负责干部透露，一年前系里拟整理一份材料，把我作为勤奋好学的“红专”典型报给学校；现在这个材料可能还要整，但性质属于相反的“白专”典型了。由于这个缘故，一九六五年秋季的某一天，班里开了一个特别的会，教室的桌椅经重新摆过，还有其他班的同学参加，也有几位青年教师。只一个人发言，然后就散会了。

过了多少年之后，我才悟到，那是一次专门批判我的会。至今自己不能明白，何以批判我的会，我也在场，竟全然没有意识到是在批判我。连发言者讲了什么，我一字也不记得。个中的原因，我是无论如何解不开了，俟之高明可也。

不久，规模更大杀伤力更强的批《海瑞罢官》、批“三家村”运动上演，学校基本不再上课。说话已到了一九六六年。

人大的校刊，过去只有《教学与研究》，侧重经济政治法律，一九六五年岁末决定筹办《中国人民大学学报》，约我写一篇有关清官问题的文章。刚好“文艺批判”进入“史学”，所涉学术层面的问题，包括清官问题、历史人物评价问题，我亦颇感兴趣，手边写有大量读史笔记。便整理出一篇，发表在人大学报试刊第一期上，题目不复记得，内容大约与正史里记载的循吏的“刚直不阿”有关。当时读《明史》最勤，方孝孺的拒不为永乐草诏书及正统、变统之说，文中有所引证。

为学之人自然以为，学术之争，所争在正误，在是非，在真理，岂料学术后面另有洞天。政治纷争引发的人事激变已届待爆的临界点，文艺与学术不过是火药桶周边已经干枯的堆放物而已。

一九六六年六月的第一天，《人民日报》发表社论《横扫一切牛鬼蛇神》。翌日，发表《欢呼北大的一张大字报》。“批判的武器”已为“武器的批判”所取代，“精神的力量”即将要用

“物质的力量”来摧毁，家国天下之十年乱局由是造衅起端。

原该一九六六年毕业的我们一九六一级中国文学专业，因天下大乱未能分配就职。一次从攻讦冯其庸先生的墙壁文字中，得知他曾推荐我留校任教，并已获系主任何洛先生的首肯。披露者认为这是冯与何的一宗“罪状”，理由是他们欣赏的这个人有“成名成家思想”，只专不红，白专道路。冯先生是中文系教师中写文章最多、影响最著的一位，因此他所受冲击也最大。我虽亦牵连所及，被冠以什么什么之如何的“高足”“修正主义苗子”之类，几次见于墨笔书写的墙壁大字，所受冲击并不是很大。

只上面派来的工作组主导运动期间，我被划作“中右”。不知可否依字面解作中间偏右？抑或右派之中间者？看来索解匪易。我个人倒未觉得怎样，但工作组撤走之后，系里的同学不答应了，认为这是工作组迫害群众的一个证据。因此我的人望陡然提升好几度，升到和“念书好”几具同等地位。周围的善意笑容重新归来，遇有什么事宜，大家颇愿推举我在前面。

这是人参加运动，运动也在运动人。

一九六七年元旦春节过后，人大的派别日趋明显，致有标名组织的产生。我亦因本系的谬举，成为某一派分管理组的一个成员。不同派分各保护一批自己认可的校系干部，然后指责对方之保护不妥。我的心性，主和不主斗，认为事无不可商者。所谓派分是一极不正常的现象，终必归于和合。

说来也巧，我大学一年级的文学理论教师兼辅导员，也成为另一派分的主要成员，我和他的关系并未因派分而有所改变，至少在我是如此。以致后来本派分有指我为“里通”另一派分者，称我为“右倾代表”云云。故我对陈寅恪的父尊陈三立在《先府君行状》里说的“府君独知时变所当为而已，不复较孰为新旧，尤无所谓新党旧党之见”，深所会心。自己回思半生境遇遭逢，在有派分之中国，似乎一直是左派说我右，右派说我左。本性使然，也是无可如何之事。

一直淹滞延宕至一九六八年八月，我们一九六一级重新分配，我被派放至山西太原钢铁厂劳动，工种是钳工。写《谁是最可爱的人》的军队作家魏巍，当时也在太钢，因读过我的文章，对我格外护惜。书没有全带来，只选带几箱，栖身在一个小学校里。书籍上架，又可以安然读书了。特别想读史，有一种探究历史真相的愿望。

但两年之后，即一九七一年四月，又被迫转赴人大在江西余江县的五七干校，名为“参加运动”，实为变相监禁。一间草棚，四人陪住，不准通信，不准与外界联系。指甲刀、刮须刀也搜走。预设的“罪名”，是说我反对了“中央文革小组”的顾问康某。其实我并无此种勇敢行为。但他们接受的任务，是一定要把没有的“事实”挖出来。想尽了各种办法，威胁、恫吓、欺骗、利诱，真正无所不用其极。看管我的小分队，开始为四人，后增至七人，最多达十四人。每天开会，有时上午、下午、晚上三轮。只准读《毛选》，不准看其他的书。马恩的书也不准看。上厕所，也有人在外面放哨。

后来知道，干校里调回或就地变相监禁者，有几十上百人，最后全部“投降认罪”。据说只有我一人“顽固不化”，始终没有讲出不存在的“事实”。一次上午开会，我说：“如此无中生有，你们良心何在？”小分队队长唱喏般回答说：“我们共产党人讲党性，不讲良心！”我大怒曰：“你不讲良心，那是因为你没有良心！你不讲，可《毛选》讲。《毛选》

中有四处讲了良心。”

中午此人仰卧床上一页一页地翻《毛选》，也不知究竟找到没有。

我在江西整整被关一年半的时间，到一九七二年十月下旬，才获得自由。我向主事者要求写份字据，证明我的清白。答复说，不用写，因为你没有问题。经一再申明，表示如不给字据，本人宁愿不离开。最后终于有了一纸，上写某某自某年某月，至某年某月，调回干校参加运动，经过运动，没有发现什么问题。不整材料，不做结论，不装档案，使用不受影响。原来一年有半的时间，就是为了这个“一无三不”。

十年浩劫，知识分子鲜有逃过此劫者。如果不是第一次，就应该有第二次。一次都没有，人生就未免虚度了。我“文革”初期只受了一点轻伤，江西这次是真正的历劫。比之但丁的《神曲》，当然不是“天堂”，但也不是“地狱”，而是近似“炼狱”。拟之以意象，可谓艰难地走向微明。

由于整个过程，秉持清者自清的高度自信，理辩丰赡，游刃泰然，不仅未被玷污，反而滋补了元气，自我精神蕴蓄一种不可摧折的力量。大遗憾是无书可读。除《毛选》外，只有一本看管人员借我的《新华字典》，不知读了多少遍。好在学会了“忆书”，即回忆读过的一本一本书，至有写下大量往昔能背诵的诗词古文之事。

看管者其实都是人大不同系所的教师，年龄比我大七至十岁。其中一位辛先生是大植物学家辛树帜的哲嗣，心地良善，遇有他人不在时，每与我谈论学问。后来大家都回京，我看望过他。而且得知，那位声称只讲党性不讲良心的看管组长，竟在回京不久去世了。还有坚定站在不讲良心一边、和辛先生态度绝然相反的另一位，也相继离开人世。

我隐约感到了人生运会循环往复的神秘。

第五章

感　遇

当一九七二年深秋返回太原钢铁厂家中时，山西省和太原市的一些文化部门，已经等候我多时了。

他们知道有如此这般的一个人在太钢下放劳动，希望让我专业归口，调到文化部门发挥一己之长。这大半缘于樊亢先生的介绍。樊是人大苏联东欧研究所所长，本来不相识，由于乱局之中给她留下了据说是"有才华"并且"甚好"的印象，便出来助人为乐。她先生安岗是《人民日报》老资格的副总编，山西省广播、文化、出版、省报诸掌门，都是他晋察冀时期的僚属。他们都很念旧，彼此一直有往来。

这些晋省文化掌门也都受了“文革”冲击，林彪垮台后，处境开始好转，但还没有完全复位。经这些人物多次会商，最终决定让我到省委政策研究室吴象先生的属下。吴象是“文革”前《山西日报》总编辑，“文革”前夕一度调任《北京日报》副总编辑，后来“四凶”覆灭，长时间给万里当秘书，参与了安徽农村改革的全过程。这几位文化领导层的当年精英，给我留下极深的印象。资格老，业务熟，思想敏锐，敢作敢当，还有一种特有的人情味。特别是广播局局长鲁西，对我关切尤多。但很迟才办成调动手续，差不多一年多以后才去省委政研室上班，分配在文教组从事调研。

我乐得又有了睽违已久的属于自己的读书时间，以解江西干校不能读书的饥渴。

我缓慢地一页不漏地通读了《史记》《汉书》《后汉书》《三国志》。前辈为学，这“前四史”是进学之初的必读，我读的未免太晚了，当时已经三十有一岁。《史记》的纪传以及太史公序以前读过，这次是全书通读，包括“表”和“书”。本来还想读《资治通鉴》，后来搁下了。

那时的报刊文字，能和学问沾一点边儿的，一是儒家法家的辨析，一是《红楼梦》评论。前者名“批儒评法”，后者曰“评红”。就我研读的范围，这两项都不陌生。读着读着，未免手痒，于是写了两篇文章，每篇都万字左右。一篇关于孔子的教育思想，另一篇关于《红楼梦》的思想意义和历史价值。《山西日报》先后以两个整版，刊载了这两篇文章，时间约在一九七三年的九月和十二月。不能说没有自己的独立见解，也不能说没有一点儿学术味，但毕竟是随顺那一时期的潮流之作，不管当时给我带来怎样正面的声誉（证明安岗、樊亢夫妇推荐的这个青年，文笔还说得过去），今天都无法再作正面评价，且早已弃之不忍观了。

犹忆上世纪九十年代初，赴哈佛大学参加学术会议，顺便访学。哈佛的陆惠风教授因看了我的书，推许说：“梦溪先生是大陆学者中，最不沾染那种文风的学人。”我一边谢拒此誉，一边说：“那是你看得不完全。”如果看到当时我在山西发表的这两篇文章，他的推许恐怕不会那样饱满得不给自己留余地。持续几十年的时代风潮，能够超越而些许无沾无染者，需要有怎样的修炼功夫才能达致，应该是文化社会学的留白课题。

彼时李希凡已经在《人民日报》副刊恢复工作，他也约我写一篇论《红》文，因此特地请我进京，住在人民日报招待所，地点在王府井南口的东盛胡同。文章写了一稿，我和希凡都不满意。不久，文化部成立《红楼梦》校订小组的事已开始酝酿，写文章的事遂无果而终。

我和李希凡相识于一九六四年，《探春新论》发表之后。当时他和冯其庸先生都在颐和园云松巢写作组，冯先生一次带我拜望了他。后来在一九六八年春季的某日，他竟来人大看我了。危乱之际，见面分外亲切。希凡文章尖锐，但人甚温厚。我言谈话语，时有锋芒，一旦为文，每多恕言。盖“临文以敬”之古训，于我的为文为学影响至巨。

文化部《红楼梦》版本校订注释小组成立于一九七五年初，袁水拍任组长，李希凡、冯其庸实主其事。我调入山西省委政策研究室不到半年时间，就奉调来京参与《红楼梦》新版本的校订工作了。开始在地安门河北省驻京办事处，帘子胡同里面的锥把胡同，后搬入恭王府。

对照不同的版本，一个字一个字地校对，诚为苦差事，亦自有学术乐趣。一次听冯先生在楼道里说话声音很大，我问何事，他说周雷又改成“一片粘湿”了。原来《红楼梦》

第六回写贾宝玉和袭人“初试”，书中有“只觉冰凉一片粘湿”字样，除庚辰本作“沾湿”，其余诸本均作“粘湿”。冯先生力主不改庚辰底本，仍作“沾湿”。但负责校稿清样付印的周雷，还是自作主张用了“粘湿”，故冯先生有如此之怒。嗣后周雷颇不服气，他说诸本都一致，就可以作为可从的理由；况且词义哪个更贴切，是人人经验可知的事实。不过底本不误，即从底本，也是校勘古籍常所遵循的通则。

校订组特聘周汝昌、吴世昌、吴恩裕、叶圣陶四位老辈红学家为顾问，他们不时有新材料或新观点相与讨论，所以学术气氛还是很浓的。我在此期间接触了《红楼梦》的各种版本，再次熟读了《红楼梦》文本，对明清两代的背景材料，对中国小说流变的历史，均有较多涉猎。现代学术的红学一科，我有了作深入研究的可能与条件。除叶圣老，我跟另三位以红学为职志的老专家都很熟悉。他们三位，都有洋文的底子。吴恩裕念西方政治学出身，英文自不在话下；周汝昌是英文系毕业；吴世昌长期在英国，《〈红楼梦〉探源》即用英文写就。三位的红学专攻，周汝昌侧重家世，吴恩裕侧重作者本身，吴世昌侧重版本。他们各有所长，亦各有所偏。由于论《红》见解之不同，他们很难共坐一席。我对学问不专主一家，转益多师是我

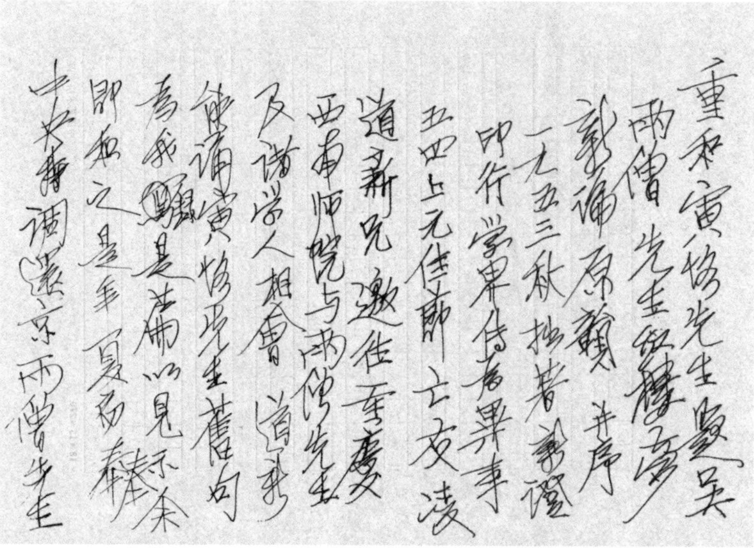

周汝昌致刘梦溪函页一

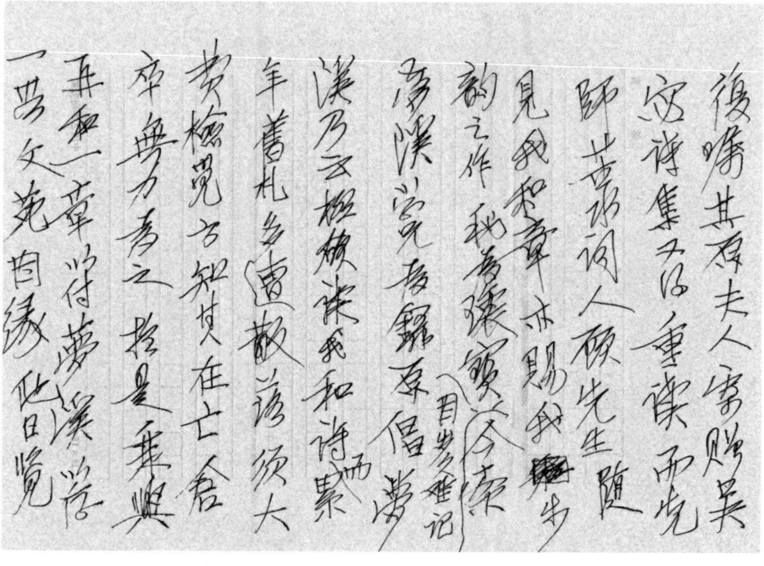

周汝昌致刘梦溪函页二

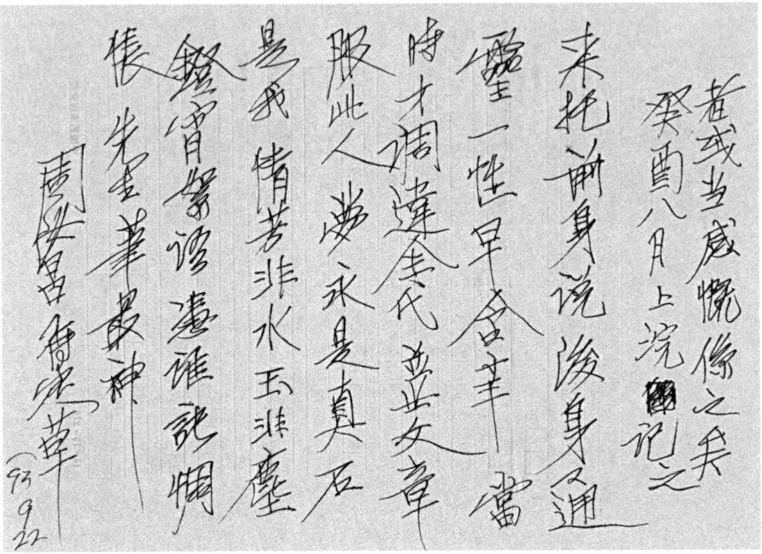

者或当感慨系之矣
癸酉八月上浣记之
来札前身说后身，又通
鉴一性早合幸，当
时才调达奇代并世文章
服此人，梦永是真石
是我，情若非水玉非尘
鉴宵几语遥谁说惆
怅 先生華最神
周汝昌倚枕草
（93.9.22）

周汝昌致刘梦溪函页三

为学的特点，对红学亦复如是。他们之间有很多学问趣事，拙著《〈红楼梦〉与百年中国》中曾予略及。

三位老红学家中，我与吴恩裕先生往还较多。主要是性分有些相投。他还突然来过我家一次，一九七九年八月四日上午十时左右，和太太骆静兰一起来的，不期然而至，说来看看我，没有事情。吴先生长我三十余岁，这让我颇不敢当。他的不幸逝世就是在那一年的十二月十三日，离在我家中见面仅四个月的时间。由于心脏病突发而不治，撒手尘寰时，仍坐在写字桌旁。故启功先生挽联云：“太虚幻境能相引，不废真身坐而亡。”

赵朴初和李一氓两位前辈，我也是在校订《红楼梦》新校本期间因缘晤识。

认识李一氓，另有缘会，此处暂不赘。赵朴老则是氓老的直接荐介。当时恰值邓小平复出，小试身手，即有奇效，大家无不为之欢欣鼓舞。然不及一载，又有“反击右倾翻案风”的发动，天空复又布满阴霾。一九七六年一月九日，周总理又逝世，民众忍无可忍，终于借清明祭奠之际，爆发出支持邓小平、反对“四人帮”的怒吼。本人整个过程亲闻亲历，场面之壮烈激愤，惊天地泣鬼神不足以为喻。但两天过后，“四逆”即宣布“天安门事件”为反革命事件，搜捕、镇压、追查，神州大地为一片白色恐怖所笼罩。我与李一氓先生、赵朴初先生，以及京中诸多友人感情之加深，实与这一事件不无关系。

赵朴老与总理情谊至笃，“天安门事件”前后所留诗篇甚夥。每次去看他，都抄录新作给我看。镇压追查之际，他写了一首《木兰花令》：“春寒料峭欺灯暗，听雨听风过夜半。门前锦瑟起清商，陡地丝繁兼絮乱。人间自古多恩怨，休遣芳心轻易换。等闲漫道送春归，流水落花红不断。”天安门前的现场实况，都出现在词里了。“门前”，当然是天安门前。“灯暗”，指最高方面的无明。最后以不改变追求真理的初衷相期许。他给我写下了这首词，至今保存完好。“四人帮”粉碎后的一九七七年，他的诗集《片石集》出版，我写了长篇书评，题目作《危乱见坚贞，倔强对奸佞——读赵朴初〈片石集〉中反“四人帮”的诗作》，刊载于《上海文学》一九七九年第三期。他送给我的一副诗联是：“天道无亲常与善，人才非正不能奇。”题款附识云：“十年教训，得此一联。”

李一氓学问极好，书法诗词亦足名家。他收藏甚富，以清人词集为最。他让我看过这些词集，但后来都捐献给国家图书馆了。他是三十年代上海“文总”的领导者之一，后任职新四军，五十年代后长期担任外交官。他的耿直高标，鲜有不知者。总理逝世，悼念文章蜂起，独他没有动笔。我问缘由，他说不沾边的人都以总理老友自居，我何必写？后来氓老出任中联部部长和古籍整理小组组长，公务忙碌起来，我们见面少了。然而一旦见面，他都欢悦非常。一次他说，你们研究《红楼梦》的，是不是都认为林黛玉是淑女？林黛玉很会调情的。如果有当管家的机会，或许可以和王熙凤有一比。朴老和氓老的学品文章，对我由青年走向中年起了耳濡目染的楷模的作用，那是润入心田的精神细流，能使人知所从趋者也。

“天安门事件”后，“四人帮”的迫害愈演愈烈，一向平静的《红楼梦》版本校订注释小组，也不能成为避风港了。一天，组里开会，好像是要批评一下周雷的言论。一位发言者没说几句，周雷兄便睡着了。因为他夜里是不睡觉的，白天开这种会自然引不起他的兴趣。

又过些许天，李希凡叫我去一下他的办公室，坐定之后，他说：“你的揭发材料来了。”原来我的一位从事人文研究的老熟人，受到压力，举报我言论中有蔑视“则天武后”的意涵。这还不打紧，口头言论，无从对证。接下来的一个举报，就比较麻烦。举报者云，我天天去天安门，并以社会良知自许。周边的眼神儿开始出现异样的变化，浓重的阴霾再次向我袭来。

正在这时，唐山大地震发生，北京亦受影响，人们为避震都住在户外。自然灾变延缓了“阶级斗争”的过程。真的是天怒人怨了，知者无不以为时局将变。我索性离开校订组，以案情未了之身回到太原家中，时在一九七六年九月。

不料仅一个月过后，“四凶”即被剪灭。我又回到校订组，一路上反复吟诵杜诗：“剑外忽传收蓟北，初闻涕泪满衣裳。却看妻子愁何在，漫卷诗书喜欲狂。白日放歌须纵酒，青春作伴好还乡。即从巴峡穿巫峡，便下襄阳向洛阳。”我又一次有了清净之身。

自江西五七干校获得自由，到《红楼梦》校订组，及一九七六年“四人帮”覆灭，我的为学，我的人生，得之于老辈的照拂颇多。先是山西文化圈的老辈的温暖呵护，随后是京城红学老辈和硕学的相知相遇，对当时尚处于为学准备期和积蓄期的青年人来说，可谓幸何如之，然而又是不知其然而然也。

第六章

反　正

一九七七年开始，我被调到文化部政策研究室工作。

“国家文化部”动乱年月中已经被撤销，只保留“国务院文化组”的名称。除掉“四害”，重新恢复，老资格的外交官黄镇任部长，公安部原副部长刘复之任常务副部长。因为文化艺术领域是“四害”横行的重灾区，需要有实力人物来“镇一镇”。不久，长期下放首钢劳动的诗人贺敬之，受命担任文化部副部长。于是成立部直属的写作组，任务是从思想上清除“四害”在文艺领域的影响。

写作组人员的组成，一是要会写文章，二是须要与“四人帮”无牵连。主事者认为本人合乎此两项条件，便决定调我前往。文化部政策研究室成立后，写作组成为研究室下面的一个单位。贺敬之直接领导，原《文艺报》副主编、文学评论家冯牧任政研室主任。这个单位当时做了不少有价值的事情，主要是对文艺思想的拨乱反正，以及给作家、艺术家落实政策。

我的文字方面的长处，此一时期得到比较充分的发挥。除集体项目的写作，一九七七至一九七九两年多的时间里，我个人发表的署名文章有十七篇，分别刊载于《人民日报》《光明日报》《文艺报》《文学评论》《北京师范大学学报》等报刊。

鉴于文学艺术作品动辄被宣布为“毒草”，而且以“六条标准”作为判断是非的前提，我写了两篇辨理的文字，一篇题为《澄清“四人帮”在“六条标准”问题上制造的混乱》，发表于《文艺报》一九七九年第三期；另一篇的题目是《再谈“六条标准”问题》，载于同年《文艺报》第六期。针对“四逆”对“中间人物论”和所谓“现实主义深化论”所作的攻讦，我写了长篇文章《革命现实主义是两结合创作方法的基础》，发表在《文学评论》一九七九年第二期，《新华文摘》予以转载。还有关于周总理的文艺思想，主要围绕一九六二年广州文艺工作座谈会和故事片创作会议上的讲话，以及艺术的形象思维问题，我也都写有文章，发表于《北京师范大学学报》和《北方论丛》两种大学出版物。《北京师范大学学报》发表的我另一篇文章，就是前面提到的大学读书期间写的《论鲁迅对农民问题的探索》。

当时为平反冤假错案，给很多作家、艺术家平了反，但他们的作品能不能得到重新发表或上演的机会？是实际存在的问题。甚至包括中国古代的文学名著、欧洲十九世纪的作品，也长时期被禁锢，是否应该开禁让它们重新和读者见面？为此我写了《要给作品落实政策》一文，《人民日报》在一九七七年十二月二十二日以显著版面刊载。当天中央人民广播电台全文广播，新华社发通稿，二十几家省报全文转载。后来得知，韩国和日本的报刊对这篇文章有译介，韩国译载的是全文。那段时间，体验到一点儿文思泉涌的快乐，真有所谓骨鲠在喉不吐不快之感。

李建彤的长篇小说《刘志丹》，被说成“利用小说进行反党”的代表，我受贺敬之、冯牧之命，重新审读这部作品，然后写出审读报告。其实是胡耀邦的指示，他说人家说是“大毒草”，你们找个懂文学的看看，写个报告给我。审读报告写了三千多字，结论是一部相当优秀的作品。有关部门根据报告正式为李也为她的小说平了反。为此李建彤请了一次饭，参加者有贺敬之、冯牧，还有谁忘了。我因写审读报告，应邀侧席。后来知道，写《你别无选择》的新潮作家刘索拉，就是李建彤的女儿。

歌唱家王昆的平反大会发言，也是我帮助整理写成的。和王昆相识，始于此一过节，时在一九七七年十月。还有一次在北京礼士胡同小放映厅，放映被打成毒草的评剧《花为媒》，映后亮灯，原来吴祖光和新凤霞都在现场，吴眼睛发红湿润而面容凝重，新已泪流满面、泣不成声了。当时文艺界的冤假错案平反，可谓悲欣交集。

一九七八年五月，“真理标准”问题的讨论，是哲学思想的拨乱反正。十二月召开三中全会，抛弃“以阶级斗争为纲”的口号。我当时的思想和写作，是与这一转变同一着步调的。此前，我和孙长江先生已经合写了《坚持马克思主义学风》一文，发表在《人民日报》上，这篇文章的思想与真理标准的讨论，具有学理旨趣的同一性。

不过也有一篇文章，遇到了意外的小插曲，就是《列宁是怎样评价普列汉诺夫的》一文。

我写这篇文章的起因，是由于动乱期间有人写信给陈伯达，要求人民出版社出版恩格斯的《费尔巴哈与德国古典哲学的终结》，应删去普列汉诺夫为俄文版加的十九个注释，对普氏的理论贡献，采取了基本否定的态度。我根据自己平日的阅读，无法认可这样的评价，遂主要以列宁对普氏的论述为依据，写了此文，也是思想理论拨乱反正的一部分。文章发表在中央党校的内部刊物《理论动态》上。

当时胡耀邦任党校校长，《理论动态》是他为拨乱反正指导创办的一份刊物，《实践是检验真理的唯一标准》最初即刊于此刊，因此这是一份影响很大的理论刊物。不料胡乔木同志看了我的文章后，直接打电话给耀邦，询问作者背景，并说文章中所说的那封信，就是他写的，但他并不认为有什么不对。于是党校专门派人来文化部作了调查，冯牧等政策研究室领导详细介绍了我的情况，美言有加，一场小风波遂无疾而终。但乔木还是给《理论动态》写了文章，和我讨论对普列汉诺夫应如何评价的问题。我看后不能信服，欲写《再论》，《理论动态》的吴江、孙长江二位先生，主张到此为止。嗣后，一九七九年二月十七日，我的《列宁是怎样评价普列汉诺夫的》一文，在《光明日报》重新刊出。

当时恰值郭沫若去世，为起草悼词，在北京饭店开了多个专门的座谈会。一次，乔木同志来出席了，我们在会场门口迎他，介绍到我，他握手时看得很仔细，但彼此并未说话。

这段时间除了思想理论方面的拨乱反正，对新时期文学艺术的创作，我也写了一些研究与评论文字。比较重要的有下面数篇：

一、《终于补上了这一课——评话剧〈未来在召唤〉的演出及其意义》，载《人民日报》一九七九年七月二十三日；

二、《文学的命运和作家的责任》，载《人民日报》一九八〇年一月二十三日；

三、《王蒙的创作和新时期文学的发展趋向》，载《十月》一九八〇年第三期；

四、《关于文艺创作反映人民内部矛盾问题——从〈洞箫横吹〉和它的作者海默的遭遇谈起》，载《电影艺术》一九八〇年第三期；

五、《略论一九八〇年文学发展的主潮》，载《红旗》杂志一九八一年第三期；

六、《永远是主人——读王润滋的新作〈内当家〉》，载《小说选刊》一九八一年第五期；

七、《文学与人性问题管窥》，载《文艺研究》一九八一年第六期；

八、《电影的歧路与坦途——一九八一年国产故事片印象谈》，载《电影艺术》一九八二年第二期，《新华文摘》同年第四期转载；

九、《他又有新的开掘——读蒋子龙的〈拜年〉》，载《小说月刊》一九八二年第六期；

十、《棋道·艺术·历史——影片〈一盘没有下完的棋〉漫评》，载《电影艺术》一九八二年第十期；

十一、《道短说长——李纳小说偶谈》，载《文艺报》一九八三年第二期；

十二、《新时期文学存在着，发展着……》，载《文艺研究》一九八三年第五期；

十三、《论新时期文学及其发展》，载《钟山》一九八三年第五期；

十四、《生活的启示录——读〈花园街五号〉》，载《当代作家评论》一九八四年第一期；

十五、《文学创作中作家主观思想的渗透》，载《北京文学》一九八四年第二期；

十六、《一篇值得一读的佳作——评肖矛的〈石场风情〉》，载《上海文学》一九八四年第四期。

应该不止这些，恕不全部列举了。

在我的治学道路上，竟然有一段时间，主要是七十年代末和八十年代初，对当代文学艺术创作给予了关注，这是非常偶然的。因为我的学问兴趣，其根株之深处，实在古典文学，在历史文化，在思想学术，在文本原典和文化精神。说开来，不过是职分所在，不得不如是罢了。这也是何以我的关注，主要侧重文学思潮和当代文学的思想研究的缘故。至于对“四逆”文化艺术谬论的清理与辩难，固是当时所在机构的职分之所当为，也出于个人对“四逆”横行的义愤，如同孟子所说：“岂好辩哉？予不得已也！”但时过境迁之后，今天再看包括上述提到的那一时期的文字，真是愧杀人也，自己早已不忍观瞻。主要是它们和学术的本义不搭界，是思想的一时流露，并不是生命的一部分。尽管当时也曾收入《文艺论集》和《文学的思索》两本书里，却早已痛感藏匿无地了。它们是我人生历史的一部分，不是我学问的一部分。

可是那一时期的另一件事情，虽然也可以说不是我学问生命的一部分，却影响到了我的学问生命。

这就是关于马克思主义经典作家是否建立了文艺学的完整体系的问题。当时提出这个问题，是为了破除文学理论照搬苏联教科书的偏颇，以提升我们自己的理论创新和理论建构的勇气。我的文章发表在一九八〇年《文学评论》第一期，题目是《关于发展马克思主义文艺学的几点意见》。实际上提出的是三个问题，即第一，马恩列斯等并没有建立起马克思主义文艺学的完整的理论体系，文学理论从业人员今后应把建立完整的体系作为文艺学发展的一个目标；第二，我提出，由于教条主义的影响，迄今为止，文学理论工作大都是在通过分析各种艺术现象来证实经典作家早已讲过的一些观点和结论，这在理论上并没有前进；第三，中国马克思主义文艺学的建立，必须以总结本民族丰富的文学理论资源为条件，它的生命在于，需要对不断发展的文学艺术的新情况作出理论概括。就是这样三方面的内容，实在看不出有什么石破天惊之论。

没想到区区此文，却引发文学理论界一场大争论。

五六位这一界的重量级人物撰文与我商榷，我也逐一作了回答。第一次回答，题目叫《再论马克思主义文艺学的体系问题》，然后《三论》《四论》《五论》《六论》《七论》《八论》《九论》《十论》《十一论》《十二论》。前面的几篇，侧重和质疑者商榷辨理，后面的几论，以正面立说为主。对包括艺术本身的规律和艺术发展的规律问题、文艺学的方法和学派问题、如何看待五六十年代的文艺学教科书问题、文艺学的本土资源问题，以及新的文艺学理论体系如何建构等问题，都作了相当详尽的探讨。自高中以来形成的对文学理论的兴趣，得到些许发抒。由于是系统的专题论述，上海文艺出版社认为不无学术价值，遂以《文艺学：历史与方法》为书名，将这“十二论”予以出版，全书二十五万字，时间在一九八六年十一月。

如果有谁问我，现在如何看那场争论以及自己的那本书？我只能说，现在的文学理论早已超越了当时讨论的问题，最好的结果，是我和大家一起忘掉那场争论和那本书。

我个人的收获主要在心智方面，悟到所谓真理愈辩愈明的古训，可能并不如此。倒是邓公讲的“不争论”，是有益于家国身心之老成练达的至理名言。

我当时还参加了第四次文代会主旨文件的起草工作。所谓主旨文件，就是周扬的文代会报告。当时集中了一些人，住在颐和园清华轩，冯牧、陈荒煤、林默涵也一起住在那里。

周扬来过几次，多为讲话后就走。由于研究方向的转变，本人早已不复与闻文艺之世事，偶然看到涉及文代会报告起草的文字，感觉枝叶纷乱，不知谁可。至其起草者，更模糊不能确指。恰好一九七九年我有日记，所记的相关几则是这样的——

八月十五日。上午八时半，我和唐因、非光、伯农、马联玉，集中到颐和园清华轩，听周扬同志谈文代会报告提纲的设想。还有科学院刘再复同志也参加此项工作，默涵、荒煤、冯牧同志具体负责，他们都住在这里，周扬同志说，要坚守岗位。

八月二十日。各部分初稿已草就。我和非光担任第一部分，默涵同志看后提出了具体修改意见。晚饭后周扬暨夫人苏灵扬同志邀请大家游湖，租一游艇，绕昆明湖一周。

八月二十一日。第一部分报告稿修改毕，交默涵同志。二三部分已先完成，全文约三万字。

九月四日。昨天又来颐和园。

九月二十三日。二十一至二十三日在人大会堂讨论文代会报告稿，共二百多人参加，首都文艺界知名人士均到了会。我被分到第六组，摄影、舞蹈、曲艺方面，实际上参加的是第一组——文学组。周扬同志先谈了座谈会的宗旨，然后即分组讨论。文学组刘宾雁、王蒙、秦兆阳、刘心武等同志的发言最精彩，他们都是五七年打下去的（刘心武除外），多年挫折，愤而使他们学会了不少东西，看来他们懂得生活，懂得人生，懂得艺术。会后，周扬同志又留下部分同志，请他们对报告进行具体修改。荒煤同志让我通知刘宾雁等同志。

九月二十四日。在《人民日报》会议室开会。冯牧、荒煤同志主持，袁鹰、黄钢、王蒙、刘宾雁、秦兆阳、陈涌、钟惦棐等同志参加。讨论具体修改办法，决定分头去改。

九月二十六日。上下午均在颐和园讨论修改报告及开幕词写作问题。晚饭后文联派一专车，由我去刘宾雁等同志家取修改稿，九时半方毕。

九月二十七日。上下午均在颐和园讨论文代会报告修改问题，冯牧同志参加。晚上连夜进行修改，我负责理论部分。

九月二十八日。下午四时半随冯牧同志给周扬同志送报告修改稿。周扬同志正参加四中全会，已补为中央委员。他说在会上杨成武、张爱萍赞成《将军，不能这样做》这首诗。

第四次文代会于一九七九年十月三十日开幕，我参加会议简报组，是为后话。上面八月十五日至九月二十八日几则日记，可见周扬报告起草过程的紧张忙碌，以及时间、地点和参与人员的一些情形，或可为关心文坛掌故者提供谈资。

文代会期间，一九七九年十一月十日上午，作家代表大会举行，选举理事一百三十九人。周扬在选后讲话，公开对丁玲等一九五七年反右受伤害的作家表示道歉，赢得满堂掌声。不过刘绍棠站起来说："周扬同志，有一件事至今想不明白：为什么说我下放带了十几箱馒头，大家想想，这东西几天就长毛了，我再傻也不至于如是啊！"全场大笑。

第四次文代会前夕，我被吸收为中国作家协会会员。这些已迹近文题以外的事情了，兹不多具。

第七章

倒 悬

一九七七年至一九八三年上半年，近六七年的时间，我都是在为思想文化的拨乱反正稍尽绵薄。一九八五年年底出版的《文学的思索》一书，可视为这方面所作努力的一点痕迹。自大学期间即已开始的《红楼梦》研究，又前行了几步。《秦可卿之死与曹雪芹的著作权》《〈红楼梦〉早期抄本的回前诗和回末诗对研究》《论晴雯》等长篇论文，均写于此时。属于红学史论的《红学三十年》和《红学十题》两篇专题研究，也发表于此前此后。一九八二年中国社会科学出版社出版的我的《红楼梦新论》一书，汇集了我研究红学的阶段性成果。还有《红学三十年论文选编》上中下三册，一百八十万字，百花文艺出版社出版。

我还参与创办了国内第一个红学专刊《红楼梦学刊》，第一期卷首的《创刊词》，是本人为之撰写。《红楼梦学刊》的题签，则是我请茅盾先生所写。因第四次文代会筹备期间几次与沈老联系，都是委派我前往传递，故与茅盾得以晤识。一九七九年五月二十日，在四川饭店召开《红楼梦学刊》编委会成立会，也是我往接茅盾前来。其实他是一流的大文学家，中西学问皆可圈可点。五十年代末，他写的《夜读偶记》，堪称文学理论的经典之作。而一九六三年发表在《文艺报》上的巨文《关于曹雪芹》，更让研红诸家宾服得不能

红楼首聚，作者陪同茅盾先生走入会场

赞一词。哈尔滨师范大学的学报《北方论丛》，也是我请茅公代为题签，他们至今还在恭敬地保留。后来沈老逝世，我写了《茅盾与红学》一文，为之纪念。其中的一段不妨引录在这里，以为记忆的补充。

> 一九七九年十二月，吴先生不幸逝世，茅盾抱病写了追念文章，开头就说，“吴恩裕同志是红楼梦研究的专家，特别是曹雪芹佚事的发掘者”，深表惋惜。谁知未及二载，我们又来悼念茅盾先生，抚今追昔，不免令人感慨系之。
>
> 茅盾前几年还写过一些题咏《红楼梦》人物和故事的诗词，立意警拔，情趣盎然，为《红楼梦》爱好者所喜爱。如《补裘》写道：“补裘撕扇逞精神，清白心胸鄙袭人。多少晴雯崇拜者，欲从画里唤真真。”诗中晴雯的形象呼之欲出。又如《葬花》写林黛玉：“高傲性格不求人，天壤飘零寄此身。谁与登茵谁落溷，愿归黄土破红尘。”《赠梅》写妙玉：“无端春色来天地，槛外何人轻叩门。坐破蒲团终彻悟，红梅折罢暗销魂。”都深得人物性格底理、神韵。因这些诗词大都在报刊上发表，读者可亲自翻检，余不略及。

下面，我想着重谈谈，《红楼梦学刊》在筹办和创刊的过程中，茅盾给予的关怀和支持。

多年以来，《红楼梦》的研究者和爱好者就希望有一个专门的刊物，为毫无拘束地探讨红学问题提供园地。这个愿望终于在一九七九年得以实现了。当时，文化部和文学艺术研究院（现中国艺术研究院的前身）的负责人，给予这项事业以种种支持。首都及外地的红学专家们表示热情赞助，百花文艺出版社又大力协助和积极配合，遂实施得很快，从拟议到出刊，仅三个多月的时间。为了尽可能多地吸引广大的《红楼梦》研究者，学刊组成了一个较大的编委会，并聘请茅盾和王昆仑做学刊顾问。茅盾慨然允诺，亲自为学刊题写刊名，并参加了编委会成立大会。他说："我非常赞助这项事业，是一个促进科学发展的大好事。学刊一年出四期，每期二十多万字，我相信不光在国内，对国外也会有影响。"《红楼梦学刊》第一辑出书后，我送样书给沈老看，他异常兴奋，说这是个创举，过去从未有过；对刊物的印刷和装帧技术，也极口称赞，说"百花是有名的，书印得好"。我请他给学刊写文章，他说体力不行了，主要写一点儿回忆录，其他无法如愿了。尽管如此，当吴恩裕先生逝世以后，他还是写了《追念吴恩裕同志》一文，发表于《红楼梦学刊》一九八〇年第三辑。他还向学刊推荐过其他作者写来的研究《红楼梦》的稿件。作为顾问，茅盾对刊物尽到了应尽的责任。

一九八〇年六月，美国威斯康星州首府麦迪逊，有国际《红楼梦》研讨会之举，《红楼梦学刊》主编冯其庸及编委周汝昌、陈毓罴等，应邀赴美参加了会议。发起和筹备这次会议的美国威斯康星大学的周策纵教授，在致冯其庸先生函中，表示倾慕茅盾的学识，希望得到茅盾的手书，以为会议增色。当时沈老正在医院治疗，我请韦韬和陈小曼（茅盾的公子及夫人）转告后，沈老病中挥毫，以他隽秀的淡墨书法写了一首七律：

红楼艳曲最惊人，取次兴衰变幻频。
岂有华筵终不散，徒劳空邑指迷津。
百家红学见仁智，一代奇书讼伪真。
唯物史观精剖析，浮云净扫海天新。

陈小曼女士亲自将手书送到我家，起飞的头天晚上，我交给了冯其庸先生。后来得知，茅盾的诗作和法书受到了国际《红楼梦》研讨会与会者的称赏。

这篇《茅盾与红学》，刊载在《红楼梦学刊》一九八一年第一辑上。

第四次文代会开过之后，我所在机构的归属，做了一些调整。原来属于文化部，现在和中国艺术研究院合并，成为研究院下面的一个专门研究室，叫“理论政策研究室”。不久又从研究院全建制分离出去，归属于中国文联，名称定为“中国文联理论研究室”。有一段我是该研究室的负责人之一，分管学术业务，主持编写一种年刊，叫《年度文学艺术概评》。

一次，中国文联理论研究室开很大一个全体会，发展我加入中共组织。会上听到很多平时不曾闻见的好话。印象最深的，是为我“清高自傲”的缺点“平反”，认为不是“骄傲”，而是敢于表达自己的见解，庶几有些“不唯上，不唯书”的精神。冯牧与会并发言，他说有一个问题没有想明白：“梦溪的文笔见解，确有过人之处，但处理人际关系，又显得很幼稚。为什么会这样？能不能把两个方面统一起来？”冯牧先生已经逝世多年了，恐怕直到如今，这两个方面我也未能统一起来。只不过由于社会在往现代的方向变迁，人们已经不再用“人际关系”的标准，来要求一个以学术为志业的学人了。

人生的途路往往不是直线前行，而是跌宕起伏和曲折往复是其常态。一旦走到哪怕一个小小的岭峰，就会跌落下来，让你小息。本人于此体会尤深。审其所以，非尽由人也，盖亦天乎？

正当这段时间我走得还算比较顺利的时候，从一九八三年下半年开始，我的学问人生又遭遇到一次困扰，也可以说是一次危机，和已往既相似又不相同的危机。

几年来我熟悉的文艺界主事者，他们之间渐渐地有了一些微妙的分歧。表现之一是对新时期一些作家和作品的看法，已经难于取得一致。白桦的《苦恋》是否要批，也有不同意见。顺便披露一桩掌故。最初批《苦恋》的任务，是希望我来完成的，有关方面负责人为此找我谈话，我婉拒了这项任务。当时陈述的理由，可能是说，影片的问题在哪里，还没看明白。

后来唐因、唐达成两位受命为文了。一次路遇，问起进展，唐因摇头，达成说：“你不写呀！”这是两个非常好的人，都在一九五七年被授过“加冕礼”。我和达成还有一段渊源，我在太原钢厂时，他当时也在太钢下放。

周扬、巴金、夏衍等几位文坛老辈，鉴于一生的经验教训，比较倾向于为青年作家说话。有意思的是，一次李一氓先生也和我说起，以偏激责怪青年，不一定妥当。他说：“我们年轻时候，比现在的青年偏激多了。”而有的主事者，则把问题看得比较严重。周扬在马克思逝世一百周年纪念会上的讲话，因为讲了“异化”和人道主义，受到了批评。

周的讲话文稿《关于马克思主义的几个理论问题的探讨》，在《人民日报》发表后，胡乔木写署名文章与之辩难，措辞异乎寻常的尖锐，说周的观点“关系到是否坚持马克思主义的基本原理”。周扬没有回答。据说幕后的交锋火药味更足。后来胡写了一首诗给周：“谁让你逃出剑匣，谁让你割伤我的好友的手指？血从他手上流出，也从我心头流出，就在同时。请原谅！可锋利不是过失。伤口会愈合，友情会保持。雨后的阳光将照见大地更美了：拥抱着一对战士。”

不要小觑二十八年前胡、周这场争论，一九八三年的“清除精神污染”，就是以此为肇始。我的《关于发展马克思主义文艺学的几点意见》，本来属于学术研究的讨论问题，别人可以质疑，我也可以回答。但渐渐地变得不那样单纯了，有人想赋予更多的义涵。而且造成一种意象指涉的类转，把文艺学的完整体系问题，变成马克思主义学说是否有完整体系的问题。我后来看过一种有心人编的“学习资料”，其中涉及体系问题，在同一页的上面引录邓的话：“马克思主义是一个完整的体系。”下面是我的一段话：“马克思、恩格斯、列宁、斯大林等经典作家，并没有建立起文艺学的完整的理论体系。”

一次还发生一件有些怪异的事情，某学术单位的一位人士，来到我在会议上住的房间，突然问我：“听说您说过，所以写那篇文章，是因为胡乔木曾经讲过同样的意思。您是说过吗？”我说写文章之前不知道胡乔木有这类讲话。“那么写作之后呢？是不是说过？”我还未及回答，他就匆匆离去了。不久，我所在单位的主事者告诉我，胡乔木对一封来信作了批示：“我讲的和刘梦溪讲的根本不是一回事。”以乔木在思想领域的权威地位，在专门的批件里指名道姓涉及一个学人，可不是一件可以视而不见的事情。

而这时我个人正在遭遇情感危机，试图整治一下我的朋友，觉得施行的口实比以前丰富多了。于是决定我不再担任理论研究室负责人的职务。又隔月余，非常低调地告诉我，经研究决定停止我的工作。为了给这两个决定充实理由，我所在研究室的上属单位，决定重新调查我“文革”期间到底有没有问题。因为当时结合“清污”，党员需要重新登记。尽管发展我加入中共组织不过两年，转正才一年，早已调查得详细得不能再详细。结果又调查了很多人，李一氓、龚育之、李庄（时任《人民日报》总编辑）等，都写来了材料，证明我是坚决反对“四人帮”的倒行逆施的。不知这些材料如今是否还在？希望不要遗失，氓老的字，价位可是不低呢。

这一连“三个决定”，使我有四五年的时间不能正常工作。附带的是“三不准”：不准发表文章，不准出版著作，不准出席会议。不过还没有限制我的人身自由，可以读书，可以读任何书，不像在江西五七干校，只能读《毛选》。“三不准”也是开始执行得认真，后来不免松懈，只要不是中央一级的大报刊，外地学术刊物发了，也不见有人追究。到后来宣布这些“规定”者，自己也忘记了曾有过这些“规定”。这种情形一直持续到一九八八年二月一日，才得以结束。前后持续近五年的时间。

贾谊《过秦论》里有一句话："民之困，莫过于倒悬。"我自己当时之境遇究竟是"正悬"还是"倒悬"，留给史家考证；但足足被"挂"起来或"悬"起来近五年的时间，则是我所经历的千真万确的事实。学术界很少有人知道本人还有这样一番经历，特在此顺便提及，如果不足为文化之未来提供鉴戒，也可以提醒自己不忘困厄。

当时我所在研究室的一批同事友人，他们所表现的正义和给予我的友情，是我渡过困厄的重要支撑力量。尤其品端情挚的段更新先生，那段时间可以说与我患难与共。可惜他与木讷内秀的王兴仁先生，都已在多年前作古了，让我不胜惋惜。我和刘再复兄订交于第四次文代会报告起草之时，后成为契友，他当我倒悬之际所给予的精神慰藉，暖溢肺腑。赵朴老、李一氓先生两位老辈，龚育之、李庄等忘年好友所给予的关照，至今难忘。由于翻看了那几年所写的日记，不免有陈寅老喜引之"元祐党家"话"贞元朝士"之感。

噫！如许陈年细事今已过去三十五载矣！居困处危对一个人意志之磨炼所起的作用，亦非言语文字所能尽道者。

倒悬之五年，再次给我以潜心读书的机会。

重点读陈寅恪和钱锺书，而开始主要以钱为主。《管锥编》《谈艺录》《旧文四篇》《写在人生边上》《宋诗选注》，成为我一个时期须臾不离的精神伴侣。说须臾不离，是因为随身携带，走到哪读到哪。公交车上看，不用说了。走路也单手持书，边走边看。看得很细，一个字一个字地看。看完一遍，再看第二遍。尤其《管》《谈》二书，读了不知多少遍。不是为了研究，也不是为吸取知识，而是无目的地兴趣阅读。书可以疗疾，我从钱著中体会到了，感受到了。

人在困厄时期，背景中左右全局之势力的消长，周围人们面孔的变化，多有让当事人百思不得其解的悬疑。特别是平日交好之友人，因势变而脸变，足可令人伤痛。但钱先生引古训告诉我们："凡亲戚故旧之为时官者，皆当以时官待之，不当以亲戚故旧待之。"并连类西典："朋友得势位，则吾失朋友。"经此一说，那执迷的伤痛也就多少缓解了。当冤抑长拖而不得终结时，难免倍增惆怅与愁肠，但钱先生引黄山谷《奉和文潜赠无咎》诗云："张侯真理窟，坚壁勿与战。难以口舌争，水清石自见。"又引陈简斋诗为证："微波喜摇人，小立待其定。"

盖钱先生之书，既是艺文人文的知识渊薮，又是人生处困解厄的妙方。有此一番细读钱著的经历，才使我在一九八八年下半年筹办《中国文化》时，有勇气写信向他求教。读陈寅恪先生的著作，则是研究性阅读，它改变了我的学问方向。

陈寅恪与钱锺书两位二十世纪的学术泰斗，是接引我走向吾国学术文化深处的桥梁。看了他们的书，知道自己不必写作了。尤其对当代文学和所谓“文艺理论”，产生了某种厌弃感，此后再没有让它们进入自己的研究视野。而且，一个时期不能发文章不能出书的限制，反而成了我为学的自觉之境。古人所谓“逃名”的意涵，这时也能够理解了，而且有所会心。

事实上，一九八五至一九八九年我很少写文章和发表文章。我当时喜欢自己拼凑的一副对联：“终年著书无一字，大患分明有此身。”也喜欢钱锺书先生的一首诗，一九五七年他到湖北看望父尊钱基博，写的《过邯郸》：“弈棋转烛事多端，饮水差知等暖寒。如膜妄心应褪净，夜来无梦过邯郸。”并因之名自己的书房为“无梦斋”。

第八章

归　趣

一九八八年六月，我离开中国文联，调入中国艺术研究院。离开文联之前，已获研究员职称。而“倒悬”一案，主事者不得不还我以清白之身。

中国艺术研究院直属文化部，是一个很有传统的独立学术机构，主要以艺术的分学科研究为主，戏曲、音乐、美术三所成立于二十世纪五十年代初，其他所成立晚些。当时王蒙任文化部部长兼研究院院长，李希凡任常务副院长。他们调我过去，意在加强文化研究的力量，具体为筹建中国文化研究所和创办《中国文化》杂志。

由于成立独立的研究所，需要一系列审批手续，为及早启动计划，院里决定先成立院直属的中国文化研究室。七月十二日，成立中国文化研究室的文件下达，任命我为研究室主任。《中国文化》杂志很快也经文化部和出版署核准，批给正式期刊号，为半年刊，每年出版春季号和秋季号两期，由我担任主编。聘请季羡林、张舜徽、饶宗颐、金克木、周有光、周策纵、李学勤、冯其庸、王元化、王蒙、龚育之、李泽厚、李希凡、金耀基等为学术顾问。开始由三联书店出版，嗣后三联书店、香港中华书局、台湾风云时代出版公司，在北京、香港、台湾同时出版，成为唯一的一家在三地同时出版的学术刊物。

原拟一九八九年五月出版春季号，延至年底才付梓，读者拿到样刊已是第二年春天了。创刊词写于一九八八年十二月，创刊号后记写于一九八九年七月二十日，都是我亲自所写。

我在创刊词中写道："《中国文化》没有在我国近年兴起的文化热的高潮中与读者见面，而是当文化热开始冷却，一般读者对开口闭口大谈文化已感觉倦怠的情势下创刊，也许反而是恰逢其时。因为深入的学术研究不需要热，甚至需要冷，学者的创造力量和人格力量，不仅需要独立而且常常以孤独为伴侣。"我申明自己的学术主张："本刊确认文化比政

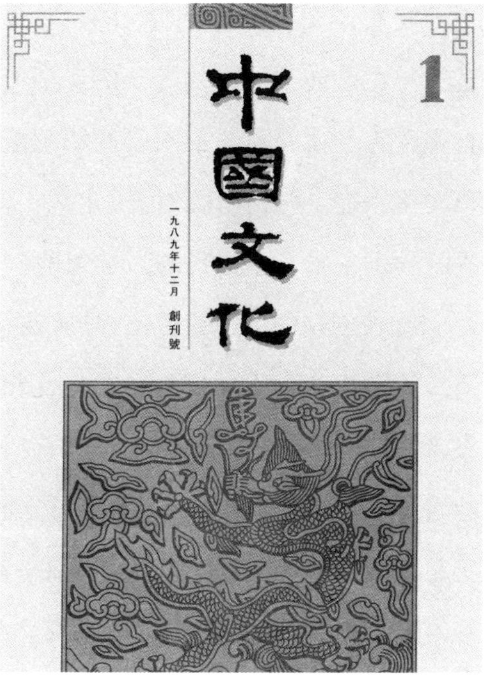

《中国文化》
创刊号书影

治更永久，学术乃天下之公器，只求其是，不标其异。新，固然是人心所想往；旧，亦为人情所依恋。关键是一切从学术出发，提倡独立的自由的学术研究，自由才能独立。即使物境不自由，学者的心境也应获得自由。”

创刊词援引钱锺书先生《谈艺录》序言里的话：“东海西海，心理攸同；南学北学，道术未裂。”提出：“为学之道，尚同比求异更重要而且深刻得多。”这是我多年形成的思想，至今仍这样主张。并表明了我的学术追求：“既不作传统观念的奴隶，又不作流行观念的牺牲品。”创刊词阐述的思想，显然与我已往“抑扬顿挫”的经历有关，和“倒悬”之时潜心阅读陈、钱有关，反映了我积累成型的一种新的学术精神和文化宗趣。“文化比政治更永久，学术乃天下之公器”，是我的学术主张，也是我的为学态度。

我在创刊词里还写道：“与学界一片走向世界的滔滔声不同，我们想为了走向世界，首先还须回到中国。明白从哪里来，才知道向哪里去。文化危机的克服和文化重建是迫临眉睫的当务之急。如果世界同时也能够走向中国，则是我们的私心所愿，创办本刊的目的也在于此。”这些思想追寻，二十年来本人未尝变过。由于提出“深入的学术研究不需要热，甚至需要冷，学者的创造力量和人格力量，不仅需要独立而且常常以孤独为伴侣”，致使颇有一些学界人士认为我在提倡“冷文化”。

一九八八年十二月十五日，《中国文化》创刊座谈会在京召开。与会学者有汤一介、乐黛云、冯其庸、庞朴、李学勤、李泽厚、龚育之、傅璇琮、杨宪益、刘再复、金观涛等。李泽厚发言时说：“金观涛要走向未来，刘梦溪想走向过去，我都支持。”

《中国文化》的宗旨，后来概括为四句话：“深研中华文化，阐扬传统专学，探究学术真知，重视人文关怀。”每期都标示于刊物的封面。

创刊号的文题和作者阵容，也着实可观。其中有：庞朴的《火历钩沉》，李学勤的《〈易传〉与〈子思子〉》《帛书〈周易〉与荀子一系〈易〉学》，季羡林的《新博本吐火罗文A（焉耆文）〈弥勒会见记剧本〉第十五和十六张译释》，周有光的《汉字文化圈》，章培恒的《从〈诗经〉〈楚辞〉看我国南北文学的差别》，傅璇琮的《一种文化史的批评——兼谈陈寅恪的古典文学研究》，舒芜的《理性的清朗和现实的阴暗——论周作人的文化心态》，钟叔河的《丰子恺画周作人儿童杂事诗笺释》，乐黛云的《世界文化对话中的中国现代保守主义》，蒋天枢的《如何发扬中国固有文化》，王伯祥的《旧学辨》，罗宗强的《儒学的式微与士人心态的变化》，钱仲联和程千帆分别为《全宋诗》撰写的序言，张舜徽的《"亡人之国必先去其史"——〈中华人民通史〉自序》，吴忠匡的《记钱锺书先生》，汪曾祺的"城南客话"专栏之一《四方食事》。金克木独发两篇，一是《日历·月历·星历与文化思想》，是为推介庞朴的《火历钩沉》而作；二是《范蠡·商鞅：两套速效经济软件——读〈史记·货殖列传〉》。都堪称绝活绝文。此外还有夏晓虹的《说林纾的"好名"》，新加坡学者王润华的《论司空图植根于个性、语言、文学、生活、文化上的风格论》。文献专栏刊发了《熊十力论学书札》三通，学术访谈专栏有葛兆光和汤一介的访谈对话。

第二期《中国文化》，作者队伍更加扩大，沈从文、姜亮夫、蒋礼鸿、谭其骧、饶宗颐、裘锡圭、常任侠、周汝昌、张伯驹、张岱年、冯先铭、赵冈等文史哲各领域的硕学大家，都应邀来捧场了。

一九九〇年九月，当创刊周年的时候，即出版了两期之后，我们召开了一次学术座谈会。赵朴初、季羡林、金克木、周有光、冯至、吴组缃、任继愈、庞朴、李学勤、李泽厚、周汝昌、冯其庸、王利器、舒芜、乐黛云、严绍璗等学界人士都参加了，地点在国际饭店二楼会议厅。与会人士发言踊跃。季羡林先生说，《中国文化》好像是从天上掉下来的刊物。赵朴老、周有光提出，应该从世界的角度观察中国，这样才能参与人类文化发展的整体对话。创刊号载有王伯祥先生《旧学辨》一文，其中有“夙以不苟不欺自勉”的话，冯至看后颇为感慨，说这是中国文化所要求的一种境界，弄文字的人应该共勉。李泽厚说，创刊之初他就认为不妨搞一点儿冷文化。王蒙说，冷文化比热文化力量大。与会的老辈硕学和平日师友，都对《中国文化》给予热烈肯定，寄予厚望。

多家国外驻华机构，也来电话来信询问刊物出版的背景和目标。令他们疑惑不解的是，在那时，何以会有如此学术众星齐来上阵的学术期刊问世。

一年之后的一九九一年九月十一日，我南下上海，主持召开了一次沪上学者的《中国文化》座谈会。地点在东湖宾馆，上海各方面的文史专家和著名学者都应邀而至。可谓大家云集，盛况空前。历史地理学家谭其骧，文献版本专家顾廷龙，中国文化史学者蔡尚思，哲学家冯契，佛学学者苏渊雷，现代文学学者和作家贾植芳，上海的思想领军王元化，古籍整理专家钱伯城，中国文学思想史学者王运熙，古典文学专家章培恒，历史学者汤志钧、朱维铮、唐振常，作家黄裳，民

上海座谈会

俗学学者邓云乡，以及年轻一些的余秋雨、孙逊、赵昌平、王小盾等，都应邀与会。围绕《中国文化》的办刊宗旨、学术个性及如何深入一步研究中国文化和中国学术，怎样提出一些新问题，解决一些学术难题，如何建立良好的学术风气，与会学者展开了深度的讨论。整个一个上午，言犹未尽。谭其骧先生说，既然提倡简化字，为什么《人民日报》海外版要出繁体版？是不是中国的好东西只给外人看，自己看不好的？他说这是“双重标准”。蔡尚思先生说，我不是反对儒家，我是说儒家之外也有好人。王元化说没关系，我对儒家也没有很大兴趣。大家大笑。

左起：章培恒、王元化、余秋雨、赵昌平在上海座谈会上

可惜到今天，二〇一六年的八月，参加京沪座谈会的三十五位学者中，已有二十三位作古，真令人不胜唏嘘乃尔。

如今《中国文化》已创刊二十余年，受到国内外学界的普遍认可和好评，且已改为邮局发行，虽每年只两期，但质量能确保，余愿已足。创刊词结尾的一组排句“创刊在即，意绪怦怦，瞻彼前修，既恂且惊，不求闻达，但求友声”，以及创刊号编后里说的“本刊衡文自有准的，殊不以时尚为好恶，不妨人弃我取，人轻我重”，这些理则意绪，二十年的办刊实践证明，可以说大体尚未辜负。

《中国文化》创刊之初，还有出版英文提要版的计划，所以新闻出版署当时批下两个期刊号。后来知者都以为不必，主要是译笔难求，遂有号无刊，延宕多年。出版管理部门几次欲吊销这个有号无刊的刊号（应该承认是合理的），都有出版业的长者为之回护，说刘梦溪是个书生，待之可耳，何必急于举措？

九十年代，每有外出访学或出席国际学术会议，与国际汉学界接触日多，遂萌生了改英文提要版为《世界汉学》的想法。这个想法一九九八年得以实施，五月三十日端午节那天，召开《世界汉学》创刊学术座谈会，京城和国外学者五十余人与会，钟敬文、季羡林、张岱年、何兆武、龚育之、

左起：钟敬文、张岱年、龚育之
在《世界汉学》创刊座谈会上

李学勤、汤一介、庞朴、周汝昌、冯其庸、乐黛云、陈平原、汪晖、成中英等，在会上作了热情发言。

我在《世界汉学》的“发刊寄语”里提出：“我们创办这本刊物，为的是给关切儒教文明为基底的中华文明的历史经验事实和未来发展前景的各国汉学家，提供一个自由论说的园地，祈望以汉语的方式建构不同文化背景、不同文化系统之间的沟通与对话，建构国际汉学研究的学术桥梁。”

赵朴初特地撰写诗联，为《世界汉学》创刊志庆，他写的是：“汲古得修绠，开源引万流。”把《世界汉学》和《中国文化》联系起来，可谓深获我心。但此刊只出了四期，因经费不能支持，便不能为继了。

本来金庸先生答应给予支持的。查先生和我的内弟陈祖

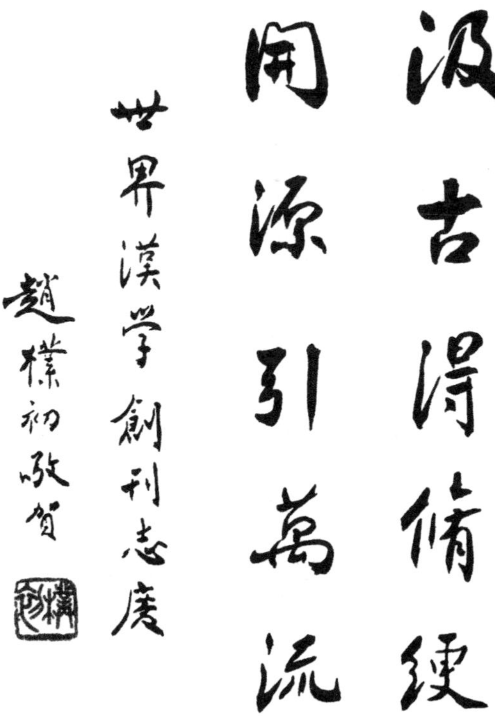

赵朴初为《世界汉学》创刊题词

德是手谈好友，曾邀往香港住其家中休养，同时切磋棋道。故九十年代每次到香港开会访学，都有机会和查先生晤面。一次在中文大学访学期间，《明报月刊》总编辑彦火兄一天晚上知会我们，查先生邀请我和内子明天早上到查府共进早餐，他陪同我们前往。用餐时查先生问我：《世界汉学》一年需要多少钱？我说十万。他笑笑说：我支持你一年的。但此事后来没有兑现，我想大半是他说过自己忘了。友朋圈内有的知我稍谙相人之术，查太太林乐怡对此颇感兴趣。可能他们谈及过此一微末细事。所以当查先生表示欲资助《世界汉学》时，随后又补了一句："你事先是否知道？"我答以不知道。他笑并与太太对视数秒，查太视之如无，没做表情的回应。后来彦火兄作为例证提起此事，说查先生这类忘记的情况多有，大家不以为意耳。

《中国文化》的经费也是全额自筹，其中的艰辛自是言不能尽，但亦不乏愿为中国文化托命传薪的友人倾囊相助。一次在南京开会，遇到香港的安子介先生，他是文字学家、著名的实业家。看到《中国文化》内容充实、印制精美，问我是否国家拨款。我说不是。他说一年需要多少钱，我说七万。安先生要我写一个关于刊物性质的情况，写明所需钱数。写完请他过目，他看完说："好，一年七万美金。"我立即纠正："不是美金，是七万人民币。"然而他还是自语地说："七万美金，好，我回去让他们办理。"后来他的在港机构与我联系汇款方式，我又强调是七万人民币，对方笑了。最后汇来的是人民币十万元。早期《中国文化》，一期三万就够，故一年七万已是丰足。后来到《世界汉学》，成本增加，一年要十万了。

善缘固然时有巧遇，但并非长久之计。中间也曾数度柴尽炊断，致使刊物脱期，或竟合并而出。直到二〇〇六年中秋前夕，得异人之助，方衣食无忧，得入连续出版物之正轨。犹忆当时，曾手写一纸"《中国文化》杂志致读者作者函"，

刘梦溪、陈祖芬夫妇在查宅与金庸先生合影

具道原委，向刊物的读者作者有个交代。兹抄录信稿全文，以明一切诸法，无非缘会而生。

> 《中国文化》编辑部同人谨向本刊读者作者致丙戌金秋的问候。《中国文化》是在艰难的日子里创刊的，有幸维持至今，全赖学界师友本乎恕道的偏心呵护。如今《中国文化》已届“志学”之岁，回首畴昔来路，不禁感慨系之。当其初启，佳构如林，每有胜流雅集；曾几何时，资金不济，常患有米无炊。命悬一线，续则已然将断；刊期不保，有亦略同于无。白乐天长安之窘即为我窘，杨白劳除夕之苦是为我苦。社会烦言，云是斯刊已停；友朋扼腕，尽多筹款之议。作者询之，读者问之，管方责之，主编叹之。孰料天不欲废我《中国文化》，忽有奇人雅助，因得恢复正常。丙戌春季号已刊，学界反响热烈；本年秋季号待编，下月可望付梓。且十七至二十一期不能即致之薄酬，亦能欣然补寄。虽然，涓滴之水，难敷久拖之汗颜；受命学术，何计阿堵之厚薄？肇公记梵志归家，曰吾犹昔人，非昔人也。本刊积案既罄，则犹昔刊，是昔刊也。论曰：今我园地，旧貌新颜，涵纳百家，文质为

先，学无新旧，佳篇是选，还望师友，再续前缘，文体百变，道体不迁，大哉中国，文化永年。

二〇〇六年丙戌中秋前十日敬启

中国文化研究室成立五年之后，即一九九三年四月二十八日，经文化部批准，在原研究室基础上正式成立中国文化研究所，由我担任所长。

我们是一个多学科组合的研究所，有中国文化史、学术思想史、法学、政治学、佛学、诗学和书画学、女性学、休闲学、现当代文学思想研究和国际汉学等领域，这在艺术研究院的背景下，实属例外，亦至为难能。此是一点。其二是，我们聚集了一批真正第一流的学术人才，大画家范曾，法学家梁治平，政治学者刘军宁，当代思想研究者摩罗，侧重国际汉学研究的任大援，徐邦达的公子、美学家徐书城，都是中国文化研究所的正式在编研究员。思想史学者葛兆光在本所时间比较短，主要与我一起编辑《中国文化》的头几期，后去清华，现在复旦。伦理学家何怀宏、戏曲史专家廖奔，都曾经是本所的正式成员。于丹一九八九年北师大毕业来文化所，一九九四年调北师大艺术学院。后来又有专事佛学研究的喻静研究员调入本所。只是尚缺一位品端学正的经济学家，是为一憾。其三是，在某种意义上，中国文化研究所的理念和轨则，是我个人学术理念和文化追求的体现。我主张多元共生，不专主一家，提倡“为己之学”，既强调本民族文化传统的传承，又重视精神价值的永恒性和普世性。我认为学问的会心独得比结论的正误更重要。其四是，我希望建一个清洁的学术园地，一个没有人事纠结的研究所。学问第一、人品第一，是我们吸纳新人的条件。有人追问，两个第一何者在前？我说学问好的，人品在前；人品好的，学问在前。所内同人，以及了解我们中国文化研究所的朋友，会认为我们的这些想法已为事实所验证。其五，我们中国文化研究所一度接受访问学者。台湾政治大学的施淑慧教授因此来所访学一年。访学结束，所里举行正式的论文报告会，所内外专家一起评议其研究成果。施教授后来成为我们所以及我个人的非常亲近的学术友人。

我们中国文化研究所每两周有一次所聚，叫“双周学术座谈会”，由我开端引题，大家畅论。范曾先生来所后，我们两人交互讲论，大家插话讨论。一般一次围绕一个主题，天上地下，古往今来，评人衡文，其乐无穷。我们的博士、硕士研究生每次也来参加，作为课时活动的一部分。研究院其他所，甚至外单位，包括媒体，也不乏前来旁听者。后来因各种因素，所聚的间隔时间渐渐拉长，至有一两月一聚者。我一次说，我们的所聚已经由贾宝玉变成林黛玉了。问才女秦燕春此说何来，秦说贾宝玉喜聚不喜散，林黛玉喜散不喜聚。我又说，若两年一聚呢？法学家梁治平答曰：“那就是双年展了。”大家大笑。

每逢年终，圣诞元旦之间，我们举行新年嘉会，少量眷属好友，亦可同来。选京城好一些的酒店，品茗谈往，抽签分礼，乐莫大焉。新来的研究人员，在所感受一些时间，会觉得我们的学术气氛浓，空气自由，同时有一种秩序和尊敬。每年都会邀请少量国内外知名的学问大家，到文化所作学术演讲，讲一个小时，讨论互动一个小时。何炳棣、许倬云、杜维明、李欧梵、周质平、黄一农、沟口雄三，及藏学专家王尧，年轻学者刘禾、刘小枫、刘笑敢等，都来所作过演讲。参加讨论者，本所学人之外，京城学界名宿汤一介、庞朴、李泽厚、李慎之、余敦康、方立天、沈昌文、董秀玉、梁从诫、牟钟鉴、陈来、汪晖、周国平、秦晖、刘东、王守常等，都曾莅临过我们的学术演讲会。

我们研究所的出版物，除《中国文化》，还有《中国文化研究所学报》，中华书局出版。我们很少开会，开会也轻松得像不开会。唯二〇〇八年十一月三十日，值中国文化研究所和《中国文化》杂志创立二十周年之际，我们开了一次会，会名叫“戊子岁尾雅集”。我具名写的请柬，其词曰：

中国文化研究所暨《中国文化》杂志，今创立已二十年矣。时序递嬗，岁月迁流，逝者如斯。古者论学，最重省切二义。省者返也，切者问也。省主忠信，问则致思。诗云：“瞻彼淇奥，绿竹猗猗。有匪君子，如切如磋，如琢如磨。”子夏云：“博学而笃志，切问而近思，仁在其中矣。”《易》文言称：“君子学以聚之，问以辨之，宽以居之，仁以行之。”孟子则曰：“是尚友也。”故当此廿年回首返躬之际，特诚邀京城师友硕学，于戊子冬初之月，月杪周休之日，借国际俱乐部饭店二层至尊厅，宴聚雅会，恳谈论学。台端向为本所本刊之学术护法，亦梦溪本人情牵道契之素友，兹恭邀大驾拨冗光临，或抵掌以谈，或拈花而笑，要皆为中国文化之运命而有所思议，语默动静，贞夫一也。本所同仁暨本刊编友自当扫径拥彗以待。

呦呦鹿鸣，食野之苹，人之好我，示我周行。

本所全体人员，以及杨振宁、何兆武、戴逸、汤一介、乐黛云、李泽厚、李学勤、王蒙、范曾、余敦康、严家炎、冯其庸、李希凡、陈平原、沈昌文、董秀玉、于丹等师友都来了，都有精彩发言（详见附录第二篇）。

《中国文化》杂志最早的出版者、原《读书》杂志主编董秀玉女士说："一个杂志的性格，就是主编的性格。我看《中国文化》的二十年，就是看刘梦溪的性格。一个，是他低调，这个杂志也是这个风格。对这个杂志，我的感受是，它学术，它名士，还有一个是它性情。这基本是梦溪的性格。这个中间，它有很多坚持，能够坚持二十年，把宗旨非常低调地坚持下来。而且，这种坚持，不管东南西北风。不管刮什么风，它还是它的宗旨。一个学术杂志，能办下来，而且能够一以贯之，没有这种坚持，没有这种低调，大概很难做到。"秀玉是我多年的好友，她知道经过，是知情者。

文化部副部长兼中国艺术研究院院长王文章先生说："中国文化研究所对中国艺术研究院的发展来说，具有基础的意义。中国文化研究所的这些学者，以及中国文化研究所联系的我们中国的，也包括海外的许多第一流的著名学者和一些艺术家，他们以中国文化研究所和《中国文化》杂志为纽带，形成了一种学术的力量，也可以说构建了一种共同的学术精

《中国文化》二十年戊子雅集会场全景

戊子雅集。自左至右：严家炎、范曾、翁帆、王蒙、杨振宁、戴逸，左后方为汤一介

神，这对中国艺术研究院的学术研究给以很大的推动。”文章院长也是知情者。

事实上，我们中国文化研究所近十年的建设，《中国文化》杂志近十年的发展，我个人近十年的学术行走，和文章院长的呵护、支持是分不开的，当此忆往思今之时，不免心存感激。

第九章

入　史

我是念文学出身，为学的路子很长时间未尝或离文学，虽然也喜欢历史，喜欢哲学，但文学的影子隐隐如在。只有到了二十世纪九十年代，我才尽脱文学而入于史学。桥梁是王国维、陈寅恪与钱锺书。特别是陈寅恪先生，对我为学的精神旨趣和学问构架的影响至为深远。

最能体现陈寅恪学问精神的名言，是一九二九年他为王国维纪念碑所作的碑铭，其中写道："士之读书治学，盖将以脱心志于俗谛之桎梏，真理因得以发扬。思想而不自由，毋宁死耳。斯古今仁圣所同殉之精义，夫岂庸鄙之敢望？先生以一死见其独立自由之意志，非所论于一人之恩怨，一姓之兴亡。”又说：“先生之著述，或有时而不章。先生之学说，或有时而可商。惟此独立之精神，自由之思想，历千万祀，与天壤而同久，共三光而永光。”此处的“独立之精神，自由之思想”十个字，真有万钧之力，对我起到了振聋发聩的作用。我暂时放下钱锺书，全身心地走进了陈寅恪的世界。

陈寅恪是世家子弟，出身名门，他的祖父陈宝箴是一八九五至一八九八年的湖南巡抚，父尊陈三立是晚清的大诗人，他们周围连接着同光朝名公巨卿的社会政治网络。曾国藩、郭嵩焘、王文韶、张之洞等晚清大吏，都与义宁父子（陈宝箴为江西义宁人）相契合。因此我的研究陈寅恪，是连同他的祖父和父亲，连同周围人物，连同晚清史事，一起研究的。《陈宝箴和湖南新政》原是专著《陈寅恪论稿》中的一章，由于已长达十多万字，后来单独成书，由故宫出版社出版。

此书是第一次以时任湖南巡抚的陈宝箴为主角主线，来研究湖南新政的全过程，涉及众多事件和人物，学术界以前没人这样做过。特别对一八九八年戊戌八月慈禧政变后，陈宝箴的下落和死因，我作了详细发覆索隐，为慈禧赐死之说提供了新解释和新证据。该文最初发表于《中国文化》，包括《百年潮》等不少报刊转载介绍。

我研究陈寅恪的最早发表的文章，是《论陈寅恪的学术创获和研究方法》，六万字，连载于台湾《书目季刊》一九九〇年最后一期和一九九一年第一期。后来这篇文字亦收入王瑶先生主编的《中国文学研究的现代化进程》一书，成为其中的一章。文章分六个部分：（一）工具·材料·观念·方法；（二）打通文史，追求通解通识；（三）中国文化本位思想；（四）种族与文化的学说；（五）独特的阐释学；（六）中国文体论；（七）真正"脱心志于俗谛之桎梏"的现代学者。这是一篇从陈著文本出发，系统阐述陈寅恪学术思想和学术精神的文章，季羡林先生看后许为"至文"。

我研究陈寅恪的第二篇重要文字，是对陈著《柳如是别传》的研究。最后定稿为三万字，题目为《"借传修史"——陈寅恪与〈柳如是别传〉的撰述旨趣》。纪念陈寅恪先生诞辰一百一十周年国际学术研讨会论文集《陈寅恪与二十世纪中国学术》，收录了部分章节，荷兰莱顿汉学院《史学：东与西》，亦加英文提要予以刊载。此文的主要学术贡献，是首次提出并论证：陈氏此著，是借为一名"天下兴亡，匹妇有责"的奇女子立传，来撰写明清文化痛史，因而认为是全部陈著中最重要的大著述。

我研陈的第三篇文章，是通过研究《陈寅恪诗集》，来论述陈的“家国旧情”与“兴亡遗恨”，从而破译湖南新政和慈禧政变对陈寅恪心理结构的影响。一九九四年《中国文化书院建院十周年论文集》首载此文，《光明日报》亦选刊过一个整版。

第四篇是《“独立之精神，自由之思想”——陈寅恪先生学行小传》，这是为拙编《中国现代学术经典·陈寅恪卷》所写的传主介绍，一万字，《文汇读书周报》全文刊载。

第五篇是《陈寅恪的家学渊源和晚清胜流》，两万字，发表于《中国学术》二〇〇二年第三期。此篇首次提出义宁之学的宗主是王学，这在陈寅恪的曾祖父陈琢如、祖父陈宝箴、父尊陈三立，无不如此。此一章节曾单独刊载于《读书》杂志二〇〇一年第二期，蒋庆兄许之为研陈的一项发明。

第六篇是《陈寅恪学术思想的精神义谛》，两万字，上海《学术月刊》二〇〇七年第六期首发。题分八目：一、陈寅恪是最具独立精神最有现代意识的历史学者；二、陈寅恪的基本文化态度是不忘记本来民族之地位；三、陈寅恪的主要文化理念是文化高于种族；四、陈寅恪从根本上说是一位贵族史家；五、陈寅恪是学术奇迹的创造者；六、陈寅恪创立了独特的解释学；七、《柳如是别传》是陈寅恪一生最大著述；八、陈寅恪的“哀伤”与“记忆”。此篇论陈甚精要，第一次提出陈寅恪是贵族史家，并对陈的“哀伤”与“记忆”作了深入阐发。《21世纪经济报道》曾以两个版的篇幅，选刊此文之论述“哀伤”与“记忆”部分。

第七篇是《陈寅恪与〈红楼梦〉》，一万八千字，刊载于二〇〇一年第一期《文艺研究》杂志。当然所写不止这些，举要如此。

由此可见我的研陈，一是连同其家世和家学渊源一起研究，二是研究其学说体系的基本构成，三是突出其学术精神和研究方法，四是重视其气节和特操。现在已发表的文章约三十万言，最后成书估计在四十万字。研陈二十年，是主体和对象完全合一的最快乐的学问经历。一九八九年秋冬之时，以写字自娱，所写条幅和对联，都是陈寅恪的诗句。每天写，反复写，致使很多陈诗我都能背得。

由于陈寅恪和王国维的特殊关系，我研究陈寅恪，采取王陈并治的方法，常常王陈一体论述。王陈合论的文字已写有多篇。包括《王国维陈寅恪与中国现代学术》，一万七千字，发表于《文艺研究》。《陈寅恪〈王观堂挽词并序〉新释》，六千字，《中华读书报》和《中国文化报》同时刊载。还有《王国维陈寅恪怎样看学问的中西》，也是比较重要的文章。我专门研究王国维的文章，主要有四篇，一是《王国维与中国现代学术的奠立》，二是《王国维思想学行传论》，三是《王国维的诸种矛盾及最后归宿》，四是《中国现代学术的四重疑案——以王国维的论述为中心》。

王、陈、钱学问世界的渊深博雅，不仅可为学术立范，也可为学者为学立则。陈寅恪在《王静安先生遗书序》里写道："自昔大师巨子，其关系于民族盛衰学术兴废者，不仅在能承续先哲将坠之业，为其托命之人，而尤在能开拓学术之区宇，补前修所未逮。故其著作可以转移一时之风气，而示来者以轨则也。"此评，他们三位都当得，而后学无法不以之为楷模也。尤其文化托命一语，于我感会极深。

我走进王、陈、钱三大家的同时，也走进了二十世纪中国现代学术。

一九九〇年年初，开始启动一项大的学术工程，就是编纂《中国现代学术经典》丛书。我在一九九〇年三月七日草拟的《编例》中写道：

中国当十九世纪和二十世纪之交，已处于传统社会向现代社会转型时期。由于西学东渐和中外思想文化在新的历史情势下得以交流，现代学术思想遂开始孳乳和萌生。现代学术这一概念，主要以自觉地追求学术独立和确认学者的思想自由为特征，而在研究方法上又吸收了新的学术观念。正是在这一背景下，中国现代学者群中，有一大批杰出的硕学巨子，为人特立独行，论学兼通中西，著文妙解神会，真正是民族文化血脉的传承者和现代学术传统的奠基者。他们撰写的具有代表性的学术论著，在知识建构上固然博大精深，同时闪现着时代的理性之光，其开辟意义，其精神价值，都分明可作为现代学术经典而当之无愧。事实上，今天的青年学人要使自己学有宗基，取径有门，传承有绪，中国现代学者的具有经典意义的学术著作，不只无法绕行，而且将成为获得灵感的重要源泉。

这篇《编例》对中国现代学术的概念和典范性，以及对未来学术建构和学术传承可能起的作用，作了简要述论，体现了我的研究心得。选题没有专项资金支持，全赖河北教育出版社社长王亚民先生的学术眼光，认为有重大价值，愿意倾心出版。王钟翰、汤一介、李学勤、裘锡圭、朱维铮、楼宇烈、汪荣祖、陈来、王守常、陈平原、夏晓虹等很多学界朋友，参与了丛书各分卷次的编校。全书宗旨、体例、框架、选人、定卷，均出自我的设计。各分卷的选目，也经我和责任编校共同商定。名家、名著、名篇的构想，是我确定的编选原则。丛书一九九七年出版，三十五卷、四十四家，两千多万字。一九九八年获中国图书奖。前后七年时间，投入我大量精力，其中的甘苦得失甚难言也。不过可以肯定一点，即《中国现代学术经典》的编纂，对我个人治学历程而言，是让我对晚清民国以来的中国近现代学术拥有了发言权。

我在此一时期，除王国维、陈寅恪、钱锺书之外，阅读了大量包括严复、康有为、梁启超、蔡元培、胡适、赵元任、李济、梁漱溟、熊十力、马一浮、吴宓、傅斯年、廖平、黄侃、刘师培、张荫麟、钱穆、汤用彤、冯友兰、金岳霖、顾颉刚、陈垣、余嘉锡、洪业、杨联陞、唐君毅、方东美、杨文会、欧阳竟无等在内的现代学者的著作。虽然详略不齐，但我认识了他们，知道他们的各自精彩之处。其中我单独写过文章的，就有好多家。我的《学术思想与人物》一书，就是以研究现代学术人物为主。

职是之故，我才有可能当全书初竣之时，写了一篇长六万字的总序。实际上带有全书导读的性质。一九九六年十二月十八日和二十五日，《中华读书报》以《中国现代学术要略》为题，用四个整版连载，在学界引起不小的反响。戴逸、李亦园、叶秀山、冯天瑜、林庆彰、虞万里、邓小军、扬之水等学界名宿，都有函示表祝贺推许之意。还有许多不相识的朋友，也写来了热情的信函。加之《新华文摘》一九九七年第三期，以二万五千字的篇幅选载了《中国现代学术要略》的主要内容，使影响范围更有扩大。

戴逸先生在信中写道：

大作《中国现代学术要略》早已拜读，宏言谠论，十分钦佩。我家订阅《中华读书报》，故能及时诵习。大作洋洋洒洒，风发泉涌。其中，关于学术是人类理性认知的系统化和独创精神，关于清代学术的成就，关于新史料的发现，关于学术的独立性等等，均为不刊之论。阁下大力阐发，理益明确，有功学界，非浅鲜也。社科出版社总编王俊义电话中盛赞阁下文章，嘱我一阅。前日北师大瞿林东见访，携来《中华读书报》两张，称先生才思精敏，多有新见。王、瞿均为研究思想史专家，可见阁下文章已有口皆碑，腾誉于学界。

戴先生的信自是出于对晚学的勖勉，但史学家之笔，亦非虚词溢美。后来在师友恳谈会上，对文中他认为的可讨论之点，也是直言无隐，一一指陈。这是我喜欢的一个学者的学问态度。

叶秀山先生读拙稿时，正赶上“感冒未愈”，但还是写来了密密麻麻三页纸的长函。日前检出此函重新细览，知所涉问题非同一般，其思想思理应该让更多的业内人士知晓才好，故全文抄录在这里，以待知者。

梦溪先生大鉴：

承寄来大作《中国现代学术要略》，长篇巨制，研读一过，获益良多。可惜我日来感冒未愈，睡眠也不好，精神不能集中，俟大好后，仍要拜读。

您这篇前言，立论恢宏，多种材料，到您的笔下，不仅是如数家珍，熟练非常，而且都有自己的位置，可见，您对于这一阶段的中国学术，已有一个完整的、融会贯通的概念，这种学问上的功夫，如今很少有人有了。我体会您的文章，旨在梳理出中国现代学术意识之进一步独立化，而有一个自己的系统，这一点，我认为是很重要的。学术当然和别的事业发生多种的关系，有时还是处于受制、被动的地位，但它自有自己的生命，而生命是延续下来的，是日新的，但又是承继的，生命就是这样一种不能切断的连续性，所以学术必有自己内在的体系，不是真的“断裂”的，不是压在地层里的考古档案，而是一些文件，自己是有生命的。生命就需要与外界交换，包括政治、经济方面的支持和养分，但滋养出来的毕竟是学术生命本身。

关于学术生命本身，我有一点不成熟的感想向您请教。我以为中国传统的学术精神，特别是儒家的传统精神，比较强调现实的社会政治的一面，认为如果被某个皇帝认同了，就似乎进了保险箱，可得以保存和发展，其实，这是一条很不“保险”的路，大儒们常为此吃足苦头。由于有这种思想作指导，心里时常想着帝王的事业，为王者师是中国儒生追求的目标。这种思想影响到学术，大儒们提到张载的那句话——“为天地立心，为生民立命，为往圣继绝学，为万世开太平”——无不热泪盈眶，认为境界太高尚了。我觉得这四句话中只一句“继绝学”有关学术，其他都是帝王的事——在古代是美好的，在现代政治里，就觉得空了。

“为天地立心”，这个“心”当然不是“思想”“意识”，而是“中心”（心儿），天地人，人居中，可以说是“人”在“天”“地”之间起着中间环节作用，这说得过去。最成问题的是“为生民立命”，这本是儒家“仁”的思想的具体化，即“各安其位”，按你自己的“位置”来做事，就是“仁”，“安”于“仁”。“父”不“慈”，是为“不仁”；“子”不“孝”，是为“不仁”。君君臣臣父父子子，各安其位，就是“仁”。可是按儒家思想那个“位”，不是“生民”自己立的，是圣人（圣王）替你立的，是“天命”，是“天”（经过圣人）给你指定的，作工的就得作工，得俸禄的不能再经商与民争利等等。为什么“生民”不能“自己”“立命”？可能怕那样“乱”了，大家都要“越位”，岂非天下大乱了？所以要有圣人来替你立命，你就只能“尽”你的“天职”。这种思想，不合现在的社会精神是很明显的。“生民”自有“命”，“命”是自己创作出来的，是“自律”，不是“他律”。

这些是妄说，大为不敬。只是我觉得西方哲学发展的历史经验，值得我们参考的。他们的哲学，原来也和其他学科（包括政治学）不可分的，像培根、休谟都当过官，洛克、霍布士有许多政治学方面的著作。一直到十九世纪初，在德国，“哲学”“专业化”了，出了一批只在大学当教授的专业哲学家。这个势头有不好的一面，马克思很严厉地批评过了，太脱离实际，太思辨，不过依我看，“专业化”也有好的一面：问题挖得更深入了，更系统了，“哲学”找到了自己的“位”，特点出来了。所以我经常告诉学生，要知道“什么是哲学”，最好的是认真研读从康德到黑格尔的书，因为他们是哲学“专家”，当然也要批评他们脱离实际的一面。凡事都有自己的特点，“哲学”作为一门学科也不例外。“哲学”不是万能的，管理、治理国家还得政治家、经济学家来管，柏拉图的“哲学王”在古代就没有行得通。

写得太乱了，耽误您的宝贵时间。您的文章没有提贺麟先生，其实他是很有独立思考的大哲学家，他的学问得自于德国的唯心主义，结合着宋明儒学，在解放前就有自己的独到的看法；而且他的学问不像熊十力那样艰深，而以平易近人为特点，这是我喜欢的。解放前，贺先生以黑格尔入宋儒，而牟宗三先生则抓住康德不放，晚年还要重新翻译康德的书，是很（有）趣的现象。黑格尔并不像有些人想象的那样“绝对、“武断”，就“圆通”方面言，黑格尔高于康德。

不再打扰您了，说的一定有许多毛病，中国学问浩如烟海，只能望洋兴叹了。祝您有更多的著作问世！

春节来临，祝您

全家节日愉快！

秀山匆匆，一九九七，二，三，病中

叶先生是专攻西方哲学的当代大家，对中国思想学术亦有浓厚兴趣。评骘我的文章只是一个由头，主要在阐述他对中外哲学的独到理解。显然对儒家的为“帝王师”的思想颇不以为然，认为那是古代儒生“吃足苦头”的事业。尤其对张载四句教的“为生民立命”说深表置疑，判析的语词也一反平时为文风格，流露出稍许峻厉，以至于质问道：“为什么‘生民’不能‘自己’‘立命’？”康德和黑格尔两大西哲，他似乎更看重黑格尔，这点与李泽厚不同。但推崇贺麟，又和李泽厚不约而一致。信中对我没有提到贺麟不无遗憾，李泽厚也跟我说过，《经典丛书》应有“贺麟卷”。

叶秀山对中国道家情有独钟，曾写过一篇《道家哲学与现代生死观》，对海德格尔和老子哲学作比较阐释，发表在此前一年的《中国文化》上。那真是一篇一等的上上好文章，我读后情不能已，带着热情未褪的感受给他写了一封痛快淋漓的信，兹一并抄录于此，以见历史的本真。

秀山先生撰席：

大著《道家哲学与现代生死观》已拜收，当即诵读，一气终篇，真真好文章，不可多得也。解老诸家，解而能通者盖寡，而大著释《老》书五十章之“出生入死”，已达通释圆解之境。牵引海德格尔“提前进入死的状态”，使“出生入死”“功遂身退”得正解。妙在人可以“退出”这个“世界”，这就是人会死，会死，就可以不死（不像动物那样终结），甚至是新的“开始”或一个“出发点”……您解析得令我迷狂。

老之“功遂身退”合于“天道”（您说是天道），是为“以老解老”，昭示出老之高明（高于西哲吗？）。“天道”是不可违的，但只知“进入”这个“世界”

而不知“退出”这个“世界”的人，和“天道”处于违和的状态，因此备受惩罚。然而“退出”谈何容易。故需要“修养”“觉悟”，需要秀山先生著文解老。“这种觉悟，乃是退出来的，不是进出来的”“人生在世，进也难，退也难，是进退两难，故出生入死乃是一种危机四伏、进退两难的状态”。这些地方，解老已臻妙境，无人可添加另外的东西。

道家并不是“游戏人间”，“道家也有一种忧患意识”，您的解老，把哲学历史化了，很少有人“进入”这个学理的深度。四十章“反者道之动，弱者道之用”亦因此得正解：“弱者”受制于“道”，将“丢失”一切，反者（强者）不为生、名、利所缚，则无可“丢失”，可以“死而不亡”，这些地方已达致中国解释学家所向往的“圆解”。“纯粹主体性”概念的引入，您从历史又回到了哲学，步入道家的最高境界，自由出、入、进、退的境界。这时，“重生”“全身”又获正解。

文章第十节招来笛卡尔，您敢于说他的“我思故我在”的“思想魅力”，您好大胆量！但我想，这胆量来自《老》书，来自您解老的“理趣”：您也要用“老”解“笛”了。“我被思，则我被存在”，这个“我”

是不自由的，但“功遂身退”，“提前进入死的状态”，“我”便获得了自由，“任他人评论”了。“提前进入死的状态”的“我”，应该也看作是自由的，虽然和“我思”的自由不同。俗语“笑骂由人笑骂，好官我自为之”，也许是一种假死（提前进入假死状态），但假死也有其“自由”的一面。“我思”是个人的、自我的，“我被思”表现为历史性、社会性。您的解老呈现出一种历史哲学状态。“思前想后”的民族，深奥的哲学课题，庄严的“生死”大限，您一句俗语的引入，即化为日用常行之理。又以“庄周梦蝶”解喻，以庄解老，天衣无缝。

很久没读到这样的好文章了。您一定还有新著，希望也在《中国文化》上刊载。此篇补入第十四期（已制作，抽出他文），十二月可出刊，届时即寄样刊及薄酬。真真好文章，真该谢谢您，也代表读者、学术界。虔候秋安！

梦溪敬启，九六年九月二十二日

他收到我的信后，有复函给我，文章缘会的喜悦溢于言表。我寄刊载《要略》的《中华读书报》给他，实与这次的互函有关。我跟李泽厚是学问性情之交，跟叶秀山是学问思理之交。二〇〇九年，李泽厚一次告诉我，八十年代我给他写过一封信，是关于他的《漫述庄禅》一文的。后来他拿回来给我看，竟有十五页之多，四千多字，调式颇类于这封给叶秀山的信。给李的信长，附在书后附录篇里了，大家可参看。

认识叶，缘于一九九二年香港召开的一次学术会议，同机前往，交谈甚得。后来便不时通个电话，有时为约稿，有时是探讨具体学术问题。

叶秀山的信写于一九九七年二月三日，丙子春节的前三天。

当时恰好李泽厚从美国回来，看了《要略》，认为文章提出了许多重大问题，建议找几位朋友议一议。于是一九九七年的二月十六日，正月初十，地点在本人的寓所，戴逸、汤一介、李慎之、李泽厚、庞朴、余敦康、王俊义等学界硕学应邀而至，围绕传统学术和现代学术诸问题，畅抒己见，热烈讨论。实际上是一次高水平的学术研讨。现场讨论争论的热烈情形，《中国现代学术要略·学术恳谈纪实》披载甚详。三联版《中国现代学术要略》的“后记”，也有简要叙说，其中写道：

都是有备而来，谈得异常热烈，甚至有争论争吵。下午三点开始，至六点半意犹未尽，晚餐时继续

《要略》恳谈会，自左至右：梁治平、雷颐、李慎之、戴逸、汤一介、李泽厚、余敦康、刘梦溪

自左至右：庞朴、戴逸、李泽厚

谈。这些人物聚在一起，尽管有茶有饭，招待不谓不周，可一定不要指望他们都讲好话。好话自然也有，我作为文章作者和恳谈会召集人，更愿意听他们的攻错，看他们的机锋，当然无须隐瞒，也很愿意看他们吵架。做学问的人抬学问杠，特别有趣。大约一九九四年或者一九九五年，在杭州开会。我当时因写《文化托命与中国现代学术传统》一文，正对学术独立着迷，发言时便强调各司其业，学者不一定耗时费力去管学术以外的事情，不妨“天下兴亡，匹夫无责”。王元化听后大惊，不待我讲完就插话说：“梦溪呵！你怎么可以这样讲？如果‘匹夫无责’，你还办《中国文化》干吗？”朱维铮说：“知识分子讲的话，当政者不听，与制定政策无关，在这个意义上，我同意刘梦溪的意见，‘天下兴亡’，我们‘无责’。”

我以为这次谈我的一篇文章，而且是家庭的小环境，朱维铮也不在场，不至于吵架。不料谈着谈着语调不对了。庞朴说：“你写大师，有一个基本的问题，你是仰着看的。马一浮，是神仙了，这不行。不光马一浮，所有人，你都是仰着看。要站在前人的肩膀上看，要有这个魄力。这是个大毛病。”余敦康表示反对，说："过了半个世纪，重新接受民国时期的经典，大有好处。鲁迅说，一个苍蝇，拍了一下，绕了一个圈儿，又回来了。二十世纪，从一八九七年算起到一九九七，这一百年我们耽误了太多的时间。说仰视，没有俯视——我们受到的教育，最糟的就是只有俯视，没有仰视。你汤一介，庞朴，都是俯视。你有什么资格来俯视？"尽管都熟知敦康先生的学术脾气，还是没有想到出口会如此严厉。气氛不免紧张了一下。幸亏李慎之先生及时插话，说他既不"仰视"，也不"俯视"，而是"窥视"，大家都忍俊不禁地笑了。

其实还有花絮，"后记"没有写出来。当时汤先生听了余敦康的激语，颇感不惬，起身欲离去，被我劝阻了。

《中国现代学术要略》二〇〇八年由三联书店出版专书，经过修润、增订、补写，篇幅拓展到十万余言，厘分为十二章，顺序章题是：第一章、学术与学术思想；第二章、学术思想的隆替与变异；第三章、多元并立的中国传统学术；第四章、域外思想的引进与学术变迁；第五章、传统学术向现代学术转变：甲骨学和敦煌学；第六章、传统学术向现代学术转变：

经今古文学的互动；第七章、传统学术向现代学术转变：史学与哲学；第八章、传统学术向现代学术转变：新儒学和新佛学；第九章、传统学术向现代学术转变：通人之学和专家之学；第十章、中国现代学术的发端与繁盛；第十一章、中国现代学术的学术传统；第十二章、学术史具有恒在意义的东西。

全书仍保持原来的简约风格，但所论内容，堪称丰富，实际上是一部中国学术思想简史。因为论述古代学术思想部分，占有不小的篇幅。多年积累的研究中国思想学术的心得新见，很多都写在此书里了。本来我还有撰写《中国现代学术思想史》的计划，不知这一计划能否实现。

第十章

学　缘

我研究清末民初以来的中国现代学术思想，迄今已有二十年的时间，但兴趣有增无已。我愿意看他们的书，欣赏他们的特见卓识，理解他们的特立独行，同情他们的曲折人生。他们都经历过苦难，至少战乱和流离是他们共同的经历。没有一位大师的为学之路是一帆风顺的。

但最终成功与否，取决于才禀与意志，也取决于运会与天命。

陈寅恪先生说："后世相知或有缘。""相知"不敢，但取法义宁，冀图对二十世纪学术人物给以“了解之同情”，则是私心所愿。

他们为我们搭建了两座桥，一座通向古代，一座通向西方。他们没有成为过去，我们今天仍不得不重复他们的话题。因此我对那些依然在世的二十世纪的硕学鸿儒，内心有一种深深的敬意与关切。

《中国文化》的创办，和《中国现代学术经典》的编纂，密切了我和尚健在于当世的老辈硕学的联系。

文史大家、四川大学历史系教授缪钺先生，最堪称国学大师之名的张舜徽先生，文学史家和文论家程千帆先生，都和我有面晤之缘或书信往还。他们都是《中国文化》的学术顾问，杂志亦曾多次刊载他们的文字。

一九九〇年春夏之间，我尝前往成都看望缪先生，相谈极为亲切。中国文史之学，缪先生绝对堪称一流。返京以后，奉到先生手书一纸，写的是一首七律：

> 少时伫兴亲书卷，如向深山踽踽行。
>
> 触眼峰峦乱稠叠，回头脉络尽分明。

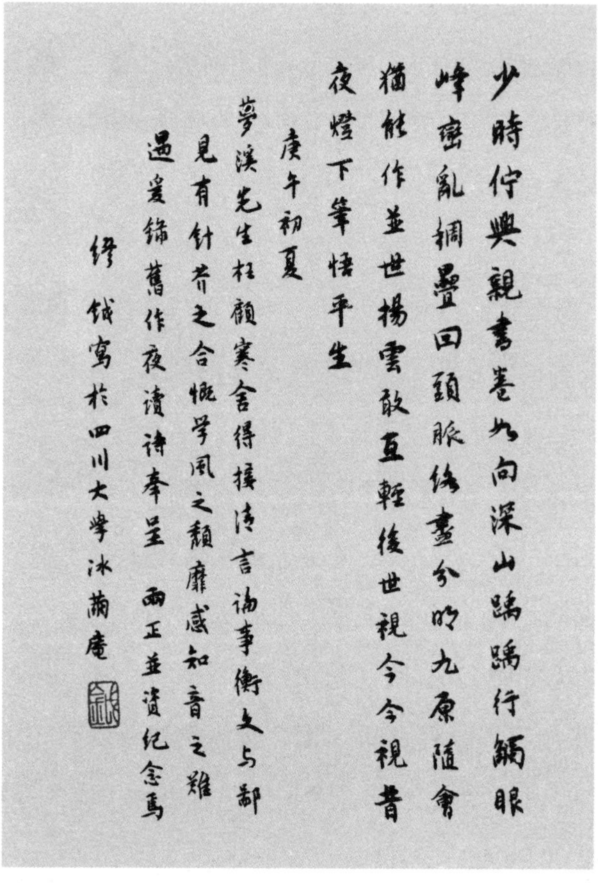
少時佇興親書卷也向深山踽踽行觸眼
峰巒亂稠疊回頭脈絡盡分明九原隨會
猶能作並世揚雲敢互輕後世視今今視昔
夜燈下筆悟平生
庚午初夏
夢溪先生枉顧寒舍得接清言論事衡文與鄙
見有針芥之合慨學風之頹靡感知音之難
遇爰錄舊作夜讀詩奉呈 兩正並資紀念焉
繆鉞寫於四川大學冰繭庵
缪钺先生赠诗

九原随会犹能作，并世扬云敢互轻？

后世视今今视昔，夜灯下笔悟平生。

诗后题识写道：“梦溪先生枉顾寒舍，得接清言，论事衡文，与鄙见有针芥之合。慨学风之颓靡，感知音之难遇。爰录旧作夜读诗奉呈，两正并资纪念焉。缪钺写于四川大学冰茧庵。”宣笺书写，字迹隽秀，行款清雅，如对其人。末钤“钺”字阳文篆章，益添雅趣。

缪先生是我所见到的心性最善良的文史大师，一九九五年逝世，享年九十一岁。他逝世前写给我的信，笺纸上滴有泪痕。

九十年代初，尝以《中国现代学术经典》初选各家的列目，向张舜徽先生和程千帆先生请益。很快得到答复，启我良多。张先生在来示中写道：

细览来示所拟六十余人名单，搜罗已广，极见精思。鄙意近世对中国文化贡献较大者，尚有二人不可遗。一为张元济，一为罗振玉。张之学行俱高，早为儒林所推重，实清末民初，大开风气之重要人物，解放前一直为中央研究院院士。其著述多种，商务印书馆陆续整理出版。罗于古文字、古器物之学，探究广博，其传布、搜集、刊印文献资料之功特伟，而著述亦伟博精深，为王国维所钦服。王之成就，实赖罗之启迪、资助以玉成之，故名单中有王则必有罗，名次宜在王前。罗虽晚节为人所嗤，更不可以人废言也（六十余人中，节行可议者尚多）。聊贡愚忱，以供参考。闻月底即可与出版社签下合同，则选目必须早定。此时合同未立，暂不向外宣扬。如已订好合同，则望以细则见示。愚夫千虑，或可效一得之微也。京中多士如云，不无高识卓见之学者，先生就近咨访，收获必丰，亦有异闻益我乎？盼详以见告为祷。

张先生对罗振玉和张元济的推重，自是有见。我接受他的意见，罗后来列入了，但张未能复先生命。张先生此信写于一九九一年五月二十三日。至次年一月十六日，仍有手教询问丛书之进展情形。而当我告知近况之后，张先生喜慰非常，又重申宜包括张元济的理据。现将张先生这封写于一九九二年四月十三日的来示抄录出来，以资纪念。

梦溪先生大鉴：

得三月二十五日惠书，藉悉《中国现代学术经典丛书》之编纂，布置就绪，安排得体，以贤者雄心毅力为之，必可早望出书，甚幸事也！承嘱补苴遗漏，经熟思之后，则张菊生先生（元济）为百年内中国文化界之重要人物，而其一生学问博大，识见通达，贡献于文化事业之功绩，尤为中外所推崇。其遗书近由商务整理出版甚多，可否收入，请加斟酌。往年胡适亟尊重之，故中央研究院开会，必特请其莅临也。承示《中国文化》第五期即可出书，此刊得贤者主持，为中外所瞩目，影响于学术界者至深且远，我虽年迈，犹愿竭绵薄以贡余热也。兹录呈近作二篇，请收入第六期，同时发表。好在文字不多，占篇幅不多，并请指正！专复，即叩

近安！

张舜徽上，四月十三日

此可见张舜徽先生对“经典丛书”的悉心关切。可惜他未及看到丛书出版，就于一九九二年十一月二十七日遽归道山，终年八十一岁。他其实还在学术的盛期。他走得太早了。张先生写给我的最后一封信，落款时间为一九九二年十一月九日，距离他逝世仅十八天。

张先生最后的文字《自学成才论》，上、下两篇，刊载于

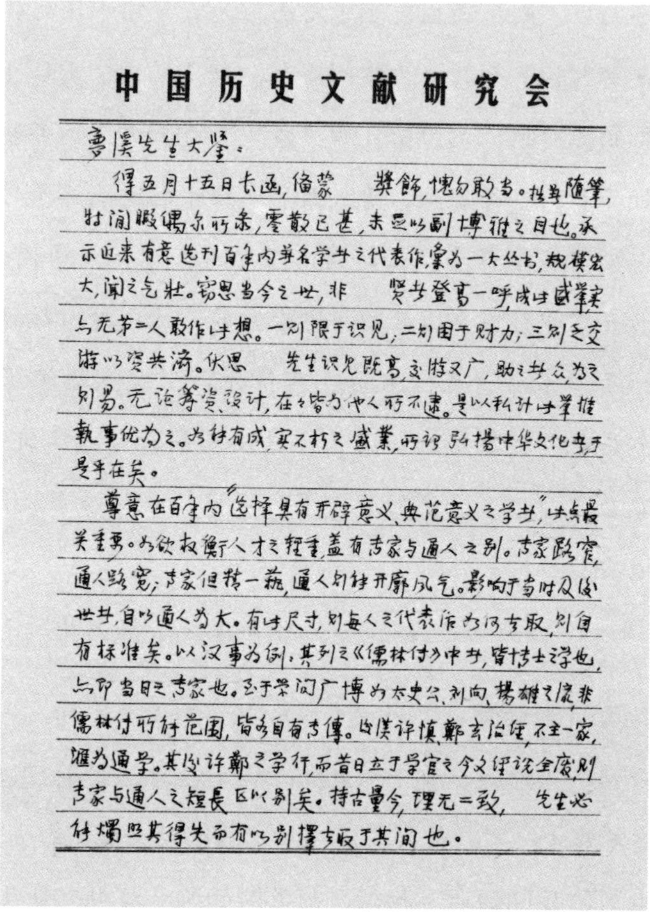

中国历史文献研究会

梦溪先生大鉴：

得五月十五日长函，备蒙　奬飾，愧不敢当。拙著隨筆，皆闲暇偶尔所录，零散已甚，未足以副博雅之目也。承示近来有意选刊百年内著名学者之代表作，汇为一大丛书，规模宏大，闻之气壮。窃思当今之世，非　贤者登高一呼，成此盛举，实无第二人敢作此想。一则限于识见；二则困于财力；三则乏交游以资共济。伏思　先生识见既高，交游又广，助之者众，为之则易。无论筹资、設计，在在皆为他人所不逮。是以私计此举，惟執事能为之。如获有成，实不朽之盛業，所谓弘扬中华文化者，于是乎在矣。

尊意在百年内"选择具有开辟意义、典范意义之学者"，此点最关重要。如欲权衡人才之輕重，盖有专家与通人之别。专家路窄，通人路宽；专家但精一藝，通人则能开廓风气。影响于当时及后世者，自以通人为大。有此尺寸，则每人之代表作如何去取，则自有标准矣。以汉事为例，其列之《儒林传》中者，皆博士之学也，亦即当日之专家也。至于学问广博如太史公、刘向、扬雄之流，非儒林传所能范围，皆各自有专傳。东汉许慎、鄭玄治经，不主一家，汇为通学。其后许鄭之学行，而昔日立于学官之今文经说全废，则专家与通人之短長，区以别矣。持古量今，理无二致，　先生必能燭照其得失而有以别擇去取于其间也。

张舜徽致刘梦溪函页一

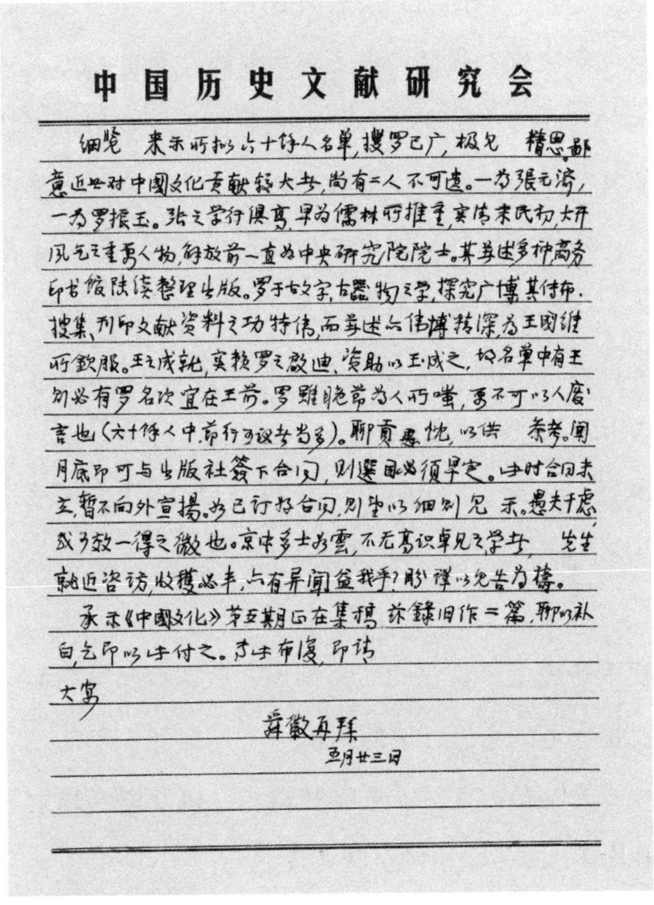

中国历史文献研究会

细览 来示所拟六十余人名单，搜罗已广，极见 精思。鄙意近世对中国文化贡献较大者，尚有二人不可遗。一为张元济，一为罗振玉。张之学行俱高，早为儒林所推重，实为清末民初大开风气之重要人物，解放前一直为中央研究院院士。其著述多种，商务印书馆陆续整理出版。罗于古文字、古器物之学，探究广博，其传布、搜集、刊印文献资料之功特伟，而著述亦信博精深，为王国维所钦服。王之成就，实赖罗之启迪、资助以玉成之，故名单中有王则必有罗，名次宜在王前。罗虽晚节为人所嗤，要不可以人废言也（六十余人中节行可议者尚多）。聊贡愚忱，以供 参考。闻月底即可与出版社签下合同，则选目必须早定。此时合同未立，暂不向外宣扬。如已订好合同，则望以细则见示。愚者千虑，或可效一得之微也。京中多士如云，不无高识卓见之学者，先生就近咨访，收获必丰，亦有异闻益我乎？盼望以见告为祷。

承示《中国文化》第五期正在集稿，兹录旧作二篇，聊以补白，乞即以此付之。专此布复，即请

大安

舜徽再拜

五月廿三日

张舜徽致刘梦溪函页二

《中国文化》杂志，他逝世前两周寄示给我的。文中提出："自来豪杰之士，固未有为当时制度所困者，此其所以可贵也。"标举孟子"待文王而后兴者，凡民也；若夫豪杰之士，虽无文王犹兴"之义，强调"虽无学校犹兴"才是廓然开朗、有志有为的"伟丈夫"。又说："自来魁奇之士，鲜不为造物所厄。值其尚未得志之时，身处逆境，不为之动，且能顺应而忍受之。志不挫则气不馁，志与气足以御困而致亨，此大人之事也。盖天之于人，凡所以屈抑而挫折之者，将有所成，非有所忌也。"所陈义既是先生一生为学经历之总结，又是吾国学人士人共同命运之写照。

试想，这是何等超迈高标而又足以鼎立天地的智者之音！士之欲立，能不拜服自省而有所待乎？

程千帆先生是黄侃的入室弟子，故"黄卷"之编选，吸收了程先生不少意见。他的回示写于一九九一年九月二十五日，对《黄侃卷》宜乎入选哪些篇章，以及资料线索等，无不具道其详，兹抄录信的全文如下。

梦溪先生史席：

昨奉大函，又惠赐《中国文化》三期一册，感谢之至。义宁陈君之学术，博大渊深，其所着眼，皆在历祀（史）社会政治、文化之“节骨眼”问题上，乃又往往以考辨之面貌出之，故其由具体事实所抽象出来之大问题、大道理，或反为世人所忽略，此乃学术界之所当发挥者也。尊文于此，实能践履，故所及虽仅柳氏别传，而于寅老用意及创体皆多有人之所不能言，三复之余，曷胜钦服。

承示爱托编辑近现代学人著作，发潜德之幽光，启来哲之通道，实为盛事。惟先师黄君五十即返道山，其书多在草创或积累之中，皆无成稿。潘石禅见在台为影印十四大册，多系原书批语。先生谅已见之。大陆所出，则多经其侄耀先之手，除文心札记、文选评点单行外，多已归之论学杂著及群书笺识二书中。然论文亦不多，较之他家，较难选择。然若音略、与人论治小学书、补文心隐秀篇、汉唐玄学论，亦可示范来兹矣。弟入师门甚迟，未能窥见黄君学术之堂奥，此事似可更与石禅商之。潘君为贵刊顾问，义不容辞也。（台北市敦化南路三六九巷六三号）

《文化》二期，不知有无存书，四期已否出刊，均盼见惠。非敢作得陇望蜀之妄想，实以在宁无购处。托之在京友人，又多所滋扰也。

近刊宋文学史一册，讲课之作，不足以言创获，敬呈以博一笑。大雅如先生必怜其老而失学矣。

专复，即颂

著安！

弟程千帆，九月二十五日

信中“发潜德之幽光，启来哲之通道”一语，是程先生对编纂《中国现代学术经典》意义的提点，不无鼓励我勿懈的作用。潘石禅即潘重规，季刚先生的快婿，治敦煌学，亦沉迷红学，著有《红楼梦新解》一书，在海外影响颇著。当时我与潘先生已有联系，盖同为研究红学故也。潘先生和千帆先生的观点略同，所举《文心雕龙杂记》《声韵略说》和《汉唐玄学论》等，最后均收入黄卷。程先生信中齿及的一篇拙稿，是指《中国文化》第三期上刊载的《陈寅恪和〈柳如是别传〉的撰述旨趣》一文，程先生出于对后学的爱护，未免过奖了。

后来去南京开会，我拜望过程先生，他高兴，很快乐。

张、程二老分别于一九九二年和二〇〇〇年仙逝，张享年八十一岁，程享年八十七岁。程先生写给我的信，最近

拜望程千帆先生

检出，竟有十七通之多。张先生的信，也有十五六通。二〇一一年值张舜徽先生百年诞辰，我以《学兼四部的国学大师》为题为文纪念，刊于二〇一一年六月二十日《光明日报》。

北京学界老辈中，我承教最多、感情格外亲厚的，是季羡林先生。早在六十年代初听研究班专题课，就认识季先生了。但开始往还，则是“四逆”荡平之后。他原以为我的研究范围止于《红楼梦》和当代文学，俟看了我研究陈寅恪的文章，他高兴得让我看他收藏的陈寅恪批注的《高僧传》。最让我感到不安的一件事，是我的《中国现代学术经典》总序一九九六年在《中华读书报》刊出后，他让助手一字不漏地念给他听。五六万字的文章，四个整版，这要花去季先生多少时间呵！

一九九九年夏秋，我大病几死，闭门养疴，不闻世事。季先生多次叨念：梦溪怎么不见了？当得知我卧病之后，他打来了电话，内子陈祖芬接的，千叮咛万嘱咐，要我安心养病，人生难得有如此清闲机会。他说："要付出一段时间，争取半生幸福。""有病要有非常的自信，病就会好了一半。""要能抑制自己，这是很厉害的。"他说他其实有很多病，手术就动了好几次，但看一看，养一养，也就好了。季老的电话，让我大为感动。不久季先生又有一信给我，其中写道："我兄罹疾，我心难安，幸天佑善人，转危为安。此不只我一人之福，实亦学坛之福也。"病愈出席一会，再次见到季先生。嗣后其助理告知，季老竟自言自语地说："今天最重要的，是见到了刘梦溪。"我听后已经惶愧感动得不知何似了。

恰好那年秋天是季先生九十岁生日，中国文化书院拟举办一个活动，我一气呵成，写了一篇《季羡林先生九十寿序》，用文言写的。文章开始，九秋颂九，为先生寿。然后历数先生之学术成就。接下去写他的精神、思想和人格——

先生之所从事固绝域之学、出世之学也。因以入世之精神为出世之学，遂使所为之出世之学具入世之精神。异域僻典，不觉其冷；转音训字，不病其繁。然先生并不以钩索深隐于绝学之域自划，犹沛沛然尽有不能放释之入世情怀。故心系家国，每作出位之神思；感时忧世，常鸣旁通之秘响。睹西方势强、国性不立，反对文化霸权，遂倡河西河东之说；因文化劫难、人性泯灭，为回挽人心世道，至有牛棚之记。前年，有私淑之学子请益于先生，云学位候选人资格已获，惟导师不堪师表，如何？先生曰：不妨虚与委蛇，俟通过学位，即弃而去之。先生性平易，望之温，即之也温，晚生后学，可以相亲。深情积郁，则笔之于文，或文化批评，或散文随笔杂记，七十年如一日，未尝稍辍。文如其人，一本自然。久已卓立于艺苑文坛，浑然而不自知。散文之于先生，乃学之别体，而非学之余事。先生为学不藉时会而得师缘，为人不深求世事以养性气。八十年代末，曾有与闻国政之高请，先生却之。晚年学益醇，思益精，笔益健。

平生著书高一丈，八十后所著逾五尺。此固先生之勤、学术之幸，然亦国家之悲也。

古人为文有神来之笔之说，此序的写作，确乎如得神助。这是我病后写的第二篇文字。

我们中国文化研究所和《中国文化》杂志，有时举办学术活动，只要我打电话，季先生都会来参加。一九九八年端午节，《世界汉学》创刊座谈会，季先生和钟敬文先生、张岱年先生都来了。中午用餐，我到三老桌前问候。钟先生说：“梦溪是北大的吧？”未及我开口，季先生说：“他不是北大，但比北大还北大。”可知他对我为学为人有自己独特的理解。的确如此，我虽然毕业于人大，但我的可尊敬的师友许多都在北大。

当然人大也有可喜的变化。就在我病愈不久，认识了杨慧林教授，他当时是人大中文系的副系主任。我一见就喜欢上了这个青年学人。他说，什么时候能请先生到中文系讲一次呵？我说等你当上系主任之后。过了一段时间，他来电话了，说可以来了。我说，已经是系主任了？他笑，说可以来了。我如约而至，给人大中文系的师生讲了一次有关传统文化的问题。再后来，杨慧林已经是人大的副校长了，他又约我给人大文学院和国学院讲了一次国学问题。

我病后的第一篇文章是《悼朴老》。因此文于我十分重要，尽管文字稍多，也愿意全文抄录，以见我与自己心目中的天下第一慈善人赵朴初先生的因缘遇会。

> 朴老逝世了，我并不感到意外。九十多岁的老人，这两年一直住在医院里，终归是一天天往人生的尽头走去。几周前与内子谈起，已有淡淡的不祥预感。四月上旬至五月中，南行养疴，先后在南京、扬州、常熟、苏州、上海、杭州逗留，多处看到朴老的字。没想到回京不久，就传来噩耗。坐落在北京南城东绒线胡同内南小栓胡同一号那所温馨的宅院，这几天一定悲戚肃穆而忙碌吧。我知道我应该却不必前去打扰。陈邦织先生也需要安宁。更没有想写悼念文字。但是，当看到报上朴老遗体火化的消息，遗嘱中有如下的字句："生固欣然，死亦无憾。花落还开，水流不断。我兮何有，谁欤安息？明月清风，不劳寻觅。"我感到虽不一定却有必要写点儿什么了。

我与朴老相识，是一九七四年的秋天，经李一氓先生的介绍。当时正参加《红楼梦》新版本的校订，遇有版本校勘方面的疑问，常向氓老求教。一次谈及佛学问题，氓老说："我不懂佛学，你去找赵朴初。"于是写了一封信，并打了电话，荐我前去拜谒。从此便有了在南小栓胡同一号听赵朴老谈"缘"说"法"的机会。只不过时值"四逆"横行，国运少安，每当谈讲学问之余，难免议及时事。朴老的习惯，对国运兴衰的观感，常寄之以诗。且边吟诵，边随手书写，与友人共赏。一九七五年，社会上忽有评《水浒传》之举，朴老以《读〈水浒传〉》为题，成诗四句："废书而长叹，燕青是可儿。名虽蒙浪子，不犯李师师。"恰好一天我在，他用铅笔写在一张薄薄的稿纸上，笑着看我赏读。当发现我领会了三四两句的"今典"意涵时，他朗声大笑。这首诗，一九七八年出版的《片石集》中没有收录，我保留有当时的手迹。

惊心动魄的一九七六年，是我与朴老接触最多的一年。总理逝世，举国同悲。清明祭扫，共讨逆贼。那是民意群情得以充分表达的历史时刻。然而"四五"运动，惨遭横暴，一夜之间，天安门广场风云变色。

朴老写了一首《木兰花令》抒写愤懑的情怀："春寒料峭欺灯暗，听雨听风过夜半。门前锦瑟起清商，陡地丝繁兼絮乱。人间自古多恩怨，休遣芳心轻易换。等闲漫道送春归，流水落花红不断。"一改惯常的温柔敦厚的诗风，几乎是金刚怒目了。他特地用宣纸写一小幅送给我，我知道这首词实含有对青年对后学的激励勖勉之意，相期不管风云如何变换，也不更易人生定念，即使是已经归去的春天，也会披着新装重新走来。

新时期开始以后，朴老与闻国政，担负日重。我问学写作，又平添许多庶务，便自知不该多去打扰朴老了。整个八十年代，我们都很少见面。但朴老一九七七年给我写的一副对联"天道无亲常与善，人才非正不能奇"，始终挂在我的书房里。对联附题识："十年教训，得此一联。天道作自然法则历史法则解。与犹亲也。无亲而常与，非正则不奇，相反相成之理，不甚然欤。"一九八七年初秋的一天下午，我正伏案写作，猛一抬头，看见朴老联语的题款是"一九七七年九月"，倏忽之间已过去十个年头，抚今追昔，不禁感慨顿增。遂信手草一信寄给朴老，感谢十年来这副联语对我的激励，同时坦告，此时的心境更喜欢王国维的两句诗：“云若无心常淡淡，川如不竞岂潺潺。”没过几天，朴老就以狷淡秀美的笔墨，写来了静安诗句，下款署“丁卯中秋”，一个更加不容易忘记的日子。

一九九〇年《中国文化》创刊一周年研讨会，朴老于百忙中参加了，并讲了话。他赞同我们确定的“深研中华文化，阐扬传统专学，探究学术真知，重视人文关怀”的办刊宗旨，勉励我们即使遇到困难，也要想办法把刊物办好。前此的一年，具体时间记不得了，我与朴老曾见过一面。在朴老家里。像往常一样，朴老坐在背南朝北的单人沙发上，我坐在旁边长沙发的右侧，近膝倾谈。但这次朴老面色凝重，很少笑容。他慢吟着说：“殷有三仁焉。”“微子去之，箕子为之奴，比干谏而死。”我知道，《论语》里讲这个故事，下面还有柳下惠不能枉道事人而三次被黜的记载。因此我提到了柳下惠。但朴老如同没有察觉，仍喃喃念诵：“殷有三仁焉！殷有三仁焉！”

最后一次见到朴老，是一九九八年五月，端午节的前一日，《世界汉学》创刊的时候。提前打电话给陈邦织先生，安排下在北京医院会面的时间。已经很久没见过朴老了。此前的一次是一九九六年二月，纯属偶然。我随内子探视冰心妈妈，吴青说赵朴老就住隔壁。下楼时见朴老的房门开着，不由回身，迟疑地轻轻走了进去。朴老和衣、穿着鞋、闭目仰卧床上，双手挽脑后，在安详小息。注目致意片刻，正欲离去，朴老醒来，认出是我站在他的床前。迅即坐起，问这问那，欢悦非常。不一会儿邦织先生回来，我便告辞了。朴老一边送一边自言自语："故人情呵！故人情呵！"朴老这句话，几年来一直萦绕在我心里。

《世界汉学》创刊座谈会朴老未能出席，因医嘱不宜离开医院，但他为这本新刊物的出版题写了贺语。本来以为随便写句什么话也就是了，陈邦织先生拿过来他常用的那种薄薄的稿纸，可是朴老不要，伸手去取宣纸，并拔开了毛笔的笔帽。略加沉吟，写出诗句："汲古得修绠，开源引万流。"末署"世界汉学创刊志庆，赵朴初敬贺"。并亲手压上刻有"朴初"二字的阳文图章。令我感愧惊喜的是，为《世界汉学》题词，朴老同时还想到了他喜欢的《中国文化》，两联诗句，各指一刊。笔者十余年的微薄而艰辛的努力，朴老只用两句话，即概括无遗。这是朴老最后一次对我的勖勉，也是我终其身命也不敢或忘并永远愿为之努力的为学轨则。

我和朴老最后这次见面，他还并非偶然地讲起了佛教的“因缘”与“因果”。《中国文化》第十四期上刊有庞朴先生笺释方以智《东西均》的文章，题目为《黑格尔的先行者》。朴老一边翻看一边说道：“方以智、黑格尔，已经晚得多了。辩证法是从释迦牟尼来的。佛教讲缘，缘就是条件。任何事物的存在，都需要条件，都有其成因。因上面还有因，可以不断地追上去。但要问最初的因是什么，回答是没有的。佛教不承认第一因，也不主张有最后的果。我们讲事物的因果，是指在长河中截取一段，这一段有因有果。万事万物，无始无终。”朴老说着哈哈大笑，说他在讲佛学了。他写的《佛教常识答问》，我自然读过，但当面聆听“因”“缘”“果”的讲释，确为生平第一遭。

听朴老讲释佛理，讲者心悦，我亦欢喜。如同这次诵读讲者之遗嘱，心生大欢喜，应知去来处。朴老停止了呼吸，却没有死。他的爱心，他的善念，他的慈悲，将永留人间世。

“花落还开，水流不断。”

这篇《悼朴老》刊载于二〇〇〇年六月二十二日《光明日报》，虽主要写的是与朴老的交谊过程，我个人的思理心绪不自觉地充溢于全篇，则又文辞结构所不能尽掩者。

我和京城的一些师友，有不定期的雅聚，或在新年，或值中秋。新年的叫“新年嘉会”，中秋的叫“金秋有约”。内子陈祖芬和我一起邀请，地点一般选在比较清雅的酒店。应邀参加者，有季先生，汤一介、乐黛云夫妇，李泽厚夫妇，王蒙夫妇，龚育之、孙小礼夫妇，严家炎、卢晓蓉夫妇，孙长江大妇，邵燕祥夫妇，还有三联书店的两位老总沈昌文和董秀玉。有时台湾来的龚鹏程教授也如约而至。于光远夫妇有一次也来了。大家放浪形骸，谈古论今，抽签抓奖，乐莫大焉。

季先生一次抓到了一号签，上面写的是：“看到你知道什么是美丽。”大家说，这个签只有季先生当得。签都是内子所写，事先封好，绝无“弊案”。可不知为什么，每次都抓得比较准，换人换签，还真的不合适呢。一次雅聚，以《红楼》诸钗的诗为签语。王蒙抽到的是史湘云的《咏白海棠》诗：“蘅芷阶通萝薜门，也宜墙角也宜盆。”他右派也当过，文化部长也当过，可不是“也宜墙角也宜盆”吗？季先生住进医院之后，无法再来参加我们的“金秋有约”了，但每逢雅聚，他都要细问现场的情形和有趣的花絮。二〇〇七年，龚育之去世了。二〇〇九年，季羡林先生逝世。我们的雅聚便不像以前那样每年都举行了。

我和钱锺书先生有通信，但从未晤面。

通信起因于一九八八年十一月中旬我和内子出差无锡，趁便访问了无锡新街巷钱先生的故宅。回京从一位小友处得知，钱先生已经获悉有人去他老宅拍照。这样一来，我们就不好秘而不宣了。于是我在当年的十二月一日，给钱先生写了一信，具道首尾缘由，并附呈在钱宅拍的照片四张，请求宽谅我们的冒昧。

十二月七日，钱先生写来了回信。为保持原真，兹将钱先生回示抄录如次——

梦溪同志：

来信使我惊愧交集。我是老病之人，知道你大病初愈，很有“相怜岂必病相同”（拙句）的情味。承寄照片，看了全不认得，也许房子变得太厉害了，更可能是我自己变得非复故我了。我对旧事不感兴趣，也懒去追忆，因为记忆是最善于捣鬼撒谎的，而忘怀不失为一种心理保健。来信说对拙著反复阅览，我就请你翻看《管锥编》四九七、四九八页论“华子病忘”的一节。我于一九三五年出国后，只回家两次，一次半天，一次一天一晚。吴女士不识何人。静汝侄女六年前曾来京相访。我不值得你费心研究，真诚地劝你放宽视野，抬高视线，另选目标。我自己有个偏见，考订作者的传记往往是躲避研究作品本身的防空洞。吴忠匡君的文章记事尚不失实，抄出的诗多不是我称心之作——也许当时没有给他抄存，也许他的诗识和我的不同。是否值得英译，我不便表示意见。中外一些刊物和学会邀请我挂名“顾问”“理事”甚至“名誉主席”之类，我一概敬谢(得罪了不少同志)。虽然“政策是区别对待”，但是“法律面前人人平等”，未便破例，务请原谅。祖芬女士的文章，我们钦佩已久。你有这样一位“文章知己，患难亲人”，可喜可贺。杨绛的小书承你青眼，她也感愧得很。草此后谢，即叩

双安！

钱锺书敬上，杨绛同候，十二月七日

凡我信中涉及的事项，钱先生一一作答，无一遗漏。因为我当时正在作的题目是《中国三大批评家：王国维、陈寅恪、钱锺书》，后来此书没有写成，原因倒不全是钱先生的忠告，而是读完钱之后读陈，竟陷进去未能出来，变成专门研究义宁之学了。由于我信中提及，有撰一钱、杨简谱之想，故钱先生回以“考订作者的传记往往是躲避研究作品本身的防空洞”的妙语。

吴忠匡是钱先生尊人钱基博的学生，抗战时期曾一起赴湖南蓝田师范，以此知钱先生事甚详，所为文后来在《中国文化》创刊号上刊载。《中国文化》创刊时，原拟同时出版英文版，所以涉及钱诗的英译问题。我信中还婉转陈词，询问可否请他破例俯允做《中国文化》之学术顾问，他的回答让人忍俊不禁：“虽然‘政策是区别对待’，但是‘法律面前人人平等’，未便破例，务请原谅。”而来示结尾处的“文章知己，患难亲人”一语，愚夫妇惊喜感愧，至今难以忘怀。

钱先生此信我们收到没有几日，又收到他另寄的一页法书，用的是荣宝斋宣纸印笺，上书《还家》诗一首：

出郭青山解送迎，劫余弥怯近乡情。

故人不见多新冢，长物原无只短檠。

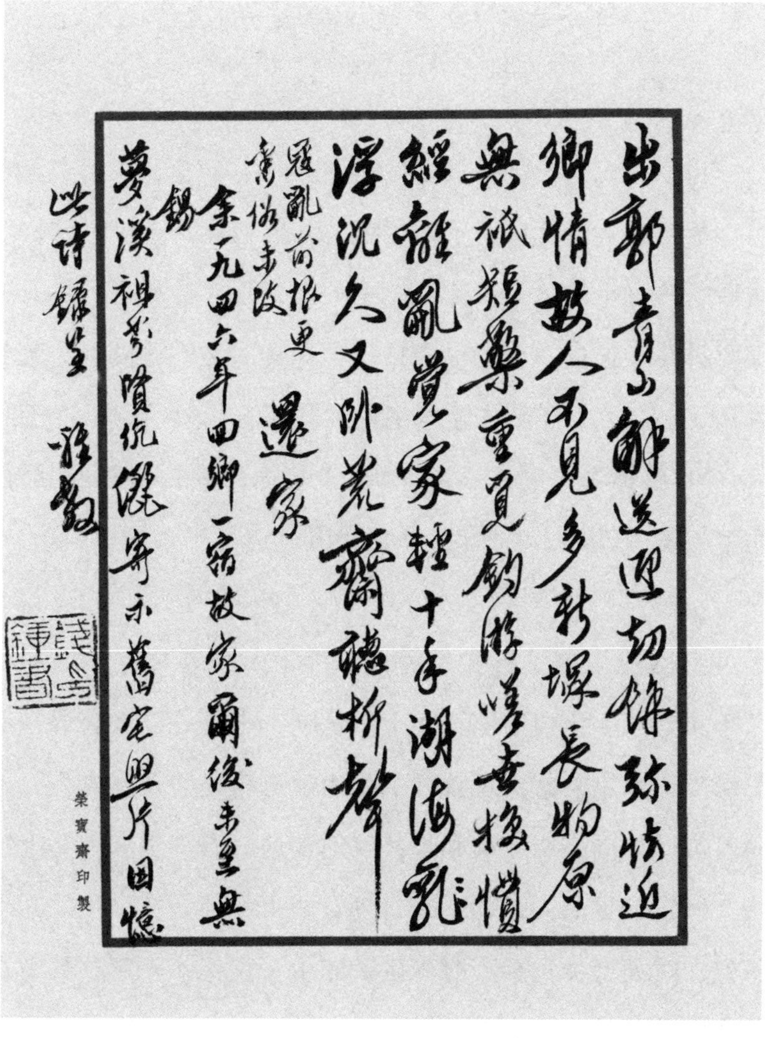
出郭青山解送迎劫餘彌怯近鄉情故人不見多新塚長物原無祇短檠重覓釣遊嗟世換慣經離亂覺家輕十年湖海浮沉久又卧荒齋聽柝聲
還家
榮寶齋印製

钱锺书先生诗笺

重觅钓游嗟世换，惯经离乱觉家轻。

十年湖海浮沉久，又卧荒斋听柝声。（原注：寇乱前报更旧俗未改）

诗后题识为：“余一九四六年回乡一宿故家，尔后未至无锡。梦溪祖芬贤伉俪寄示旧宅照片，因忆此诗录呈，雅教。”最后是钱先生的钤章。读钱先生的信，是一种享受，每一封都要抖几个包袱，至少也要抖一个。真的是妙趣横生，无人可及。一九九八年钱先生病逝时，我正在哈佛访学，内子的《不敢见钱锺书先生》一文，即写于北美，其中记叙我们与钱先生书信往还的一些细事，不妨参看。

虽然我未曾见钱先生一面，但他对我精神世界的影响可不小。八十年代中期至九十年代初，也许是以钱著为日课的缘故，梦里经常出现钱锺书先生，有时还有杨绛先生。真而且真，如同亲历。说起来，我的梦还真有点讲究。七十年代，经常梦见的人是周恩来总理。八十年代是钱先生。九十年代，时而会梦见余英时先生。二十一世纪头十年，梦中人经常是季羡林先生。梦到季先生或余英时先生，第二天我会打一个电话给他们。但梦见钱、杨两位先生，始终没敢惊动

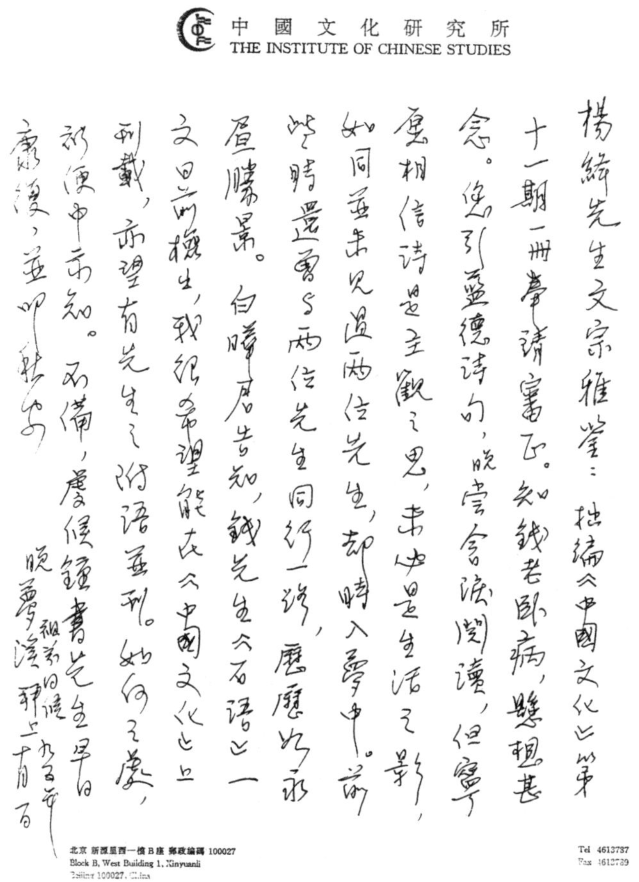
中國文化研究所
THE INSTITUTE OF CHINESE STUDIES

楊絳先生文宗雅鑒：拙編《中國文化》第十一期一冊奉請審正。知錢老臥病，懸想甚念。您引孟德詩句，晚嘗含淚閱讀，但寧願相信詩是主觀之思，未必是生活之影，如同並未見過兩位先生，却時入夢中。前些時還曾與兩位先生同行一路，歷歷如永晝朦景。自瞻居告知，錢先生《石語》之一文日前檢出，我很希望能在《中國文化》上刊載，亦望有先生之附語並刊。如何之處，祈便中示知。不備，虔候鍾書先生早日康復，並叩秋安

晚 夢溪 拜上
祖芬同候
九五年十月 日

北京 新源里西一樓B座 郵政編碼 100027
Block B, West Building 1, Xinyuanli
Beijing 100027, China
Tel 4613787
Fax 4612789

作者致杨绛先生函

他们。

余英时先生的著作和文章，我也特别喜欢阅读。七十年代末，第一次读到他发表在香港《明报月刊》上的《近代红学的发展和红学革命——一个学术史的分析》，如同山涧听泉，夏日饮冰，所发生的共振共鸣，无以言喻。我的《红楼梦与百年中国》一书，就受到了余著的理念与方法的启迪。他是思想史学者，既研究《红楼梦》，又研究陈寅恪，在治学范围上，我与他有不少重合点。因此读其书想见其为人久矣。不意一九九二年九月，我们有了晤面的机缘。

我应邀赴哈佛大学出席“文化中国：诠释与传播”国际学术研讨会，他也因另一会议由新泽西来到康桥。第一次见面，我们就忘了时间，从晚上十时一直谈到第二天清晨五点。然后应英时先生之邀，去普林斯顿大学访问讲学。我们一起从波士顿乘火车前往，到达后，头三天住在英时先生家里，几乎又谈了三天三夜。古人所谓“谈讲之乐”，充分领略到了。普大东亚系的演讲，我讲的是红学，以《红楼梦：从胡适之到王蒙》为题，英时先生主持，很多名家都参加了。其间经英时先生推介，赴耶鲁大学访学三天，耶大东亚系主任孙康宜教授安排接待并主持演讲，又结识了一位新朋友。

由于我不懂英文，英时先生为我的耶鲁之行作了“万无一失”的安排。先是余夫人开车送至纽约，在哥伦比亚大学门前咖啡厅小坐，约好三天后回来，我在此处与她会面。然后买好车票送我至车站候车。余先生写有一封英文信，让我上车后交列车长。当我将此手谕交给高大魁伟的黑人车长时，他悉心阅读了好一会儿，然后微笑着频频点头，并发出似乎是中文“你好”的声音。车到耶鲁所在城市纽黑文（New Haven），车长早提前站在我面前了。其实 New Haven 这个词，英时反复教我念了好多遍，播音刚报站名，我就听懂了。

返回纽约，搭的是浦安迪教授的车，他送我至哥大门前的咖啡厅，余夫人孙淑平已等在那里。回到余宅，英时先生高兴得像个孩子。当我离开普大时，他以隽雅的书法写了三首送行诗，其中一首是录其旧作：“卧隐林岩梦久寒，出山溪水自湍湍。如今况是烟波尽，不许人间弄钓竿。”不知是有心还是无意，我的名字嵌入在一二两句诗中。诗后款题为：“梦溪道兄远道过访，论学评文，三年来未有此乐。今将别去，因书旧诗并略易一二字，以壮其行。”这让我想起缪钺先生赠诗的题识：“梦溪先生枉顾寒舍，得接清言，论事衡文，与鄙见有针芥之合。”回国后我写了两万字的访谈对话稿《为了文化与社会的重建》，发表于《中国文化》第十期。

与余英时先生

虽然事已过去二十年，英时先生照拂我的情谊，我始终无法忘怀。那么，此后的日子里，有时会梦见余先生，也就不足为怪了。英时这个名字，对我的为学是一种提醒，一种激励。

同样激励我为学的，还有汤一介、乐黛云两位先生。他们夫妇是中外学术的信息源，每次见面，都有激励我不敢懈怠的妙用。他们主持的很多会，也常邀我参加。我视他们若兄长，写信落款，每以“小弟梦溪”标称。汤、乐两先生，和季先生、余英时先生一样，同为我的梦中人。二〇一四年四月，十卷本《汤一介集》出版，我根据发言写了一篇短文，题目为《学术所寄之人》——

我与之往来比较多的师友，很多都在北大。而在这些师友中，汤一介先生和乐黛云先生，又自不同。我和他们相识、订交，快四十年了。他们对我而言，亦师亦友，经常能从他们那里受到教益。而且有情感的牵挂，做梦也会梦到他们。

看到汤先生十卷本文集出版，我感到一种喜悦。就为学的类分说，他属于哲学，主要是中国哲学。但他学问的底色，是儒家思想。他的学问特点，是对儒释道三家的思想都有专门的研究，做到了会通三教。文集中的《在儒学中寻找智慧》《佛教与中国文化》《早期道教史》，是他研究“三学”的代表作。他的名著《郭象与魏晋玄学》，则是归结儒道两家思想的著作。近年他致力于《儒藏》的编纂并非偶然，不妨可以看作他在学术上的“归宗”之作。不过他为学不专主一家，他走的是二十世纪学者的通儒的路径。

他为学为人是统一的。他是君子，是仁者。前些年我们有一个“金秋有约”的聚会，我和内子发起。季羡林先生在的时候，每次都参加，汤、乐两先生是必到的嘉宾，还有李泽厚、龚育之、王蒙、严家炎、邵燕祥等，于光远也参加过。一次抽签，汤先生抽到的是“仁者寿”，再恰切不过。不久前看望汤先生，他说如今回到了《论语》，最喜欢孔子讲的“仁者安仁”。汤先生是我们认识的当代学人中最具儒者气象的学者。

他的学问的成功，得力于两个条件：一个是先天的，即他的家学传统。包括他的祖父的立身行己，堪称德范。他的尊人汤用彤老先生，是公认的研究佛教史学的大师。我们看钱宾四先生的《师友杂忆》，钱对很多学人都不无微词，唯对汤用彤先生称颂备至。汤一介先生的家学，使他比一般学者“得天独厚”。二是后天的，即他的了不起的夫人乐黛云教授对他的扶持与协助。他们是患难夫妻。当他们刚坠入爱河的时候，乐先生由于“当代英雄”事件，在五十年代被施行了“加冕礼”，但汤先生的始终不渝的爱情助她度过了人生的困境。后来汤先生也遇到过挫折，然而我还是看到他们相濡以沫，在落日余晖中，漫步于颐和园的昆明湖畔。

苦难会增加学问的深度，会使一个学者更具人文与社会的关怀。

汤一介先生的学问立足本土，但从不忘记与域外学术思想进行沟通，对其加以吸收。他是国际型的学者。在这方面，乐黛云先生扮演了桥梁的角色。乐先生精通英文，长期致力于比较文学和比较文化的研究，大力传播跨文化沟通的理念。他们既夫唱妇随，又妇唱夫随。

近三十年来汤一介先生和乐黛云先生的学术研究和学术活动，为学术界赢得了声誉，为国家赢得了荣誉。王国维曾说："天而未厌中国也，必不亡其学术。天不欲亡中国之学术，则于学术所寄之人，必因而笃之。"汤一介先生自然称得上是"学术所寄之人"。让我们深深地祝福他们。

此文首载二〇一四年八月十九日的《中国文化报》，嗣后有多家报刊转载。因了这篇文章的缘故，汤先生不幸逝世后，我没有再写另外的追思文字。

九十年代中期，萧克将军主持编写《中华文化通志》，聘请十位研究中国文化的学者，分别担任各典主编。汤一介主编《宗教与民俗典》、李学勤主编《历代文化沿革典》、庞朴主编《学术典》、宁可主编《地域文化典》、陈美东主编《科学技术典》、王尧主编《民族文化典》、刘泽华主编《制度文化典》、孙长江主编《教化与礼仪典》、姜义华主编《中外文化交流典》、刘梦溪主编《艺文典》。这样一来，我和汤先生，和孙长江、李学勤、庞朴、王尧、宁可等各位学界友人，见面切磋的机会更多了。

主编会有时在萧克将军的住所召开，政协礼堂西面的净土胡同，中式院庭，朴素而安静。“儒将”二字，萧将军当得。

与汤一介先生

《通志》每典包括十志，我主持的《艺文典》有艺文理论志、诗词曲志、散文小说志、戏曲志、美术志、乐舞志、曲艺杂技志、新闻志、典籍志、景观志，共十志组成，是中华文化积存中最富绚丽色彩的部分。“散文小说志”我请北大中文系陈平原教授撰写，“诗词曲志”由南京大学张伯伟教授撰写，两位都是当代非常有影响的学人。

百卷《中华文化通志》一九九八年由上海人民出版社出版，获国家图书奖。

我与柳存仁先生的交谊也应在此一记。

柳先生是山东临清人，一九一七年生于北京，早年毕业于北京大学国文系，后长期居澳洲，为澳大利亚国立大学中文讲座教授。一九八〇年在哈尔滨召开的国内第一届《红楼梦》国际学术研讨会上，我们开始晤识，后联系增多，一是由于彼此都涉猎红学，二是《中国文化》的创办和对相关问题的探讨，三是他的一部长篇小说重新在国内出版，我与闻其事的全过程。

一九九三年十二月二十三日晚八时左右，柳存仁先生突然打来电话，说人在北京，第一次携家人到国内旅游，明天就返回，没有惊动任何人。我意识到他是有什么事需要和我见一面，于是立刻赶往他下榻的台湾饭店。原来他让我看一本书，他写的唯一的一部长篇小说，名叫《青春》，一九六八年香港初版。我说内地也许可以重版此书。他开心地笑了，答应可以暂放我处。三年之后，天津百花文艺出版社出版了这部五十多万字的小说，只不过将书名改作了《大都》。当然是经过柳先生同意改的。百花主人初意恐书的内容尚不够“青春”，故提出易名问题。柳先生于是改作《四季花开》，但百花嫌意涵稍轻，建议叫《故都春梦》或《故都》。最后柳先生定名为《大都》，与书中所写清末至二十世纪二十年代中期京城的人物与故事，庶几能相吻合。天津百花文艺出版社与我有旧，八十年代出版过我编选的一百八十万字的《红学三十年论文选编》。如今推荐长篇小说给他们，很合其口味。但出书过程事情亦不少，柳先生授权由我代为处理，因此彼此的通信陡然增加了许多。

我与柳存仁先生书信往还，前后十七八年的时间，单是他写给我的信就有七十通之多，就中涉及《大都》出版事宜的，有十余通。他的信内容非常丰富，从不就一事而写一事，而是顺手牵引诸多文史掌故，幽默细腻，妙趣横生。比如因讨论书名可否叫《故都春梦》，他会联想到鸳鸯蝴蝶派名家张恨水，以及民国十八九年阮玲玉演的一部无声电影。《大都》付梓过程，涉及小说正文中数字的写法，一九九四年二月一日他的来示有一附语："国内出版小说，其中数目字皆改印亚剌伯数字，如10月、20元之类，弟较不习惯。幸十分高兴尚未作10分高兴，一宿无话尚未作1宿无话耳。一笑！"读来令人忍俊不禁。

一九九六年六月，百花文艺出版社正式出版了《大都》，装帧设计柳先生均称满意。接着在八月二十日，趁柳先生来北大出席道教会议之便，我们中国文化研究所专门召开了一次学术研讨会，在京学者作家严家炎、舒乙、钱理群、陈平原、赵园，以及百花的社长、责编和天津的评论家夏康达、金梅等出席了研讨，大家谈得很热烈。柳存仁先生最后致谢辞说："师姑生子，众神护持。"他强调自己的这部"旧作"，主要是写那一时期的几个幽悒的妇人和可怜的孩子，他的同情始终在妇人与孩子的一边。

《大都》研讨会之后，一九九八年在北京，二〇〇〇年在台北，我们又有过几次学术会议上的不期之晤。虽然他当时已年过八旬，但精神很好，不禁暗暗为之欣慰。可是二〇〇一年的四月，他接连两次突然晕倒，终于不得不为心脏安上起搏器。同年四月二十六日的信里，告知此一情况，并感慨"贱龄八四，衰疲亦已逾格矣"。而第二年十一月十七日的长信里，写得更为详细：

> 不意去年四月五日，共内人上街，返程坐在公共汽车上（我们这里多数人有车，如弟之坐公共汽车者，往往可数，是不会很挤的），不知怎地，弟忽然晕了过去，醒时不知怎地是躺在车中地面上的，救护车已来，即抬上车，弟满面羞愧，平生无此窘境。送医院检示言无恙，氧气一吸，胸臆大畅，也就无事了。两小时后即回舍间。不意次日共友人及内人去一间饭馆“饮茶”，在座上人忽又变卦，再送医院，则四月六日了。住院中又五天，每天检验，最后说弟的心脏跳动失常，偶然会停摆。此皆有纪（记）录可查，弟不能不信，遂于第五天施手术，在胸肩之际种入一个pace maker，中文曰起搏器。手术很正常，当天即出院了。现在坐飞机，检查身体会有异声，故医院又出了一张特别卡，作为过关的令箭，其余无所苦也。

尽管柳先生仍然像往常那样幽默乐观，但此后写给我的信，每每讲起他的身体状况，这也正是我所关心的。因为他只要身体允许，便难辞却演讲或者会议的人情之约。此次心脏病发作，实与发病的前一月，即二〇〇一年三月，赴香港出席道教节并以《老子和太上老君》为题发表演讲过度劳累有关。

孰料事有不单行者。心脏病发作的第二年，先生又因视力严重受阻，不得不施行手术，割去双眼的白内障。但手术的预后并不理想，阅读文字反而需要戴一种像放大镜似的眼镜。以前患白内障未经割治时，眯着眼勉强能看清楚报上的文字，现在却非戴那个笨重的放大镜不可了。因此先生颇有后悔之意。但他在二〇〇二年十一月十七日的信里说："然世间亦乏治后悔的药，吾又何尤？"柳先生心脏病和眼病之后的痛苦和乐观情状，这封信里表露无遗。

我与柳存仁先生还有一次奇遇。那是二〇〇三年的十月份，我曾有澳大利亚之行，随同本院的学术访问团，其中十六日在堪培拉有一个下午和一个晚上的时间。由于临行匆忙，竟未将先生的电话带在身边。我急得不知如何是好。当晚用餐后，陪同者开车送我们回宾馆，途经一路段的英文名称是Condamine，我大呼："柳存仁先生就是这条街！"陪同者先将其他成员送回住地，然后带我在这条街上慢慢寻访。车行没有几步，突然见路左侧小径的深处有一朴拙的房舍，我说停下来看看。待一敲门，开门者不是别人，正是柳存仁先生。世界上竟然有如此蹊跷的事情，由不得不信造物的神奇伟力。柳先生也没有想到我会突然而至，他的高兴自不待言。这已经是他心脏发病的两年之后了，语言思维无任何问题，只是身体明显地向左倾斜。我们照的一张合照，我居左他居右，冲出来一看，先生的头部紧紧地歪向我的一侧。因急于寻觅先生，我的一只假牙落在酒店了，说起话来颇不雅观。柳先生说他的许多老友都有此经历，“我们管这叫无齿（耻）之徒”。说罢我们相视大笑。过了两年，二〇〇六年，先生在五月二十八日写给我的信里，还提到“前两年您过澳洲摄寄的照片仍在架上”云。

二〇〇三年的冬天，即我们奇遇那一年的年尾，与先生一生甘苦与共的老妻，经医检发现患有乳癌，医治三载终归无效，于二〇〇六年四月二十八日不幸去世。柳先生在二〇〇六年一月二十日给我的信里写道：“前年冬季发现内人患乳癌，以年纪较大（今实足八十七，弱弟一岁），乳旁为有淋巴核线核 lymph nodes，不宜电疗，经医生推荐用药疗 chemotherapy，每周只用药注射一次。而其治甚苦，经过数月，头发悉脱，顶如比丘尼，行动无力，说话声音低喑。”此情此境，加上家中只有夫妇二人，原来一直都是老妻照料先生的生活起居，现在则变成“生活杂乱，起居无节”，故信的结尾，情不能禁地发出了“北望中原，不胜綦念”之叹。

二〇〇六年五月二十八日的信中则告知："内人不幸已经不在了，她于上月二十八日逝世，年阳历八十八岁，现在荼毗已毕，弟成了孟子所说的鳏夫了。"六月二十三日函又告："内人罹胸癌之疾，历三年余，至今春（北半球之春）乃加剧，四月二十八日不幸去世，年八十八。"孟子鳏夫之说，见于《梁惠王下》："老而无妻曰鳏，老而无夫曰寡，老而无子曰独，幼而无父曰孤。此四者，天下之穷民而无告者。文王发政施仁，必先斯四者。"由先生引孟子，可知他处境的孤独与凄凉。二〇〇七年四月一日一信又写道："去年四月底内人去世，寿八十八。弟在舍间杂务顿增，忡忡若有所失。"此可知先生当时寂寞无助的苦况。

先生无论为文还是写信，字写得极小，密密麻麻，若非熟读，颇难辨识。心脏患病后，字不仅小，而且一溜往左侧倾斜。故先生信里多次引书家柳诚悬（柳公权字诚悬）"心斜则笔斜"语，自我调侃。二〇〇六年一月二十日函云："此篇又写斜了，昔柳诚悬言'心斜则笔斜'，吾为此惧。"五月二十八日之信尾又云："纸无行格，字愈写愈斜。昔吾家诚悬先生言心不正则字不正，大可怵戒也。"病患缠身，亦不改幽默的习惯。

但我绝未想到，三年后他竟会溘然长逝，时间是二〇〇九年八月十三日上午十一时十五分，终年九十二岁，比季羡林先生的离去只晚一个月零两天。而在此前不久，还曾接到他的告知病况的信函，落款时间为“七月十六日”，距他远行只有二十余天。信封上接收局的邮戳，是二〇〇九年八月九日，是他不幸而逝的前三天。

鉴于此信的内容殊为珍贵，兹特全文抄录出来以飨读者：

梦溪吾兄史席：

前得五月间远道惠寄大刊《中国文化》最近期两册，甚为慰欣。拙文乞常指疵，俾得附骥，大编中奖饰逾恒，实当不起，更乞多加鞭策，俾得稍有寸进耳。接尊刊后不久，弟即住入医院。自丁亥间去西安随喜，忽瘿足疾，不乐少履。返此间后，医生言体内积水分，宜加排除。近又发现足部微肿，或与肾脏有关系，需入医院加细检察（查）。近始返家，幸尚无大碍。惟需多些休息，减少午夜抄阅劳顿，思之诚然。贱龄已九十二，近来举止颠顿，大异九十年代在京接晤时之灵便，似不得不为左右言者耳。弟因失聪，听电话时感困顿，赐书乞作短笺为幸。惟府上电话，迁新第后，想旧号或已更新，便中仍乞并传真号码一并见示，俾必要时联系，则

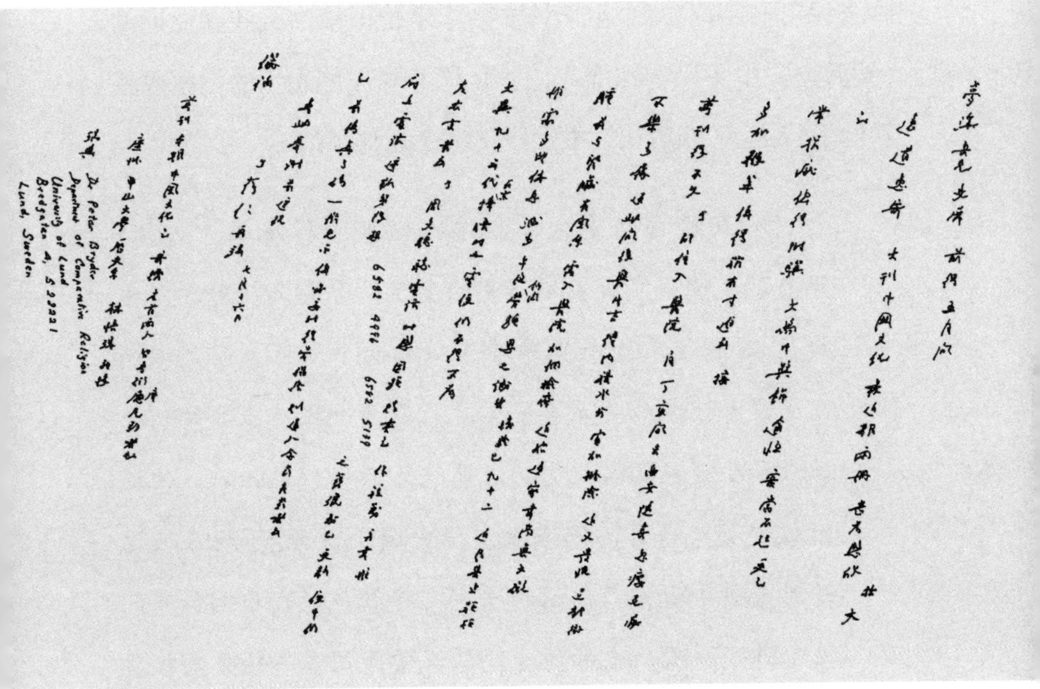

柳存仁先生最后一封信

远人念兹在兹者耳。

专此奉谢并遥祝俪福。

弟存仁再拜。七月十六日

我不知道，这是不是他写给友朋的最后的文字，但确是写给我的最后一封信。信中所说的“《中国文化》最近期两册”，指的是二〇〇九年出版的春季号，上面刊有他的长篇论文《金庸小说里的摩尼教》。由于该文的学术价值极高，我在此期的《编后记》中予以特殊推荐，并介绍了柳存仁先生的学术成就和治学特点。《编后记》中这段文字是这样写的：

本期柳存仁先生《金庸小说里的摩尼教》一文，开启了武侠研究和宗教研究的新生面。柳先生精通《道藏》，小说史和道教史是其专精的两个域区，而尤以研究小说和宗教的关系享誉学林。写于一九八五年的《全真教和小说〈西游记〉》，就是这方面的代表论作。他还出版过英文著作《佛道教影响中国小说考》。现在又通过对金庸小说宗教门派的研究，将摩尼教在中国传布的情形作了一次历史的还原，钩沉索隐诸多不经见的珍贵史料，融大众欣赏的说部与枯燥无味之考据于一炉，虽不过四万余言，实为一绝大的著述。钱锺书先生称柳先生"高文博学，巍为海外宗师"。余英时先生叹美其治学精神则说："他的著作，无论是偏重分析还是综合，都严密到了极点，也慎重到了极点。我在他的文字中从来没有看见过一句武断的话。胡适曾引宋人官箴'勤、谨、和、缓'四字来说明现代人做学问的态度，柳先生可以说是每一个字都做到了。"但当世真知仁老博雅渊深之学者甚乏其人，故余英时先生致慨："新史学家恐怕还要经过几代的努力才能充分地认识到他的全部中英文著作的价值。"（见柳著《和风堂新文集》之余序，新文丰出版公司，台北，一九九七）英时先生还披露，单是仁老多次阅读《道藏》的笔记，就有数十册之多。真希望这些稀世珍奇之初始著述能够早日印行面世。

柳先生信中所说的"奖饰逾恒"，盖即指此。但我有些后悔写下了这些文字。特别是关于期待他的《道藏》笔记能够早日面世，本应是现在可以说的话，却说在当时了，于今思之，实所不该。

国内学术界对柳先生的了解是比较少的，一般读者更鲜知其人其学。可是当看了钱锺书先生和余英时先生的评价，我们应该知晓其在世界范围内的学术地位。钱锺书先生称柳先生"高文博学，巍为海外宗师"，绝非虚美之辞。以我对柳先生的粗浅了解，他完全当得。余英时先生说"新史学家恐怕还要经过几代的努力才能充分地认识到他的全部中英文著作的价值"，也是物则有据的学理判断。因为钱也好，余也好，他们的眼界极高，从不轻易许人。

柳存仁先生的离去在我是很突然的，二十年来的相惜之情和沾溉之益，让我无法忘怀。检点二十年间的七十余通来示，情不能禁，于是在二〇〇九年九月二十四日写下《怀念柳存仁先生》一文，刊于《中国文化》二〇〇九年秋季号。文中最后一段关乎他的为学经验和学问态度，有如下的话：

> 二〇〇三年元月二十二日，我写了一封比较长的信，涉及了他治学的一些方面，于是他在二月六日的复示里写道："辱荷谬赏，高明前贤而外，时人又以选堂先生为比拟，弟荒陋何敢上侧饶公，无论先辈前贤。所自勉者，不轻妄语；有失必自己认错；看书必看完全部；于闲书力之所及，有读过周匝者；如是而已，不足为外人道也。"其中以分号隔开的几句话，即"不轻妄语；有失必自己认错；看书必看完全部；于闲书力之所及，有读过周匝者"，可视为他一生为学经验的总结，同时也是他的治学格言。此亦可印证余英时先生所称美的"他的著作，无论是偏重分析还是综合，都严密到了极点，也慎重到了极点。我在他的文字中从来没有看见过一句武断的话"，确是知者的平实之言。

文章结尾是两句寄慨的话："真理原来如此简单。可尊敬的我们学界的仁厚长辈柳存仁先生将永远活在愿意和学问沾边的人的心里。"

第十一章

访　学

古人论学，一向注重学问的“问”义。故《易》的文言有云：“君子学以聚之，问以辩之，宽以居之，仁以行之。”《中庸》也说：“博学之，审问之，慎思之，明辨之，笃行之。”子夏则说：“博学而笃志，切问而近思，仁在其中矣。”我为学的过程，独学无侣和自我省思，是自己喜欢的常态，但与第一流的人物接谈切问，也大有学问之乐。

一九九八年十一月至一九九九年三月，我以高级访问学者的身份再次赴美，应邀在哈佛大学燕京学社作访问研究。我拟定的研究题目为“哈佛的中国学与美国的中国学”，除了搜集阅读资料，主要与多名哈佛的中国学学者作学术对话。其中和哈佛费正清东亚研究中心主任傅高义教授的对话，和西方大儒史华慈教授的对话，和燕京学社社长兼东亚文明系主任杜维明教授的对话，都非常有学术深度。

尤其史华慈教授，我们谈了两次，每次两个小时，广泛涉及文化、信仰、现代性和跨文化沟通等重大课题。我的访谈，每次都有事先准备好的英译提纲，详尽提出一个个具体问题。但史华慈的谈话，不是对我所提问题的简单回答，而是参照我的问题，放开来阐述他的高见。他有无穷无尽的思想。他谈问题的视角，是面对整个人类讲话。他最关注的是人文精神的建构，他感到最难解释的是人到底是什么的问题。他在人文学术的前沿，为我们打开了一片新世界。

林毓生先生在访谈前对我讲："你见到了史华慈，可以知道西方非常高的大儒是什么样子。"我和这位西方大儒的对话，后来写成文字，题目叫《现代性与跨文化沟通——史华慈教授访谈录》，两万五千字，首发于我主编的《世界汉学》第二期。但史华慈教授未来得及看到我整理出来的文字，就作古了，这在我是一件非常遗憾的事情。

我在访谈文章前面的题记中写道：

我很遗憾我与史华慈教授的访谈对话，他没有来得及看到就离开了人世。都怪我不恰当的生病，耽搁了及时整理访谈记录稿的时间。一九九九年对我是不幸的一年，四月份从哈佛回来不久，就病倒了。直至第二年春夏，方日渐恢复。但更加不幸的是，我所见到的西方最单纯的思想家、最富学养的中国学学者史华慈教授，已经永远不能向人类发表他的睿智卓见了。我和他的访谈对话，第一次在一九九九年二月九日下午的两点到四点，第二次是二月二十二日上午十时至十二时。地点在哈佛费正清东亚研究中心他的办公室。他的办公桌对着门，大衣挂在门后的衣钩上。我和林同奇先生坐在他的对面，内子陈祖芬坐在左侧书架前。因为有事先送给他的访谈提纲，整个谈话非常顺利。他谈得愉快而兴奋，几次高举起双手，强调他的跨文化沟通的观点。讲到美国文化的现状，他略感悲观，他说自己也许是老了。这样说的时候，我注意到他眉宇间有一丝黯然。没法形容这次访谈我个人所受的启悟以及带来的学术喜悦有多大。第二次谈话结束的时候，我写了一张纸条给他，上面写：“启我十年悟，应结一世缘。”当时说好访谈稿整理成文之

史华慈教授

后会寄请他过目。没想到因病未克及时竣事。而当现在终于成文准备发表，却欲送无人了。成为一次永远无法弥补的遗憾。好在此访谈稿先经林同奇先生根据录音整理并作汉译，然后我参酌现场所作笔记和内子的笔记，最后写定成文。其可靠性史华慈先生自必认可。如果我揣想不误的话，一九九九年二月九日和二十二日我对他的这两次访谈，应该是他生平最后的两次学术对话。因为林同奇先生告诉我，我回国不久，史华慈先生就住进了医院。也许我纸条上的后一句不那样写就好了。林同奇教授为访谈所作的帮助，对访谈初稿的整理、汉译，我深深感谢并心怀感激。

这篇题记写于二〇〇一年一月二十四日。

对哈佛费正清东亚研究中心主任傅高义教授的访谈，也收获颇丰。

他原是研究日本问题的专家，中国改革开放后，开始关注中国问题，一九八七年写了《先行一步：改革中的广东》一书。他在中国有许多朋友，一九九八年中国领导人在哈佛演讲，与他的精心策划有直接关系。他一度还是美国政府的政策顾问，美中两个大国平等对话、友好相处是他的基本理念。因此与傅高义教授的访谈，我破例没有完全局限在学术思想领域，第一次围绕“哈佛的中国学与美国的中国学”，第二次则放言无忌地大谈起中美关系的历史和现状。

我的提问有些具有挑战性，但他不以为意，总是耐心地讲述他的看法，以及对相关问题的爱莫能助的遗憾。一九九九年我回国不久，发生了中国使馆被炸的事件，我注意到傅高义先生表示了明确的批评态度。我对傅的访谈对话，以《哈佛的中国学与美国的中国学》为题，发表于香港《明报月刊》二〇〇〇年四月号。

我和杜维明先生的对话，一九九二年有过一次，当时写了《“文化中国”与儒家传统——杜维明教授访谈录》，刊于《中国文化》杂志。一九九九年的访谈，以《中华民族的再生和文化信息的传递》为题，发表于《社会科学论坛》杂志。维明先生意识到中国文化与西方文化对话的历史契机正在来临，但又担心我们自己的资源没有准备充足。为减少国与国之间的误读，他关注中国应该向外部世界传递什么样的信息的问题。

我在哈佛的研究计划结束之后，又应邀到哥伦比亚大学访学一周，先后与哥大的宋史专家韩名士、亚洲研究所所长曾小萍、民国史教授钱曾瑗、东亚系主任王德威、人类学家司徒安、德籍汉学家马丁·科恩、东亚系商伟教授和吴百益教授、执美国中国学牛耳的狄百瑞教授，以及中国通黎安友、哥大图书馆馆长等，作了短暂的访谈。不过终因时间匆迫，只能粗略了解对方的研究领域和关注的问题，未能就学理层面作深入探究。

我感到高兴的是，居然有机会与堪称费正清第二的美国中国学泰斗级人物狄百瑞教授作了访谈。访谈时间在一九九九年三月四日下午二时，地点是狄百瑞（William Theodore de Bary）教授的办公室。他关注的主要问题是文明的对话问题，包括西方的价值理念和儒家思想的对话，中国古代的儒家传统和现代的对话。采取的方式是经典会读，九十年代初期会读《荀子》，我在哥大的时候会读《孝经》。但他追寻的学术目标则是所研究的问题必须与现代性直接相关。

他有点像中国传统的有声望的儒者，力倡以“天下”为己任。他不仅自己这样做，也要求他的学生这样做。遗憾的是我没来得及参加他主持的《孝经》会读，但他大驾光临的一场东亚儒学研讨会，我却幸运地躬逢其盛。主讲人是英国一位女教授，特地从伦敦飞来纽约，下飞机就来到了会场。演讲题目是关于韩国的儒学问题。她准备的讲稿大约只讲了三分之一，坐在长形会议桌另一端的狄百瑞便打断了她，问她有一本书看过没有。我看到女教授摇头表示没有读过，于是狄百瑞开始了他的论说。他讲的时候，会场的空气变得格外凝重。他讲了足有十多分钟，然后拿起文件包转身就离开了会场。

我的观感是由于不悦他才中途退席，但坐在我旁边的王海龙先生说，这就是他的风格。幸亏主持人宣布研讨会继续进行，并对狄先生离开的理由作了适当的解释，满面红晕而又不知所措的女演讲人才逐渐摆脱尴尬。这让我想起有“老虎”之称的傅斯年。当年傅斯年主政“中研院”历史语言研究所时，由于大气磅礴、风格独断，人们称他为“傅老虎”。但“老虎”归“老虎”，史语所的那些学问不可一世的大专家，一个个矜服如仪，无有二词。陈寅恪与傅的交谊尤厚，一九二七年就赞许他：“天下英雄独使君。”晚年得知傅在台湾突然病逝的消息，也有诗记其事：“不生不死最堪伤，犹说扶余海外王。”还是把傅斯年和“王者”联系起来。无独有偶，一九九九年哈佛大学费正清东亚研究中心主任傅高义教授，在接受我访谈对话的时候，我们谈起费正清，他也说费氏一向有“西方皇帝”的说法。我从狄百瑞身上似乎看到了“老虎”傅斯年或者“西方皇帝”费正清的某些影子。

根据那次访谈，我写了《经典会读与文明对话——狄百瑞教授访谈录》一文。

这里还须提到我和香港中文大学校长、文化社会学家金耀基先生的晤识与对话。我们第一次见面，是在一九九三年元旦，当时因参加香港法住文化书院举行的学术年会，有了接谈的机缘。可以说一见如故。随后在同一年的十一月十七日至二十五日，马来西亚大学召开国际汉学研讨会，我和金先生都应邀出席，有了更多交谈的机会。特别在马六甲海峡陡然产生的沧海桑田、天涯归客的历史幽思，使我们的精神世界不期而然地重合在一起。吉隆坡会后，我应香港大学的邀请，主持一九九三至一九九四年度的查良镛学术讲座，又有了畅叙的机会。

一年以后，也就是一九九五年的十一月，我和内子应台湾“中央大学”和“中研院”的邀请访台，回程过港，在陈方正先生主持的“中国文化研究所”访学一周，除了一次学术演讲，大项目就是和金耀基先生访谈对话。我们谈了两次，一次在一九九五年十二月三日下午，一次在十二月四日下午。还有一次晚餐也作了长谈。中心题旨是围绕中国现代文明秩序的建构问题，我把它看作是一九九二年与余英时先生访谈的继续，切入之问题的方式亦不无前后相连带相映发之处。

后续故事发生在二〇〇六年九月。《21 世纪经济报道》的编者打电话给我，问我手边有没有合适的文章给他们发表。当谈起什么样的文章才算作有思想，我提到了与金耀基先生的访谈对话。他们看了之后决定重新刊载。我说已过去十几年，他们说完全适合当前。《21 世纪经济报道》于是便在二〇〇六年十月二日和十月九日，用两个版的篇幅，连载了这篇访谈文章。原来的题目是《为了中国现代文明秩序的建构》，毕业于北大历史系的编辑改作《中国现代文明秩序的苍凉与自信》。“苍凉与自信”是她阅读文章时感觉并捕捉到的情感认知。至于为什么关注经济与社会的敏锐的报纸编者，会认为一篇旧文仍具有当今的价值，这得归功于金耀基先生，是他的思想的浓度和活性，把旧雨变成了新知。他是我所见到

与柳存仁先生（中）、金耀基先生（左一）在马来西亚汉学会上

的对中国现代化进程作理性思考的不可有二的学者。

二〇〇七年，我将上述访谈对话的文章捉置一处，由中华书局正式出版。内收八篇文字，包括《为了文化与社会的重建——余英时教授访谈录》《“文化中国”与儒家传统——杜维明教授访谈录》《中国现代文明秩序的苍凉与自信——金耀基教授访谈录》《中国传统文化研究的现代方向——陈方正博士访谈录》《现代性与跨文化沟通——史华慈教授访谈录》《哈佛的中国学与美国的中国学——傅高义教授访谈录》《经典会读与文明对话——狄百瑞教授访谈录》《中华民族之再生和文化信息传递——杜维明教授访谈录》。书名用的是访谈金耀基先生的篇题，叫《中国现代文明秩序的苍凉与自信》。我在此书的序言里写道：

> 本书所收之与余英时、与史华慈、与金耀基、与杜维明、与狄百瑞诸先生的访谈，无异于躬逢思想的飨会，真是非经过者不知也。史华慈的深邃沉醉，余英时的真切通明，金耀基的博雅激越，杜维明的理性低回，狄百瑞的排议独断，都无法淡化地留在我的心里。本来还有两位于我也是亦师亦友的学问大家——张光直先生和李亦园先生，也曾有过访谈的设想，不料阴差阳错失却机缘。张先生于我极为亲切，他一共来北京几次我不知道，至少有两次到过我家里。一九九五年我去台湾“中研院”访学，就是张先生和李先生的邀请。史语所安排我演讲，张先生不顾行动不便，竟也前往参加。当时他担任“中研院”副院长一职，帕金森病已经在残忍地折磨着他。一九九九年在哈佛时曾到他府上拜望，这时他语言和行动已非常困难。他说他有三个家，康桥的家、台北的家和北京的家。我问更喜欢哪个，他说都喜欢。康桥向他作最

后道别的情景，我一直不能忘怀。

我在哈佛访学期间，头两个月主要泡图书馆，贪婪地阅读以前难得一见的人间好书。最后一个月，才开始计划中的访谈对话。因此日程相当紧凑。而在哥伦比亚大学，第一天就访谈三人。六天访十一人，中间还抽出一天去普林斯顿大学拜望余英时先生。因此回国之后病倒，也就事出有因，不足为异了。

第十二章

病　课

一九九九年四月，我从美国回来不久，就病倒了。

其实在哈佛最后一个月，已经是带病工作。是一次前所未经的大病，免疫系统紊乱，疼痛难忍，饮水用餐都极为困难。终于住进了医院。医生用了大剂量的药，大到中国医生从来没有这样用过。西方也很少这样用。因为据说一半的剂量，就可以致死或致残，所以用药前需要家属签字认可。然而我竟神奇地没有死，也没有残，而是逐渐地恢复到正常。不过那已经是一年之后了。

医院里最困扰我的，是每天四个小时的输液（开始每天六个小时)，到后来手臂已没有了下针处。支撑我暂忘痛苦的是二月河的《雍正皇帝》，左手输液，右手翻书，慢慢地看，慢慢地忘记当下的自己。这是二月河写得最好的一部书，连雍正最后的死亡，我都觉得他写得最接近历史本真。然而接下去再看《乾隆皇帝》，就看不下去了。读书可以医病，诚然。可以止痛，这次也体验到了。

医院里读的另一种书，是马一浮的著作，特别是他的诗和书信。也对症，对病体恢复至为有效。

马先生童年就经历了母亲的早逝，青年又遇上父亲弃世、姐姐亡故，以及发妻的不知缘何而亡，他因此钟情佛教的义学和禅学。慢慢地，我分明感到了病的悠闲和病的快乐。马先生《答丰子恺》诗“游山今已息驰求，养病真能得自由。莫厌九秋风露迥，双悬日月在高楼”，深获我心。他的“舜若本无身，玄珠并是尘。不逢穿耳客，每笑刻舟人。弹指成千劫，经天尚两轮。虚空消陨后，遍界若为春”，也给我带来对情对景的精神愉悦。特别是马先生逝世前写的《拟告别诸亲友》“乘化吾安适？虚空任所之。形神随聚散，视听总希夷。沤灭全归海，花开正满枝。临崖挥手罢，落日下崦嵫”，使人牢结全开，如见实相。

是的，人的个体生命是壮观的，也是渺小的。渺小到不过是一个小小的气泡而已。王蒙慰病讲的话，也确有启发。他说："病人是享有特权的，包括挑食、不守规矩、不讲道理。"我已经满足得很快乐了。一次一位年轻医生打电话给我内人，告知此病人的神经可能不够正常。原因是他一天到晚总是那么高兴，与所有的病员都不相同。祖芬没有立即告诉我这件事，直到确认实无异常，才当作笑话说及。是呵！这场大病为何带给我的是如此高兴和快乐呢？

本来二〇〇〇年春节，我是准备在医院里度过的，腊月二十九日的上午还在为在医院里过除夕作准备。不料年三十的上午得医生通知，说可以出院了。那一天是二月四日，正好是立春日，又是己卯除夕。第二天，就是庚辰年春节，我的本命年，六十整寿。

回到阔别已久的家，回到自己的书房，那种感觉，又是不同于医院的别一种快乐了。

刚出医院，继续在家治疗。两个月后，转治为养。于是应友人之邀，四月中旬至五月中旬，南下养疴一个月，先后在南京、扬州、镇江、常熟、苏州、上海、杭州等地停留。在杭州的时间最长，住有二十天。江南四月，节候宜人，加上友人细心照拂，身体明显好转。

回京未久，赵朴初先生逝世了，享年九十二岁。南行一路，名山古刹，到处看到朴老的字，心存温暖而不禁思念。本来不想写悼念文字，但看到报上发表的他的遗嘱“生固欣然，死亦无憾。花落还开，水流不断。我兮何有，谁欤安息？明月清风，不劳寻觅”，启发了我的文思，于是写了《悼朴老》，发表在六月二十二日《光明日报》，这是我已卯大病后的第一篇文字。朴老遗嘱让我联想到马一浮《拟告别诸亲友》的“花开正满枝”句，以及弘一法师圆寂时《辞世二偈》之二的“华枝春满，天心月圆”句。

病后的第二篇文字是《季羡林先生九十寿序》，前面已提及。

第三篇是南行游记《桃花得气美人中——虞山访柳如是墓》，发表在七月一日上海《文汇读书周报》。

我是四月十五日中午到的常熟，一路上情不自禁地给同行友人讲起钱柳因缘及河东君的故事。下午常熟师范学院张浩逊教授陪同，瞻仰钱牧斋和柳如是墓。然后驱车虞山，寻访钱柳芳踵胜迹。

不意病后身体恢复之奇迹，在虞山发生了。不妨一阅《桃花得气美人中》下述两三段文字——

站在虞山顶上看柳如是墓，背山面水，丛绿一束，四周是望不到边际的金黄的油菜花。史事沧桑，地老天荒，思及前贤，不觉感慨万分。天色将晚，先送张浩逊先生下山谢别，然后又返回山巅，流连观赏。已渐渐看不到另外的游人，品茶山寺时，连同司机只剩下我们这组五人团队。茶是只供作贡品用的明前剑门绿，第一次冲水，色鹅黄而清雅，第二泡色淡绿而香醇。三杯下肚，人已微醉矣。此时夕阳照晚，花满栀子枝，只觉肺爽气清，心悦神宁，跨步出山门，几忘处身之所。虞山临尚湖，远眺落日，波光铺彩，水天一色。尽管每个人都知道当晚要到苏州，就是不忍离开。

天黑下来了，不得不下山上路。可是一看我愀然不乐的样子，大家便知道我的虞山情事未了，于是不约而同地围拥着重新登临，在藏海寺前面的拂水岩上各踞一地，饱享山风树影。不一会儿，已圆未圆的皓月升起，山岚、树木、寺院的轮廓清晰起来。清辉满眼，寂然无声，连平时说话嗓子最大的南师大《语文之友》主编胡永生先生，也没有一丝声音发出。研究唐代文学的高永年教授，更是凝然静虑，胸怀真宰。我病后一直四肢少力，提步维艰，前几天在南京还不敢多走路。此刻忽然感到身心一阵爽朗欢悦，腿脚顿时轻捷起来，便原地跳跃。大家见状，也都兴奋地跳跃。司机老裴说，他活了四五十岁，身体从来没像今天这样轻松过。我就着月光一个人沿山脊小路向西北方向走去，遇平台或石阶，伫立小停。中有一石桥，不宽，两侧山坳朦胧，我无所觉察地走了过去。回头见永生尾随而来，我们已走出百余米。回到藏海寺，已是晚上九点，再不能不离开了。

虞山给了我如此异样的感觉，是不曾想到的。我是太喜欢《柳如是别传》这部大著述了，钱柳当年的儿女情私、家国悲剧，不就发生在此地此界此山此水吗？今次在虞山，不仅是观览现实美景，也是在陈寅老的书中畅游了。

《悼朴老》《季羡林先生九十寿序》《桃花得气美人中》三篇文字，对大病初愈的我来说，实具有特殊意涵，可统称为“病后三章”。

二〇〇〇年十一月十五日，我们中国文化研究所和安徽蒙城联合召开“第三届庄子国际学术研讨会”，我在开幕式上以《庄子与现代和后现代》为题致讲词，头一天晚上写的文稿，也是很快写就，少有修改，迥异以前的缓慢文思。后来《中华读书报》于二〇〇一年一月十七日刊出了此文。

我在文章中提出：“老子和庄子，都是道家的创辟人物，他们企图解决的宇宙人生的根本问题互有不同。老子解决的是‘天人’问题，庄子解决的是‘人我’问题，而孔子，则解决的是‘人人’问题。‘人人’关系，受制于社会变迁，所以儒学多变，大家知道的。儒学有三期或四期之分，也许四期的说法，也不无道理。汉代的董仲舒倡‘天人合一’之说，是不是也含有弥补先秦儒学主要解决‘人人’问题而忽略‘天人’问题的不足之处？儒家当然也讲天，但孔子讲的天，有一个模模糊糊的人格神在，不纯是自然之天；庄子之天，则纯乎自然之天。道，孔子、老子、庄子都讲，但孔子重人道，名言是‘天道远，人道迩’；老、庄重天道。老、庄的道，也有区别。老之道，很有点像黑格尔的‘绝对精神’；庄之道，则像康德的‘自在之物’。道是高度抽象的绝对，无论康德、黑格尔、老子、庄子，都是如此。但康德、黑格尔的绝对是死的，老、庄的绝对是活的。老子的命题：‘人法地，地法天，天法道，道法自然。’如果这一命题停留在‘天法道’的阶段，就和黑格尔的‘绝对精神’或者康德的‘自在之物’没有区别，但后面还有‘道法自然’一句。庄、老之道，因自然而活，因自然而获得生命。”

如此论儒论老论庄，实与“病后三章”不无理趣之暗合。

病后的感觉，清醒、空灵、通感，无减无增。所有过去所学，都一一活跃起来，文本记忆异乎寻常地清晰。爱意充溢，文思泉涌。我写朴老，写季先生，写南行游记，都有一种感恩和感激。

下面具列出二〇〇一年至二〇〇三年三年期间我发表的文章目录，以见病后之文思和学问进境。

一、《陈寅恪与〈红楼梦〉》，一万八千字，载《文艺研究》二〇〇一年第一期；

二、《慈禧密旨赐死陈宝箴考实》，两万五千字，载《中国文化》二〇〇一年第十七、十八期合刊；

三、《义宁之学的渊源与宗主》，七千字，载《读书》二〇〇一年第二期；

四、《陈寅恪〈王观堂先生挽词并序〉新释》，六千五百字，二〇〇一年二月十四日《光明日报》《中国文化报》同时刊载；

五、《〈柳如是别传〉的撰述旨趣》，五千六百字，载《文汇报》二〇〇一年二月三日《笔会》专版；

六、《“借传修史”：陈寅恪与〈柳如是别传〉的撰述旨趣》，两万九千字，二〇〇一年五月二十三至二十九日在德国海德堡大学召开的“中国近代史学思想和历史写作”国际学术研讨会上宣读，刊于荷兰莱顿汉学院出版之《史学：东方与西方》二〇〇二年卷，暨浙江人民出版社出版之《陈寅恪与二十世纪中国学术》一书；

七、《庄子与现代和后现代》，两千字，载《中华读书报》二〇〇一年一月十七日；

八、《季羡林先生九十寿序》，两千字，载《中华读书报》二〇〇一年七月十一日；

九、《二十一世纪的挑战：亚洲价值的反省》，四千字，载《深圳特区报》二〇〇一年二月十八日“人文社会科学远望”专刊，暨《文汇报》二月二十三日《笔会》专版；

十、《人文与社会科学研究的几个问题》，七千字，载《文汇报》二〇〇二年七月十三日“学林”专刊、《新华文摘》二〇〇二年第十一期转摘；

十一、《王国维陈寅恪与中国现代学术》，两万字，载《文艺研究》二〇〇二年第三期；

十二、《陈寅恪的家学渊源与晚清胜流》，两万两千字，载《中国学术》二〇〇二年第三期；

十三、《陈宝箴与湖南新政》，七万字，《中国文化》第十九、二十期合刊，二〇〇三年三月出版；

十四、《现代性与跨文化沟通》，两万五千字，《世界汉学》第二期，二〇〇三年三月出版；

十五、《蔡元培与中国哲学的现代化》，三千五百字，《中华读书报》二〇〇三年七月二日“学术双周刊”；

十六、《马一浮的学术精神和学问态度》，一万六千字，《文艺研究》二〇〇三年第六期；

十七、《中国现代史学人物之一瞥》，一万字，载二〇〇三年七月二十七日《文汇报》之《学林》专版；

十八、《今天，为什么要阅读经典》，五千字，载二〇〇三年《中华读书报》；

十九、《王国维的诸种矛盾和最后归宿》，九千字，载

《“中国传统文化与二十一世纪”国际学术研讨会论文集》，中华书局二〇〇三年七月出版。

另外，二〇〇三年这一年，还出版著作两种，一是《学术思想与人物》，二十六万字；一是《庄子与现代和后现代》，十六万字，都由河北教育出版社出版。我在《学术思想与人物》一书的后序中写道：

生病其实也是很有趣的，不仅如王蒙所说享有种种特权，还产生一种空灵，一种回归本我的宁静。贺麟解析张荫麟的浪漫爱情，得出“求爱与求真，殉情与殉道有同等的价值”的优美结论。生病的过程就是往这优美情境漫步的过程。因为由于生病，会得到更多的温暖和爱，得到更多的友情和爱情。回归本我是愉快的，因为它无减无增。学问是快乐的，因为它是接近殉道的最佳途径。

二〇〇六年，我的《陈寅恪与〈红楼梦〉》一书由中央编译出版社出版，跋尾也写到了一九九九年（农历己卯）之病课——

己卯夏，余在病中。每日与医为友，以药为伴，闭门养疴，不闻世事。医嘱不宜用脑，尤不可用心。

药课之余，惟翻闲书以自娱。王亚民兄知著察微，前来问疾，竟以十厚册《周作人文类编》相赠，曰病中读此，或可颐情适趣。旋即又送来装帧精美的拙著《〈红楼梦〉与百年中国》，以慰余心，并告销路甚好云。红学，在仆颇类怡红公子所言，盖儿时的营生，颜汗不敢道，早欲告而别之。不意尚有喜读吾书者，岂不异哉！岂不异哉！然是书乃剖解百年来一具典范意义之学科，辨章学术、考镜源流之作，于曹侯作品本身梳解未详。既蒙读者厚爱，何妨将昔日侧重研究《红楼》文本之文字另编一集，以飨知者？亚民亟促从事，遂成兹编。所收篇章，除序篇《陈寅恪与〈红楼梦〉》为病后试笔，其余均系从旧著中擢而出之者。书名因以序篇代之，寓旧中有新之微旨。

散原老人诗云："久以病为业，今如失业人。"处身二十世纪末尾之一九九九年之余之景况，差可为比；寅恪先生引项莲生句："不为无益之事，何以遣有涯之生？"亦切斯意。

病课的快乐和病后的清灵，构成了我六十花甲子的人生转折。所谓六十年一转，有如是乎？有如是乎？

第十三章

讲　学

孔子说："德之不修，学之不讲，闻义不能徙，不善不能改，是吾忧也。"可知孔子是重视讲学的。不过孔子之所谓"讲"，有学习、实践的意思。和弟子们在大树下一起演习"礼"，即为讲学的一种。

现代的讲学，可分为三目：一为会讲。斯义既可以理解为开学术会议，大家一起讲论，也可以是围绕一本书、一题义的众学人聚于一处的会读会讲。是"会讲"，也是"讲会"。所谓以文会友是也。二是堂讲。即课堂讲论，大学讲席最堪此任。三为演讲。即由一人担任主讲嘉宾，面对各种不同的听众，开坛讲论。二十世纪八十年代的台湾，公开演讲最流行，以至成为风气。九十年代以后，中国大陆开始盛行此义，如今借助现代传媒的手段，大有愈演愈烈的趋势。

此三种讲学方式，我都体验过。

会　讲

会讲，诚然。总算出席过一些学术研讨会议，与同道们一起讲论。如果从九十年代算起，我参加过的比较重要一点的学术研讨会不在少数。下面选列一些在我看来还算有意思甚或稍有故事的“会讲”案例，略志本人之与会情形。

一九九一年六月十八日至二十一日，应邀出席新加坡国立大学中文系主办的“汉学研究之回顾与前瞻国际会议”。提交并在文学组大会上宣读的论文题目为《红学观念与红学方法的冲突：对红学索隐、考证和小说批评三派的学理分析》。很大的会，三百多人参加，全世界研究汉学、中国学方面的学人，也许都来了。以我的孤陋，也在会上见到了不少熟人。研究比较文学的王润华、淡莹夫妇几年前就认识了，我的与会应该与他们的推荐有关。新大中文系的陈荣照教授，此次始相识，后来成为论学契友。国内与会的学者还有吴晓铃、任继愈、冯其庸、李学勤、袁行霈、汤志钧等。饶宗颐先生也从香港前来与会。柳存仁先生以《从利玛窦到李约瑟：汉学研究的过去和未来》为题，在开幕式上发表主旨演讲，字正腔圆，铿锵悦耳。最后他以下面一段讲词作为收束——

> 我们抱着公平的态度求了解，我们用精密的思考和客观的、审慎的尝试作推断，我们实事求是，真实不虚，只是为了要促进人类文明向上的更进一步。让我们大家在新加坡这一块气候温暖、雨量充足的沃土上多下几颗国际合作、天下为公的新种子罢！我们“种瓜得瓜，种豆得豆”，“铜山西崩，洛钟东应”，未来的收获自然也必要归大家共享的。“五四”时代的老将钱玄同先生不是说过吗？“有朝得了天和下，你坐朝来我坐廷。”我知道，今天在这里的各位，和全世界的汉学家们，都知道珍惜这个机会，都有这样的期望。

如此结束一次世界学术大会的主题演讲，实属少见，不止令人印象深刻，且绕梁三日不足以形容。

一九九一年六月二十八日至七月一日，“中国传统思想文化与二十一世纪”国际学术研讨会在南京举行。应邀与会，提交的论文为《“中西体用资循诱”：陈寅恪的文化态度》，而大会演讲则讲的是《传统的误读》。人也很多，原南大校长、当时的中国传统文化研究中心主任匡亚明主持，可谓群贤毕集，尽得风流。结识香港的安子介先生，并蒙他资助一年的《中国文化》，即在此次会议。执教美国弗吉尼亚州立大学历史系的汪荣祖教授，也出席了这次研讨会，由于对陈寅恪和钱锺书的同好，我们谈得很投缘。《中国现代学术经典》的"萧公权卷"由他来编选，就是此次商定的。

会后不久，荣祖先生来京，在我的团结湖家中住了三个晚上，早晚便餐，他吃得很开心。一同上下楼，竟有邻居以为是我的兄长云。其实我们同龄，都属龙，他比我只大几个月。"萧卷"的编选体例，这次作了最后商定。萧公权是他的业师，从学三四年的时间，台湾联经版《萧公权全集》即为荣祖所编付，后来他请联经主人专门寄一套给我，甚感珍贵也。南京的会和嗣后北行，是我与汪荣祖兄订交之始，此后二十多年，亦曾多次见面，彼此都怀有亲切的感情。

一九九二年五月二日至九日，应邀赴德国参加"纪念汤若望诞辰四百周年"国际学术研讨会，并于五月四日研讨会开幕之当天下午向大会宣读《汤若望在明清鼎革之际的角色意义》的论文。会议由德国《华裔学志》研究所和德中友好协会主办。会后经与《华裔学志》研究所所长马雷凯博士洽商，确定了《中国文化》和《华裔学志》互相交流资讯并进行经常性合作的意向。台湾清华大学的黄一农教授，就是此次会议上结识的难得的学界奇才，我们后来成为好友。当时在《华裔学志》访学的任大援先生，也是这次相遇，后来我把他正式调入我们中国文化研究所，做汉学这一块。他是西北大学思想文化研究所的副所长，协助张岂之先生，并研究关中学术和耶教东传等课题。

一九九二年九月一日，赴美参加哈佛大学举行的“文化中国：诠释与传播”国际学术研讨会，提交之论文题目为《文化中国：传统的流失与重建》。会议由杜维明先生主持，这是他提出的“文化中国”学术理念的一系列研讨之一，许多学界名流都来了。国内同往的有陈来、梁治平、沈昌文等。王元化先生、徐中玉先生从上海前往。老友李泽厚等也在会上。大家难得一见，乐莫大焉。而且认识了赵元任的女公子赵如兰。特别令人难忘的，是会议期间与时任哈佛人类学系主任的张光直先生的两次面晤，谈得极为亲切。他一年前来中国，我们见过面，并承枉顾寒舍，所以此次得以相晤，颇有老友

张光直先生在作者家

重逢之感。法学家梁治平先生后来跟我成为同事，这次康桥之行是契机和引桥，没过多久就正式调入我们中国文化研究所了。

一九九二年十二月二十三日至二十八日，赴香港参加法住文化书院学术年会。法住主人为霍韬晦先生，唐君毅的入室弟子，坚守儒佛一体的学术理念。一九八九年纪念“五四”七十周年的香山会议上订交，始终保有亲近的感情，即使不见面，友情也常存。此前，一九九一年的法住年会就曾邀请我前往，因故一拖再拖，以致错失交臂。年会的名称是“安身立命与东西文化”国际研讨会，人未成行，却提交了《文化托命与中国现代学术传统》的论文，后收入会议论文集，法住出版社一九九二年十二月出版。本次年会以“东方文化与现代企业管理”为主题，海内外四十余位学人与会。我提交并宣读了《〈红楼梦〉的管理思想》的长篇论文。论文后收入法住出版社一九九三年出版之《东方文化与现代企管》论文集。这是为会议专门写的一篇从旧营生中化出来的适合于会议主题的论文。可不是，《红楼梦》里的王熙凤和贾探春，确实代表着两种不同的管理大观园的思想。会议期间，法住文化书院的黎绮华小姐对我作了访谈，所写《找出“五四”以来的稳定因素——访刘梦溪先生》，在一九九三年五月一日出版的《法灯》上刊出。

一九九三年三月九日至十一日，香港中文大学人类学系召开“文化中国：理念与实际”国际学术研讨会，应邀出席并向大会提交、宣读的论文为《解构与重建：中国的商品大潮与文化空间的拓展》，试图探讨商业活动可能带来的思想空间。后潘耀明先生将此文刊载在他主编的《明报月刊》上。此次会议，与李慎之先生同机返京，一路上彼此谈得很快意。我和他初识于一九九〇年召开的纪念冯友兰逝世一周年学术研讨会上，地点在中国青年政治学院的南楼，汤一介先生掌院的中国文化书院主办。

一九九三年十一月十七日至二十五日，应邀赴马来西亚，参加马来西亚大学召开的国际汉学研讨会，提交的论文为《陈寅恪的家学渊源和诗学传统》。柳存仁先生、金耀基先生等亦与会。会后应邀担任《星洲日报·花踪讲座》主讲人，演讲题目为《当代中国：文化传统的流失与重建》，并赴槟城和芙蓉两地华族社区作学术报告。演讲活动，有幸与叶嘉莹先生同台同往，《星洲日报》的演讲，我在前，叶先生在后；槟城的演讲，叶先生在前，我在后。一起漫步槟城的一家商店，我看到一款套裙，发现很适合叶先生。叶先生当即认可，最后她用演讲的酬劳马来西亚币买下了这款套装。

一九九四年九月十九日至二十二日，出席“阳明心学”国际学术研讨会，并以《从当前传统文化研究看今次阳明心学国际对话的意义》为题作学术讲论。地点在贵阳，题目是会议的发起者蒋庆先生代拟的，他知道我研究陈寅恪和义宁之学，而且提出过王学是义宁之学的宗主的思想。刊于二〇〇一年第二期《读书》上的《义宁之学的渊源与宗主》一文，蒋庆兄看到后，许为研陈的一个“发明”。此次与会最值得记忆的，是中间去了王阳明当年悟道的“龙场”，虽然任何遗迹都无所见，但我似乎感觉到了什么，也许是斯洞主人的“居夷处困”而志犹不磨的“吾性自足”的独立精神，也许是历史的湮远和思想的常新。我的发言嗣后整理成文稿，以《王学的意义》为题，《大师与传统》一书曾予收录。

日本方面参加阳明心学研讨会的是“将来世代财团”，他们欲在实践中贯彻阳明学的理念。因此第二年，即一九九五年的三月二十六日，我邀请该财团的董事长、京都论坛理事长矢崎胜彦先生，以《东方传统、亚洲价值和二十一世纪》为题，来我们中国文化研究所作了一次学术演讲。李慎之、李泽厚、汤一介、庞朴、梁从诫、董秀玉、周国平等对该议题感兴趣的师友，都应邀出席并参加讨论。讨论互动时，梁从诫提的问题最尖锐，他说有一种煤焦油，因为毒害之甚各国已停止生产，可是日本还在中国的山西继续生产这种有毒物资。他质疑演讲者为何不根据自己的环境理念向日本政府提出告诉。盖此时的从诫已是环保主义的先进，办有《自然》杂志，故有此严厉之问。

一九九四年十一月二十四日至二十六日，出席在杭州召开的“文化中国：二十世纪的回顾和二十一世纪的展望”国际学术研讨会，王元化、李亦园、汤一介、庞朴、乐黛云、杜维明、陈方正、孙长江、朱维铮、秦川、李慎之、袁伟时等都来了，杭州大学是东道主，沈善洪校长主持。我的发言是关于学术独立的问题，回顾了王国维、陈寅恪等二十世纪学者对学术独立的提倡和追求。会议期间，与李亦园先生就蒋经国基金会可否对《中国文化》提供出版资助问题，作了初步探讨。因依照该基金会的则例，受资助者须在出版物上标明提供资助的基金会名称，这边的主管方未予批准，此事没有最后达成。但我与李亦园先生的友情从此结下，后来在北京和台北多次见面，通信也有多通。由于他和余英时、许倬云同为“中研院”院士，彼此交深情厚，此一层加深了我们之间的情谊。

与李亦园先生

一次他对我和内子说："你们的好朋友，都是我的好朋友。"

事有凑巧，十一月二十八日自杭州返京的航班，又是与李慎之先生同行，彼此更加熟悉了，交谈的话题更多。由于我在研讨会上讲到了王、陈、钱，于是他讲起钱锺书先生的病情和杨绛先生的近况。不久前他前往探望过二老，杨先生还谈起我和内子送芒果一事，估计是慎之先生提到了我，故杨先生遂有此忆。我找出了一九九四年十一月二十九日的日记，相关的一段是这样写的："二十八日上午与李慎之同志一起乘机回京，路上交换了一些意见，所见常常相同。他还提到，一次杨绛说我们送芒果云云。他说钱先生得的是癌症，前年切除过一次，这次又作切除。杨绛说把钱先生打发走了，她也该走了……甚凄惨也。"还谈到三联版《陈寅恪集》的出版情况，他主张不设顾问，由三联编辑出版就是了。三联老总董秀玉也跟我谈过这方面的事情，我倒是颇认同李先生的主张。

一九九五年一月六日至八日，中国社会科学院主办的"中国国际汉学研讨会"在海口召开。我应邀与会，与内子同往，并和陈方正先生共同担任思想与文化组召集人，提交的论文是《"独立之精神，自由之思想"——陈寅恪先生学行小记》。国内外的学人来的很多，是仅次于新加坡汉学会议的一次盛会。李学勤先生实主其事，社科院历史所的学术团队力任躬行。朱维铮的犀利在此次会上多有领教。但有一天晚上他显然喝醉了酒，义气飞扬，骂不绝口。由于印象极深，所以当后来病课之时，有时思念老友，总会想起维铮的“会骂”。

一九九八年九月二日至五日，中日韩三方学者论坛在汉城（今首尔）举行，讨论亚洲价值在二十一世纪的命运。国内与会者只三人，记得有研究国际法的专家、北京大学的饶戈平教授。不知缘何会邀请我出席。我提交的论文是《世纪末的挑战：亚洲价值的过去与未来》，会上作了关于此题的演讲。日方来的有我熟悉的沟口雄三教授，韩方有多位大学校长莅临。一次主题集中、日程紧凑的专题论坛，开得不错。

二〇〇一年五月二十三日至二十九日，赴德国海德堡大学参加“中国近代史学思想和历史写作”国际学术研讨会，提交论文为《“借传修史”——陈寅恪与〈柳如是别传〉的撰述旨趣》，并于二十六日的会上宣读。与会的国际中国学学者甚多，如美国的柯文、柯卫琳、叶文心、汪荣祖等。德国的施耐德教授主持会议，他与我有同好，是研究王国维、陈寅恪的专家。国内出席者则有清华大学的刘桂生教授，他担任我的论文的评议人。所谓“王陈并治”就是桂生先生对我研究陈寅恪的一种概括。会上的一个花絮，是我和哈佛的柯文教授发生了小小的争论。他的论文我在哈佛访学期间已知晓，是关于中国人的“国耻”观念的研究。这本来是极好的中国学研究的题目，但他发言时讲到了当时中国的“民族主义”问题。我觉得他不无偏见，于是互动时说了几句不能赞同的话。我说史华慈讲过，美国的“民族主义”照样存在。晚上，海德堡大学的瓦格纳教授和叶凯蒂教授约我到他们的半山居所观看城市夜景，还问我和柯文发生了什么事。这才意识到，小争论却产生了局外的影响。

二○○四年四月二十六日至五月二日，应邀赴台湾参加“中研院”文哲所和台大共同召开的“汤显祖与《牡丹亭》”国际学术研讨会，于第一天的会议上发表论文《〈牡丹亭〉与〈红楼梦〉——他们怎样写情》。此次与会，盖缘于许倬云先生的特邀。此前的一年，我们相遇于南京，同住一个酒店。他约我一起进一次早餐，结果我们畅谈了近两个小时。他讲了自己的经历和学术追求。最后我们竟一起哭了起来。后来当“中研院”文哲所的华玮教授与我联系参会一事，这才依稀记得许先生曾有此约。但我说没研究过《牡丹亭》，恐怕来不及准备论文了。睿智的华玮立即提醒："你不是研究《红楼梦》吗？何妨写写两者的关系？"因此我与会论文的题目，实得之于华玮教授的启发，不能不在此再次表示感谢。

许先生出席了我的论文报告会，坐轮椅，在会场最后面。会后请我到外面一家餐馆午餐，作陪者是"汉声"的老总黄永松先生。许先生说我的论文报告很好，能得两书大旨。研讨会期间，在台北大剧院观看了白先勇改编的青春版全本昆曲《牡丹亭》，连演三个晚上。一次中间休息，在过廊巧遇马英九。他在我面前停了下来，和我对视一会儿，然后伸手相握。我说我从大陆来，他说欢迎。满身满脸的君子相，令我感慨颇深。当时他是台北市的市长。后来当选之后，我竟有几次梦到他。一次是在我家中，他站在窗前一个人吃冰激凌，用极小极短的一只小勺，吃得好吃力。我于是取我平常用的一只法国的不锈钢汤勺给他。接着梦也就醒了。二〇〇九年在长沙举行的两岸经贸文化论坛上，我报告论文的开场，讲了梦马的故事。他的第一个任期的后半和第二个任期，再没有梦见过他。而且也不再关注这个有君子相的人了。不过后来一次在台北访学，和要好的友人讲起这个故事。不料友人大赞妙哉，说马的为政，就是在你家用小勺吃冰激凌的方式，太神了。

台北的《牡丹亭》会，我有幸认识了白先勇，不久他来北京，在三联讲《牡丹亭》，并邀请我与他一起讲论。说来也真不可思议，正当我写到这里的时候，白先勇的助理郑幸燕突然打来电话，问白先勇寄给我的书收到没有。原来是白写的一本研究《红楼梦》的书，台北时报出版公司寄来的，寄到了研究所。因刚从外地回来，我说还未收到，当即刻去查，然后回话。我说我也正有《红楼梦》的书送他。天下事竟有如此奇巧者，岂不怪哉，岂不怪哉？此一刻的时间，是二〇一六年八月九日上午十一时，笔者正在修改润色本书的时刻。

二〇〇六年十二月十六日至十八日，“史华慈与中国”国际学术研讨会在上海举行，我应邀出席并在十六日上午的开幕式上报告论文《史华慈：最后发表的思想》。又应邀担任十七日分组研讨的论文评议人。此会由华东师范大学、上海社科院和哈佛费正清东亚研究中心联合主办。一次规格很高的研讨会，美国的中国学大佬都来了。不妨一看与会学者的名单：哈佛的麦克法考尔教授、柯文教授、马歇尔·戈德曼教授、默尔·戈德曼教授、裴宜理教授，芝加哥大学的杜赞奇教授，普林斯顿大学的艾尔曼教授，威斯康星大学的弗里德曼教授，俄亥俄州立大学的张灏教授、包筠雅教授，亚利桑那州立大学的田浩教授，加州大学伯克利校区的叶文心教授，卫斯理大学的舒衡哲教授等；亚洲学者有新加坡大学的王庚武教授、日本早稻田大学的平野健一郎教授等。国内学者也来了不少，包括张芝联教授、金冲及教授、章开沅教授，以及北京的汪晖，上海方面的朱维铮、姜义华、葛兆光、熊月之、童世骏，和东道主学校的许纪霖、朱政惠等，都出席了此会，是一次国内外学术界都很看重的国际学术会议。

对我而言，是在会上再次见到了柯文教授。我们比邻而居。幸好，他已不在意五年前海德堡的那次小争论。我将在哈佛我们访谈对话的整理稿送请他过目，他说会后去香港，到中文大学再细看。两周后接到他的来信，说此访谈稿所谈内容已过去七年，他的研究有许多新进展，如果今天刊发此稿，可能已不太合适。我当即回信，表示尊重他的意见，写道："我非常理解您的决定。看来时间可以改变一切，也会丢失一切。所以孔子说：'逝者如斯夫。'我也觉得原来的访谈已不能反映您近年来的学术进境。那么好，我就不发表这篇访谈，只把它作为我们相识并建立友情的历史记录吧。"又说："中国学术传统讲求人品和学品的统一，以我与先生的接触，觉得先生称得上是这两者统一的学者，因而让我深感敬佩。很高兴海德堡之后我们又在上海晤面，而且对您的观点有了新的了解。我想忘记‘国耻’也许更能够使一个民族的心态趋向平和，佛教所谓平常心是也。但此事说来复杂，俟读了您的新著之后我再思考。相信我们不久还会有晤面的机会，届时就可以抛开时间的磨损，而为新的课题倾心而谈了。”

二○○七年，中华书局出版了我的《中国现代文明秩序的苍凉与自信——刘梦溪学术访谈录》一书，题序中也提到了与柯文的交往故事，写有下面一段话：“我意识到时间因素对理解事物所可能起的作用。我引了《论语》中孔子以逝水来比喻时间的常典，我说‘看来时间可以改变一切，也会丢失一切’。虽然海德堡的研讨会上我们有过不情愿的争论，但柯文的人品和学品无法不让我敬重。他是一个沉默的思想者，一位略带羞涩的历史学家。”

二○○七年十一月十日，由故宫博物院召开的“紫禁城论坛”在故宫城隍庙会议室召开，议题是故宫学和故宫文化。时任故宫博物院院长的郑欣淼先生，是故宫学的提倡者，故有此次论坛的举办。应邀出席的嘉宾共六位，我之外，有李学勤、阎崇年、冯骥才、铁凝、熊召政。李学勤研究文字与考古，阎崇年长于清前期史的研究，熊召政写过历史小说《张居正》，冯骥才和铁凝也与故宫有渊源。李学勤发言时说，他参加这个论坛感到很惶恐，因为他研究的对象，是在故宫学范围的二〇〇〇年以前的事情。我的发言经过了认真准备，以《宫廷文化与时尚》为题，写有详尽的提纲。我想探讨历史上特定时期皇帝以及宫廷的审美趣味，对时代文化潮流会发生怎样的影响。案例其实很多，我列举出四项：一为“楚王好细腰”；二为“环肥燕瘦”；三是从发髻的式样看宫廷审美怎样引领时尚；四是宫廷的爱情故事和文学传播。讲起来各个饶有趣味。例如第一个案例，我引用《战国策·威王问于莫敖子华》篇的记载，楚威王和大臣探讨如何才能得到杰出人物参与国政，为此莫敖子华讲了一个本国的古典故事，说道：“从前楚灵王喜欢腰身纤细的人，楚国的士大夫们为了使自己的腰身保持纤细，便都来节食减肥，一个个饿得头昏眼花，站不起身来；甚至坐在席子上的人想站起来，也需要扶着墙壁才成；坐在马车上的人要站起来，必须借助于车轼。谁都想吃美好的食物，但人们都强忍住不吃，为了腰身纤细，即使饿死了也心甘情愿。”

我用口语叙述这个故事，其实和文言原文句句相符。其他三个例项，都与之相似，也都有历史记载的依据，因此确可以证明，宫廷的审美趣味影响及于一定时代的文化潮流，是历史上很多朝代都存在的文化现象。有趣的是，我在讲第四个案例“宫廷的爱情故事和文学传播的关系”的时候，涉及清朝的顺治皇帝和董小宛的爱情传说。《红楼梦》研究中从前一直有一说，认为书中宝黛的爱情有顺治和董小宛爱情的影子，连大史学家陈寅恪似乎也有点在疑是之间。我趁便问阎崇年先生：“您觉得有可能吗？”阎先生说：“孟森考证了，差十八岁。”因为这个故事，还涉及顺治是否出家的问题，于是又问阎崇年先生：“您如何看？”阎回答：“没有材料证明。”“那么吴梅村的诗呢？”因为吴梅村的《清凉山赞佛诗》有影射顺治出家的痕迹，所以我以之向阎先生请教。他的回答是：“诗还要再证明一次。”阎崇年先生是严谨的清史专家，虽然我近年对史学也有所涉猎，但这三问三答，更像是文学和史学的对话。

二〇〇九年七月十日，两岸经贸文化论坛在湖南长沙华天大酒店举行。台湾方面由国民党主席吴伯雄率团，大陆方面由政协主席贾庆林充当地主。七月十一日上午为专题报告，下午为分专题研讨。我被安排在第一组“中华文化的传承与创新”专题，为第一场主讲人，题目为《“敬”是中华文化的终极价值》。文化部部长蔡武、台湾“文建会副主委”张誉腾、台湾佛光大学艺术研究所所长林古芳等在此组。正是在此会上，先是张颐武告诉我季羡林先生不幸逝世。随后蔡武部长又告知，任继愈先生也逝世于同一天。我感到了无以言说的震惊。

二〇〇九年十月十八日至二十二日，赴哥本哈根参加“中欧第二届文化对话会”，二十、二十一两天的上午为大会论文报告，其余分组会。二十二日的大会上我报告的论文题目为《儒家话语下的宗教与信仰》，与会代表反应热烈。盖我所追寻者，是宗教之外的文化价值信仰问题，特别是“敬”这个价值理念的终极性质，与两岸经贸文化论坛上我的论文旨趣大体相同。

二〇一〇年十月十三日至二十三日，赴美出席中美文化论坛。十五日上午的论坛在伯克利大学举行，美国国家人文基金会主席吉姆·利奇、文化部王文章副部长、伯克利大学东亚系主任安德鲁·琼斯分别致词。耶鲁大学名汉学家史景迁亦与会，他和于丹都在第一场圆桌会议发言。我第二场第一个发言，以《二十一世纪人类能否在非对抗中重生》为题，发言仅十分钟，略述要点而已。十六日的论坛为两场圆桌会议，第一场的话题是表演艺术，第二场的话题为展望中美关系的未来。因清华大学的颜学通教授没来，只金灿荣一人，而美方两人，代表团和中国使馆提出，由我和金教授一起担任第二场主讲。我第一个发言，无稿而畅论，上下笑声一片，反应热烈。要义是人类正面临危机，自然生态的危机和战争的危机。中美两国没有理由不合作共处，中国不是威胁，认中国为敌人，是误读了对象，提出“对话是人类的生活准则”。圆桌会议主持人吉姆·利奇主席会后走到我跟前，说“你是一位圣者”。我们研究院舞蹈研究所所长欧建平现场翻译，说他使用的是“圣者”一词。

二〇一一年十月二十七日至二十八日，中欧文化高峰论坛在国家博物馆举行，中欧政府间的论坛，文化部和欧盟文教机构主办，国家博物馆、社科院世界政治研究中心承办。社科院的出面人是黄平、陆建德、赵汀阳，北大有李零和唐晓峰。文化部有我和莫言出席。我的发言安排在二十八日下午第二轮的“中国欧盟未来自由谈”专场，题目为《对话是人类的生活准则》，与在伯克利大学圆桌会议的演讲同一题义。会议主办方认为，我的发言有助于会议题旨学理内涵的提升。

二〇一二年十二月十三日，两岸人文对话在北大英杰交流中心举行，大陆中华文化促进会和台湾太平洋文化基金会共同举办，北大协办。双方各五人，大陆有许嘉璐、刘梦溪、葛兆光、金灿荣、何亮亮；台湾有钱复、傅佩荣、包宗和、陈哲明（公孙策）、郑贞铭。上午九时开始，文促会常务副会长王石主持，北大周其凤校长致辞，然后我和傅佩荣第一组合登台，我第一个发言，题目为《将无同——文化融合是人类未来的大趋势》，然后傅佩荣评议。傅讲后我回应评议。中间休息，与傅交谈甚得。下午各组合完毕后，许嘉璐、钱复作总结发言。这次我主要阐释“和”这个价值理念，认为“和而不同”是中国文化的大智慧。

没想到一口气理出这么多各种研讨会上的讲论，我称之为“会讲”，是为在会上讲论之意。应该只是其中的一部分的取样，实际上还有很多未予列出。赴贵阳阳明学研讨会的前三天，还应邀到南昌出席了“陈宝箴、陈三立学术研讨会”。本来是一再力辞贵阳的会，终于拗不过蒋庆兄的盛情相约，他说正好讲完义宁，再来这里追溯义宁之学的王学渊源。“会讲”“讲会”、以文会友，或许也是为学问道的一种方式，但毕竟是散落的方式，只有道心恒定，才会无减无增。

堂讲

堂讲，就是课堂讲论。我虽不曾任教大学讲舍，但处身专门的研究机构，有系统的研究生教育，多年来一直带博士、硕士研究生，自然离不开各种形式的授课。

八十年代开始的时候，记得是一九八〇年的年初，给中国艺术研究院的研究生上过一次大课，以红学研究的历史回顾为讲题，上午九时讲到十一时半，听讲的学生有的比我年龄还大。过了一段时间，又讲过一次，是关于学术研究和学位论文的写作问题。

后来一度被聘为天津师范大学中文系的兼职教授，一个学期需要前往讲一两次课，以我正在研究的问题为讲课内容，属于专题课的性质。

刚好有当时在天津师范大学讲课的日记，时间是一九八五年“五月二十八日，星期二，雨”。兹抄录相关段落如下，以存历史的本真。

> 下午二时半讲课，一个大教室，人坐得很满。汪主任作开场白，然后我登台演讲。题目是《关于文学研究和文学论文的写作》，看得出听课人的兴致是很浓的，全场静肃，只有沙沙的笔记声，面对着我的是一张张会心的笑脸。中间不时报以笑声，有时一起哄堂大笑，结束时则是两阵热烈的掌声。杨钟贤说讲得有神采，学生听得入味了。我针对当前学术界的不好

风气（当然我不谈这些风气），正面讲了研究工作者、学者的科学追求问题，提出反对功名心，提倡超拔精神，介绍了爱因斯坦和陈寅恪。杨钟贤说，如果学生接触到的是这些思想，可以促使他们走上正路。我的用意也在此，有这样的效果，也就不虚此行了。

汪主任即天津师范大学中文系的系主任汪道伦，四川人，人品极厚，喜欢研究红学。杨仲贤则是中文系的副教授，与我相谈甚得。

一九八五年十月，应广西师范大学林焕平先生的邀请，前往给中文系研究生讲过一次课。嗣后到中山大学，红学旧友曾扬华先生安排给中文系的学生上过一课。厦门大学也邀请讲过，以《文学研究和文学批评的方法论问题》为题。这后一个题目还在其他几所大学讲过。记得有报刊评价说，讲的都是全新的见解。我保留有当时的演讲提纲，一共是十个问题：一，提出方法论问题的重要性和迫切性；二，文学研究和文学批评的联系与区别；三，文学作品的存在系统和文学理论的导向；四，文学的价值和批评的功能；五，美学的批评和历史的批评；六，微观研究和宏观研究；七，文学的承继性和文学的当代性；八，东西方文学观念的异同；九，文学学科和毗邻学科；十，发展文学研究和文学批评的多种方法和多种学派。可能当时刚从十年乱局中苏醒未久，听的人感到有一点儿新鲜。今天再看，就知道是卑之无甚高论了。

八十年代的课堂讲授，记忆比较深的，还有一九八一年八月底，应内蒙古大学林方直先生的邀请，赴呼和浩特讲学三天，听讲者为中文系和其他系的学生及部分教师。八月二十九日讲第一课，题目是《谈谈新时期的文学创作》；第二课在三十一日，讲《马克思主义文艺学的发展问题》；第三课讲红学，时间在九月一日，每次三个小时。当时我的研究尚未从明清文学思潮和文学理论中转出来，而且由于工作的需要，亦不得不旁涉现当代文学。故有第一和第二个讲题。当时我在报刊上发表的这方面的文章很多，因此讲起来驾轻就熟，不必准备提纲。红学一讲，以《红学十题》标名，是第一次这样讲论。我讲的十个问题是——

一、《红楼梦》研究为什么会成为一种专门的学问

二、《红楼梦》研究的典范意义

三、索隐派红学的产生和复活

四、考证派红学的危机和生机

五、马克思主义与红学

六、《红楼梦》研究的多种途径

七、红学与曹学

八、国内红学和国外红学

九、《红楼梦》研究如何突破

十、红学争鸣和红学界的团结

原来没有商定讲红学，由于前两讲进行得顺利，听讲者意犹未尽，一致希望我再贡献一讲。林方直先生这才提出，最好是讲一次红学。头天晚上草拟了一个简单的提纲，列出了上述十个问题。当时我的《红楼梦新论》出版未久，虽是旧营生，倒也成竹在胸，如说自家事一般。现场效果，看得出来是相当热烈，比前两讲更见投入也更能会心。后来林方直先生请人把演讲整理成文字稿，经我修订改润，题目仍叫《红学十题》，发表在《内蒙古大学学报》一九八二年第一期上，文长四万余言。

我后来写的《红学》一书，就是以这次演讲的内容为蓝本。当然有增减调整，变成了七章：第一章、《红楼梦》与红学；第二章、红学与曹学；第三章、考证派红学的危机与生机；第四章、索隐派红学的产生与复活；第五章、小说批评派红学的崛起与发展；第六章、红学观念与红学方法的冲突；第七章、拥挤的红学世界。一次演讲而催生了一部红学史论专著的问世，在我的为学历程中不失为一件有趣的事情。《红学》写了二十三万字，一九九〇年由文化艺术出版社出版。章题与《红学十题》的不同变化，可以见出著者前后思想的变迁。

一九九八年，南京师范大学文学院与我们合作，联合申请文艺学博士授予点，请我以专聘教授的身份做该点的学术带头人，经国家教委批准，成为教育部核准的文艺学学科博士生导师，嗣后在南师大指导过多名文艺学的博士。因此也需要讲课，照样是专题课的性质。《人文与社会科学研究的几个问题》《国学漫谈》等，就是我给南师大研究生讲课的题目。前者经过整理后，刊载于二〇〇二年七月十三日《文汇报》，《新华文摘》曾予转载。《王国维、陈寅恪与中国现代学术》也是在南师大的授课讲题，这个题目在东南大学等院校也讲过。

九十年代以后，我们中国艺术研究院的研究生教育发展很快，我所指导的艺术文化学、中国文化史和学术思想史方向的研究生越来越多，便不继续在南师大招生了。我为本院研究生院主讲的课程主要有三门：一是中国文化史导论，二是现代学术思想史，三是治学与修身。现代学术思想史是我指导的学生的专业课，中国文化史导论课则是面对研究生院全体学子的，常常听的人很多。我讲的第一讲，是概论部分："中华文化的特质及其历史流变"，嗣后讲"先秦的百家""秦汉的制度""魏晋的自由""唐代的气象"。后面还有"宋代的思想""明代的风气""清代的学术""近代的转型"等。治学与修身课，每每作为年度新生入学的第一课。

我指导的博、硕士研究生的专业课，有时在我家里，分人分题指导，一个个地讲论。这是以家庭为课堂了。

演　讲

演讲和堂讲事实上很难于区分。特别最近一二十年，两者的界限越来越模糊。如果勉强区以别之，则给在校学生的授课，以及在大学讲专题，可以列入堂讲的范畴。大学之外的讲论，听者不止就学的学子，而是面向社会各方人士的讲论，不妨算作演讲的范围。但大学的讲论，常常也是很开放的，面对的听讲者，也是来自四面八方，这类讲论，也就是演讲了。

九十年代以后，外出访学的机会较多，而访学便不大可能回避学术演讲。记忆较深的，是一九九二年九月十五日，应余英时先生邀请，在普林斯顿大学讲过一次红学。演讲题目是《红学：从胡适之到王蒙》，余英时先生主持的这次演讲会，听讲者很有一些国内去的有来历的人士。后来写成一文，《在美国讲〈红楼梦〉》，发表在香港《明报月刊》一九九二年第十二期。在普大期间，经余英时先生荐介，亦曾到耶鲁大学访问，也作了一次关于《红楼梦》的专题演讲，耶鲁东亚系主任孙康宜教授主持。离开普大继续访学，又有康奈尔大学和宾汉顿大学的各一次演讲，前者讲的是《〈红楼梦〉与红学》，后者讲的是《当代中国的主流文化和流行文化》。

三年之后的一九九五年十月，应澳门基金会邀请作学术访问，安排有两次演讲，一是在澳门大学讲《〈红楼梦〉与百年中国》；二是澳门基金会举行学术座谈，我讲了《文化传统的重建问题》。

一九九五年十一月下旬，应台湾“中研院”邀请前往访学，在“中研院”历史语言研究所和文哲研究所各作一场演讲。

当时张光直先生担任“中研院”副院长。民族学研究所所长李亦园院士说：“梦溪先生是张先生和我共同请来的客人。”其实是史语所承办的手续，王汎森时任史语所所长。和李先生相识早在此之前，缘于蒋经国基金会可否支持《中国文化》的探讨。在文哲所演讲的题目是《中国大陆九十年代的新国学运动》，在史语所的讲题是《关于陈寅恪和陈寅恪研究的几个问题》。没有想到张光直先生也亲临了史语所的演讲，而且互动时他提了一个极富专业挑战性的问题。因为我讲陈寅恪，涉及陈的“家国旧情”与“兴亡遗恨”，包括《柳如是别传》的写作，也有情感投射到古人身上。张先生因此提问说，史学是非常客观性的学科，陈寅恪对待古人的这种态度，是否会影响历史学研究的客观性。试想，这是何等具有挑战性的问题！我的回答，主要是说陈的史学方法，是古典和今典双重征发，其历史书写恰好是古典绾合今情。如果是通常的史学家，显然带有相当风险，但在义宁，由于其史法如老吏断狱，他每次都能顺利度过自设的障碍。

访台期间，还应邀在新竹清华大学为中文、历史两系作过一次演讲，系黄一农教授的安排。

十五年之后，即二〇一一年的四月二十五日至三十日，应台湾“中研院”近代史所的邀请，我再次赴台讲学。这次是近代史所张寿安教授主持的近代学术转型之计划，需邀请几位专业人士作主旨演讲。我以《国学和现代学术分科》为题，于二十九日上午十时至十二时在近代史所演讲，张寿安教授主持，近代史所所长黄克武及老友汪荣祖、周昌龙均在场。演讲约八十分钟，答问半个多小时。交流互动相当热烈。事先除拟好简单的演讲纲要，另有附片五件：附片一为《国学与诗学》，附片二为《国学和国民教育》，附片三是《北大国学门和清华国学研究院》，附片四是《王国维陈寅恪怎样看学问的中西》，附片五为《设立"国学博士"须慎之又慎》，都是已刊发过的单篇论文，使研究的主题得到多侧面的补证。中午聚餐，大家继续交谈，似有言犹未尽之感。

香港大学、香港中文大学、城市大学，也都曾应邀访学演讲。

港大有两次，第一次是一九九三年十一月二十六日至十二月二日，应香港大学中文系邀请，主持一九九三至一九九四年度的查良镛学术讲座，演讲题目为《陈寅恪的"家国旧情"与"兴亡遗恨"》。中文系系主任赵令扬教授主持，听讲者记得有台湾文化大学的皮述民教授，他在提问时建议，可以写成义宁陈氏的学术年谱。第二次在一九九七年九月中旬，应港大中文系的邀请，前往讲学两周。

中文大学的演讲是在一九九五年十二月初，应陈方正所长的邀请，讲过一次“国学与文化传统的重建”问题。金耀基先生在座，并就“批判的继承”的概念有所讨论。那场演讲，我和刘笑敢兄同台，他讲的是老子的思想。

香港城市大学，是应城大中国文化中心郑培凯教授邀请，于二○○一年三月十五日至二十四日前往讲学一周。共作三次演讲，题目分别为：一、王国维与中国现代学术思想；二、陈寅恪的“家国旧情”与“兴亡遗恨”；三、《红楼梦》与百年中国。讲的是旧题目，但听众是新的，看得出听得很投入。但城大的学子似乎不愿意太多发问。碰巧的是，北大的美学名教授叶朗先生三次都坐在下面，我说不敢当，他说喜欢听这几个题目。

内地大学的演讲，九十年代以后，有几次值得一提。

二○○一年四月二十六日，应杭州大学文学院邀请，为研究班及部分教师演讲，题目是《王国维与陈寅恪》，文学院副院长廖可斌教授主持。此事缘于戏曲史专家徐朔方先生的盛意。我与徐先生相识有年，本为打一个电话问候，他却坚执要我讲一次。结果步履艰难的徐先生亲自到场，直直地坐在下面听我讲述此题。结束时，他说：“你成功了。”其实徐先生极具性格，一九八八年我因创办《中国文化》，曾前去看他并约为第一期撰稿。不料他大不高兴，冷冷地说：“你是做学问，还是办刊物？”似颇不赞成我的办刊之举。经推心解释，他才缓下态度，答应写一篇质疑简化字的文章。他的这篇文章叫《请不要破坏汉字》，刊载在一九九一年出版的《中国文化》第三期上。

二〇〇一年七月十日，应章培恒先生的特邀，为复旦大学中文、历史两系研究生演讲，题目为“王国维陈寅恪与中国现代学术”，章培恒先生主持演讲，吴中杰教授、陈思和系主任、傅杰副系主任等与会。头一天下午到达，与章培恒、朱维铮两先生共同餐叙小聚。十日演讲之后章培恒先生设晚宴，朱维铮先生、贾植芳先生及复旦古典文学中心诸专家共席，谈叙甚欢。这是一次朋友聚会式的演讲，整个过程很亲切。

另外，南京大学、东南大学、华东师范大学、上海师范大学等学府，也都应邀前去讲过专题。

印象最深的是南京大学，一次经张伯伟教授安排，为中文系师生演讲，讲题是《百年中国文化传统的流失与重建》。一个很大的讲堂，人满为患，中文系以外的学生也来了不少，后面和过道都站满了人。讲后互动，一位站在过道的女生说："刘老师，你讲得我激情满怀。我希望你能到全国去讲，让更多的中国人听到你的观点、你的声音。"她的话，真的让我感动了。我才知道，一次学术演讲，还会有如许的作用。就是这次之后，有邀请我演讲之事，只要身体、时间允许，我尽量答应。

其实南京大学讲的这个题目，第一次是给"部级领导干部历史文化讲座"准备的。那是二〇〇三年九月二十一日，在文津街老北图的会议室。此一讲座系文化部、社科院和国家工委三单位举办，由国家图书馆承办。也许是事先写出了三万多字的文字稿，材料丰富，绝大多数听讲者给出"满意"的评价。因讲题本身涉及百年以来中国的现代化进程，所以我提出了"三次进程""两次被打断"的问题。现场的录音讲词这样说道："我想向各位国家栋梁提醒一点，在我国由传统走向现代的历史上，有过三次现代化的努力：一次是清朝政府迫于列强的侵扰所作的初步现代化尝试，特别是洋务派的三十年的辛勤积累，因一八九四至一八九五年的中日甲午战争，被日本强行打断了；第二次是民国政府的现代化努力，由于一九三七年日本军国主义的全面侵华战争，被再一次打断；我们现在正在进行中的现代化进程，是中国近现代历史上的第三次现代化努力，已经取得了令世界瞩目的成果，但我们的现代化进程还没有完成。我不知道今天有没有必要（如果不是公开是否应该在我们的内心）提出：我们这次的现代化进程，还会被打断吗？”我的警醒之言，得到与会者的强烈共鸣，我感受到了全场的深思与肃穆。

我这次演讲，还讲了李鸿章和甲午战争的历史教训。我说：“中日甲午战争的悲剧性，不单是败在一个小国的手下，因为日本经过了明治维新，小国已经变成了强国。它的深层悲剧在于：不该战而与之战而且战败。”我的这个观点与当时正在研究陈寅恪的家学渊源有关。我演讲中引用了《马关条约》签订后陈宝箴、陈三立父子发给张之洞的电报，其中说：“勋旧大臣如李公，首当其难，极知不堪战，当投阙沥血自陈，争以死生去就，如是，十可七八回圣听。今猥塞责，望谤议，举中国之大，宗社之重，悬孤注戏付一掷，大臣均休戚，所自处宁有是耶？”又引黄秋岳后来对义宁的解读：“盖义宁父子，对合肥之责难，不在于不当和而和，而在于不当战而战，以合肥之地位，于国力军力知之綦审，明烛其不堪一战，而上迫于毒后仇外之淫威，下劫于书生贪功之高调，忍以国家为孤注，用塞群昏之口，不能以死生争。义宁之责，虽今起合肥于九泉，亦无以自解也。”所以我在演讲中说：“甲午战争的失败，李鸿章固然有责任，翁同龢、张謇、文廷式等清流主战派，也有误国之责。”我说李鸿章是一个伟大的爱国者。我的这些观点和警醒之言，即使在今天也不能说已经过时。

当然主旨是讲中国文化的特质及其价值取向，以及百年以来的变迁。我在结尾处强调：“文化传统的更新与重建，是民族文化血脉的沟通，如同给心脏病患者做搭桥手术，那是要慎之又慎的。”而且引用了龙应台的话，“传统不是怀旧的情绪，传统是生存的必要。”我说，“如果我们做到这一点，传统就活在我们中间了，我们每个人既是现代的又是传统的，它的优秀者必成为涵蕴传统味道的现代人。”又说，“至于文化传统的重建，我们到底应该怎样具体实施、采用一些什么样的办法。当然可以列出一些可以着手的方面，例如中小学课程的内容设置、家庭成员的言传身教、文本的经典阅读、文化遗存的保护和开放、礼仪文化的训练和熏陶等等。特别是礼仪，可以帮助人们恢复对传统的记忆。但重建我们的文化传统，创新和想象力，非常重要。没有缘于传统的创新，重建传统不过是一句空话。缺乏想象力，会不伦不类、闹出许多笑话。除此之外，还需要有心人。但比这一切更重要的是——我们的领导者、国家栋梁、文化从业人员、大多数民众，要有重建传统的愿望，要对我们民族几千年的文化传统有一份敬意与温情。”当时的文化部部长孙家正、科技部部长徐匡迪等五十余位正副部长出席听讲。演讲后所作之讨论，亦甚热烈。

第二次主讲“部级领导干部历史文化讲座”，是在时过七年之后的二〇一〇年的十月三十日。地点仍在国图文津街分馆历史文化讲堂。讲题为“当代中国与传统文化”，主要探讨历史文化如何跟当代文化交接互动。我提出：“经济的问题在文化，文化的问题在教育。当代的文化建构，教育是最根本的问题。教育是需要从小来做起的，涉及全体民众，实际上是一个国家的带普遍性的国民教育问题。尤其传之千年的文化价值理念，是当代文化建构的思想的和精神的根脉与源泉。传统是割不断的，今天我们仍然站在传统的延长线上。”我提出中小学应开设国学课，从选读《论语》和《孟子》开始。我的反复被传媒引用的观点，是学国学从《论语》开始。我的与时贤不同的看法，在于我不赞同小学就念《大学》和《中庸》。认为《学》《庸》两篇理解甚难，是高论，不必让小学生过早学这些高论。相反，《论语》已经把深奥的道理，实际上是“六经”的义理，化作了日用常行。

我应大家的要求，开了一个简单书目。古代部分包括《诗经》《论语》《礼记》《孟子》《荀子》《老子》《庄子》《韩非子》；属于前四史的《史记》《汉书》《后汉书》《三国志》；刘邵的《人物志》、刘知几的《史通》、章学诚的《文史通义》；文学则屈原、陶渊明、杜甫、苏东坡、《牡丹亭》《红楼梦》。如果要问哪些是最紧要的必读古书，我说一是《论语》，二是《诗经》，三是《史记》，四是《老子》，五是《陶渊明集》，六是王弼《周易注》，七是刘邵《人物志》，八是《文史通义》。章太炎的大弟子黄侃当年曾有“八部之外皆狗屁”之说。他的“八部”是《诗经》《左传》《周礼》《史记》《汉书》《说文解字》《广韵》《文选》，盖因黄是小学家之故，离不开文字、音韵之书。我的“八部”是我的阅读经验使然，非欲加之于人，自问最能受益而已。

第三次担任“部级领导干部历史文化讲座”主讲嘉宾，已经是二〇一四年了。元宵节的次日，即二月十五日，在国图文津街分馆历史文化讲堂，以“中国传统文化如何在今天发用”为题，作了两个半小时的演讲。听讲者“爆棚”，达一百四十多人，平时一般八九十人已是很多。我以甲午“双甲子”和当前的中日关系为引线，对有些传媒的军事节目有所批评，我说这是“以军为戏”，大家均表认同。然后讲了阐述题旨的八个问题：一、文化和文化传统；二、诚信的意义；三、“敬”所代表的自性的庄严；四、“行己有耻”是立身之本；五、“恕道”的异量之美；六、论“和同”；七、中华文化的包容精神和清代的“闭关锁国”；八、国学和国民教育。我对诚信、爱敬、忠恕、知耻、“己所不欲，勿施于人”“和而不同”这些价值理念作了系统的分疏，提出这些是中国文化中的具有永恒意义的价值理念，既适用于古代，也适用于今天。这是我多年研究国学、研究“六经”的心得，在其他场合也多次讲过。

由于国图的三次演讲，给举办方和听讲者留下了值得肯定的印象，因此各省、市的同类讲习活动，经由国图的推荐，不断有请我前去演讲者。好多个省，不少的市，都留有我的演讲记录。题目一般都是国学和传统文化方面的选题，我内心似乎产生了一种为古代文化典范的阐释和文化传播稍尽绵薄的微朦自觉。

其他值得一记的演讲活动，首先是二〇〇八年四月二十八日，应邀主持“庐山白鹿洞书院讲座”，讲题为“国学与传统文化”，江西省社科院、九江大学和庐山管理局等单位的二百余人听讲。我是怀着神圣的心情，在这所朱子创立的古老书院进行讲论的。嗣后我写了《“竹柏春深护讲筵”——白鹿洞书院访学记》一文，记下历史，也记下我演讲前后的传奇般的经过。

我还受邀在凤凰卫视的《世纪大讲堂》节目，担任过两次主讲嘉宾。

一次是二〇〇七年十二月十五日，讲《大师与传统》，主要阐述二十世纪中国现代学术的成就与传统，以王国维、陈寅恪等为论述中心。主持人曾子墨，她实在是有魅力的主持者，一开始就能把听众也把演讲者抓在手里。她上来就说："温文尔雅，我想这是很多人用来形容您的一个词，今天我见到您的时候，也确实有这样一种感受，是什么原因造就了这样温文尔雅的气质，和您所从事的专业有关系吗？"也不知她是从哪里经由什么途径知道的这个印象。当然啦，这样的叙述与提问，很容易让演讲者放松神经。那么也许是她的一种主持策略？无论如何都会因她的不经意的美意而感到高兴。尽管如此，演讲时我手里还是拿着事先准备好的提纲。

但第二次讲，就好多了，手中没有片纸只字，开口就能讲起来。这次是在二〇一一年十二月十日，讲题为《中国传统价值理念的现代意义》，王鲁湘主持。鲁湘是有思想的学人，因此他的提问，加深了我的演讲题义。主要讲述的是我从"六经"等最高经典抽绎出来的几组基本价值理念，包括诚信、爱敬、忠恕、知耻、和同等。选题编辑赵玉琦君打电话给我，说他们一致认为讲得好，王鲁湘说这是很到位的演讲，已经炉火纯青云。其实这个题目，三个月前温家宝总理主持中央文史馆建馆六十周年座谈会时，我已讲过一次，所以能够比较熟惯，是又何足道哉？

然而二〇一〇年十一月十一日，下午的三时至五时，应邀为北京师范大学哲学与社会学学院讲《国学与传统文化》一题，却出现了一点小的曲折。该院的院长对我研究什么、关注什么一无所知，当我按时来到演讲教室的时候，他为之作开场，说刘先生是大家，现在我们欢迎刘先生演讲。我对他的空洞的说辞，微感不愠，因此演讲一开始，便直截了当地表露了我的不无情绪的态度。后来根据录音整理出来的文字稿，开头一段是这样讲的：

> 我对师大了解得比较多的是历史系、文学系，很多老师我都比较熟悉，但是我对你们哲学与社会学学院不够熟悉。当然有一两位老师，过去还是熟悉的，比如周桂钿老师，他退休了，他研究董仲舒，学问做得很扎实。其他就不大熟悉了。过去师大有一位很了

不起的学者叫马特，他是一位大逻辑学家。他是不是一九五七年被打成右派了？过去真有一些了不起的教授啊！像刘盼遂，他是当年清华国学院的学生，陈寅恪、王国维的学生，他被打成了右派，你们知道吗？后来十年动乱他自杀了，你们知道吗？李长之，他是研究《史记》的了不起的学者，文采斐然，后来被打成右派。还有美学家黄药眠，他已经故去了，五十年代美学讨论，他是一派。他和朱光潜先生的美学观点不一样，他也被打成右派。当然，我还认识师大一些很优秀的教授，包括刚故去不久的郭预衡教授，他的品学是一等的。他的代表著作是《中国散文史》，三大厚册。但他在师大最初评博导的时候，说他年龄太小，没有评。后来大家都觉得他应该当博导时，又觉得他年龄太老。所以，他今年九十二岁去世的时候，还不是博士生导师。你说，像我本人都是博士生导师，而郭先生不是，这合理吗？

你们让我讲什么呢？你们院长对我一无所知，开口就说我是大家，根据在哪里呀？这都是现在互相恭维的话，谁都是大家。幸亏还有分寸，没有说我是大师。你们希望我讲什么呢？不过听我刚才讲的这些，就知道我关注什么了。我关注我们国家的历史文化，关注当代的文化建构，关注知识分子的命运。百年以来我们有一个很大的文化断层。所以，在当代，如果你听谁说他是大师，一定不要信以为真。没有多少大师。当然，像师大原来的陈援庵先生，他是校长，他是史学大师，史学二陈之一，另外一位是陈寅恪。

接着便讲了陈寅恪其人，他的名字里“恪”的读音，可以读 què，也可以读 kè。他的家世来历、学术渊源，义宁陈氏家族在晚清社会政治舞台上的地位，戊戌变法、慈禧政变和陈宝箴之死，以及跟陈寅恪关系密切的王国维、吴宓，以及陈寅恪的学问结构和治学态度，特别是他的了不起的精神，即“独立之精神，自由之思想”。

我说在现代学者中，没有任何人能像陈寅恪这样，把“独立之精神，自由之思想”坚守到如此的高度和纯度。然后又回过头来讲五十年代以后担任师大校长的陈垣先生，我说：

在这个问题上，陈援庵先生也不能和陈寅恪相比。但是，陈寅恪极端看重陈援庵先生的学问。陈援庵两本书的序言都是寅恪先生写的。陈援庵先生最重要的书是《元西域人华化考》，陈先生给他写了序，给予很高的评价，认为他的学问是钱晓徵以后的第一人。钱晓徵是谁？清代的大史学家钱大昕，字晓徵。钱大昕的学问，一等的。陈先生认为，援庵先生的学问是钱晓徵之后的第一人。但是在五十年代初，援庵老人也有叫寅恪先生伤心之处。一九五三年，他在报上公开发表一个检讨。寅恪先生不喜欢一个大学者这么做，你可以完全拥护一个新的政权，但也不必那么深刻地否定自己的过去。他看了这个检讨，写了一首诗，题目是《男旦》，这首诗，我想，援庵老人也会看到的。"改男造女态全新，鞠部精华旧绝伦。太息风流衰歇后，传薪翻是读书人。"因为陈先生一生提倡"独立之精神，自由之思想"，必然不赞成"妾妇之道"。学者要有"独立之精神"，不能像小媳妇那样。"改男造女"是中国戏曲的一个特点，梅兰芳是最有名的了。陈先生非常喜欢京剧和昆曲，"鞠部"就是戏剧。陈先生在这首诗里，对援庵先生的行为有所嘲讽，但他从不轻视援庵先生的学问。各位在师大念书，不管你读什么系，援庵先生的几部书，应该是必读的。即便是念哲学，不懂史，怎么念哲学？陈援庵先生有一本书叫《史讳举例》，这是他的绝学。还有一本《元西域人华化考》，一等的著作。还有一本，也是非常重要的，我们现在还在用的，《二十史朔闰表》。他还有一个大的贡献，是对中国各宗教的研究，不仅是佛教、道教，还包括天主教、基督教的研究。援庵先生的学问，了不起呀。

你们在师大读书，不能不了解这里最著名的教授、他们的学问，即便跟自己没有专业的关系，也应向他们表一份敬意。如果你们了解了他们的学问，以及他们的遭遇，你们的内心就会有一种庄敬产生。

讲到这里，我才回到演讲的本题《国学与传统文化》。按邀请方约定的时间，下午三点到五点。我讲完，正好五点。

无论如何这是一次有点特殊的演讲，有必要在这里聊记一笔。经过整理的这次演讲文稿，后来以《我们需要什么样的学问》为题，发表在中央文史研究馆主办的《中国书画家》杂志上。

第十四章

宗　经

中国二十世纪的学术人物，王国维、陈寅恪、钱锺书之外，我还特别喜爱马一浮。

马先生是浙江上虞人，生于四川，当时他尊人在四川任县丞。他五岁的时候父亲携家眷返回上虞长塘乡老家。他是个神童，所请教师都因不能满足他的求知欲而一再换人。十六岁参加绍兴县试，他考取了第一名。同考的有鲁迅和周作人昆仲，都在马的后面。他一八八三年出生，一九六七年辞世，享年八十四岁。年轻时一度在上海学习英文和办翻译刊物。一九〇三年二十岁的时候，赴美担任清政府驻美使馆留学生监督公署的秘书。一九〇四年在日本半年。然后回国，专心致志于读书求学问。他读书之多，据说无人能及。他被认为是当时中国最有学问的人。

但他不轻易著述，也不入讲舍。一九一二年蔡元培主掌民国政府教育部，聘请马一浮担任秘书长，由于不赞成废除读经，不到三周即辞归。一九一七年蔡元培就任北京大学校长，又想到了他的这位学问好的绍兴同乡，函请马一浮担任北京大学文科学长。马一浮回了一个电报，说“礼有来学，未闻往教”，婉拒了。蔡元培这才另请陈独秀担任北大文科学长，同时聘请胡适做北京大学教授。都是在一九一七年这一年。马先生不入讲舍，很少写文章，也不出书，但是没有哪个人不知道他的学问是一等的。

马一浮学问的两根柱石是儒学和佛学，他主张儒佛互阐、儒佛会通。他甚至认为，只有从佛学翻过身的人，才有可能真正精通儒学。二十世纪的学者之中，儒学造诣能和马先生并肩者，鲜有其人。同样，佛学造诣，能够站在他前面的，也找不到几个。他著述不多，极为精粹，因而解读匪易。换言之，只有在儒学和佛学方面的积累有相当根底的人，才可能研究马一浮。因此我不得不沿着儒学和佛学两个分脉，振叶寻根，观澜索源。佛学这块，主要理清了唯识一系的源流迁变。儒学这块，我走进了宋代。周敦颐、程颢和程颐、张载、朱熹，一时间成了我的日课。事实上，不懂得程朱，不懂得宋的濂、洛、关、闽四大家，就无法懂得马一浮。

我一度被宋儒绊住了。马一浮的书没有写完，又在研究宋学了。二〇〇八年，我写了《为生民立命——“横渠四句教”的文化理想》，这是我研究宋学的第一篇文字。另外，二〇〇八年春天应邀到庐山白鹿洞书院讲学，我写了《“竹柏春深护讲筵”——白鹿洞书院访学记》，发表于二〇〇九年八月九日的《文汇报》。这篇七千字的文章，实际上是写朱熹和白鹿洞书院的学史，是我写的第二篇有关宋学的文字。

马一浮的学术思想不仅连着宋学，而且连着“六经”。而宋儒所讲的义理均不出“六经”的范围。无已，我只好跟着马先生，跟着宋儒，进入“六经”。

所谓“六经”，就是孔子删订的六门学问，包括《诗》《书》《礼》《乐》《易》《春秋》。《乐经》不传，但《礼记》中有《乐记》一篇，其内容似可为继。其他“五经”的现存文本，中经秦火，不免有汉儒的整理增窜，很难说与孔子手订旧稿为同一物（孔子所删订主要为《诗》《书》《礼》《乐》)。但“六经”文献的原真性质和原典精神，终无可疑。要之，“六经”是孔子之前即已存在的文本载籍，它是中国学术思想的经典源头，是中华文化的最高形态。按马一浮先生的说法，无论是诸子之学，还是四部之学，都为“六经”所统摄，亦即“六经”可以统摄一切学术。有人以为“六经”是儒家一家尊奉的经典，其实不然。吾国诸子百家的思想源头，都可以追溯到“六经”。明显地，道家思想直接来源于《周易》，是学界的共见。

孔子当年所教课程，有两套系统：一为文本经典，包括《诗》《书》《礼》《乐》《易》《春秋》，称为“六艺”；另一系统为礼、乐、射、御、书、数，也称为“六艺”。后一套“六艺”，应该是实践课。文本课程的“六艺”，后称为“六经”。《庄子·天运篇》引孔子的话说：“丘治《诗》《书》《礼》《乐》《易》《春秋》六经。”这应该是“六经”一语的最早出处。《论语·述而》记载孔子的话：“志于道，据于德，依于仁，游于艺。”此处所游之“艺”，主要指技艺，即实践课部分的“六艺”，包括礼、乐、射、御、书、数。但此“六艺”不同于作为文本载籍的“六艺”。作为载籍的“六艺”，指“雅言”，亦即《论语》里说的“《诗》《书》、执《礼》，皆雅言也”(《论语·述而》)。《史记·孔子世家》说得明白：“孔子以诗、书、礼、乐教，弟子盖三千焉，身通六艺者七十有二人。”又说：“自天子王侯，中国言六艺者折中于夫子，可谓至圣矣。”此可知，后人称之为“六经”者，在孔门之教，即为“六艺”也。

《汉书·艺文志》的一段话尤堪玩味：“六艺之文，《乐》以和神，仁之表也；《诗》以正言，义之用也；《礼》以明体，明者著见，故无训也；《书》以广听，知之术也；《春秋》以断事，信之符也。五者，盖五常之道，相须而备，而《易》为之原。故曰‘《易》不可见，则乾坤或几乎息矣’，言与天地为终始也。至于五学，世有变改，犹五行之更用事焉。古之学者耕且养，三年而通一艺，存其大体，玩经文而已，是故用日少而畜德多，三十而五经立也。”

这段话，有几点值得注意。一是讲明了“六艺”的精神旨趣；二是称“六艺”为“五学”（《乐经》不传，故改六为五）；三是“六艺”以《易经》为首，其余五“艺”，其义理源于《易经》；四是学习“六艺”的基本方法是“玩经文”；五是指出学习“六艺”的目的，并不一定求日用，而在于畜德。《汉书·儒林传》的叙述，更为简要：“古之儒者，博学乎《六艺》之文。《六艺》者，王教之典籍，先圣所以明天道、正人伦、致至治之成法也。”则“六艺”典籍，其为教的主要功用，是“明天道、正人伦、致至治”，也就是后来人们常说的有益于世道人心，而且形成了传延已久的“成法”。

问题是，这个“明天道、正人伦、致至治”的“成法”，由于民国以后废止读经，遂弃而不用、教而不传了。

马一浮先生是迄今最重视“六艺之学”的现代学者。他重提“六艺之教”“六艺之道”和“六艺之人”，反复阐论，苦心孤诣。从今天的角度言之，我们作为现代人，尽管为各种闻见知识所包围，可是我们的精神血脉里，不可没有“六艺之道”。能够经常受“六艺”的熏陶濡染，可以使“六艺之道”回归人的性自体，成为我们中国人的精神血脉。

中华文化精神义理的“传”与“不传”，首先是“六艺”精神义理的传与不传。《易》《诗》《书》《礼》《春秋》“五经”，《诗》是人人喜欢读的，《春秋》参以《左传》，也不难读。难的是《书》和《礼》。但“礼”贵实践，所谓“执礼”是也。《易》最需要的是“玩经文”，所以历来有“玩易”的说法。韩愈《进学解》说的“《周诰》《殷盘》，佶屈聱牙，《春秋》谨严，《左氏》浮夸，《易》奇而法，《诗》正而葩”，就是这一状况的描述。说到底，“五经”的文字并不多，诂训虽难，“玩”之较易。何况有《论语》和《孟子》，可作为“五经”的入门之阶。二程子则有如果能精读《语》《孟》，也可以暂不看“六经”的说法。因为《语》《孟》苦口婆心讲的义理，全然是“六艺”

的义理，只不过已化作日用常行，更容易阅读理解罢了。

我之读《语》《孟》，固然是儿时的营生，不系统，不自觉。且喜《论语》，不喜《孟子》。后来为学，才明了这位“好辩者”的苦心孤诣。《诗经》念得早，也不识滋味。“五经”细读、连读，一体玩“经文”，是近年的事。二〇〇八年，我应《中华读书报》的要求写此一年所读之书时，涉及《易经》，有下面一段话：

一向不敢读《易》。孔子说：“加我数年，五十以学易，可以无大过矣。”（《论语·述而》）我的不读《易》，倒不是对孔子的话言听计从，而是懵懵懂懂地不愿意读不想读。可是去年和今年，忽然想读《易》了。版本用的是周振甫的《周易译注》，取其简便，字体行款均适合阅读。纸张也轻，可携之舟车。顺序为先读系辞，次读彖辞，再读象辞，又次文言，最后爻辞。等于倒着读。主要读白文，个别语词参考周注，译文则未及寓目。系辞上下传，原来已经熟悉，但总有常读常新之感。余敦康先生近年治《易》有成，遇有难解处，则电话求教，彼此谈而乐之。

二〇〇八年至今，已经过去了七八年的时间，我读《易》已是稍有滋味了。近年所写与“六经”的价值论理有关的文章，几乎是笔不离“六艺”之文，而《易》教，更是我的论道之源。我写《“和而不同”是中国文化的大智慧》，理论资源首取《易》之系辞：“天下同归而殊途，一致而百虑。”由此得出论说：“人与人之间的差异，南方人和北方人的差异，中国人和外国人的差异，东方人和西方人的差异，真的有那么大吗？从学理上来分析，我认为差异是第二位的，相同之处是第一位的。”

有此思考的初萌，后来才写出了长篇论文《论和同》，这已经是二〇一五年的年底了。

《论和同》文长两万言，刊载于二〇一六年第三期《文史哲》杂志。其中解析《易》理，是此文的核心部分。兹引录几段，以飨知者。

> 《易》理对“同”的义涵似独有所钟，“系辞”之外，还有多处都涉及“同”之立义的问题。最突出的是上经第十三卦“同人”，可以看作是直接演绎“同”“和”义理的专卦。此卦离下乾上，其卦辞为：“同人于野，

亨。利涉大川。利君子贞。”孔（颖达）氏正义明确认定，此卦所演是“与人和同”之义。

斯又援引孔疏的著论：

“同人”，谓和同于人。“于野，亨”者，野是广远之处，借其野名，喻其广远，言和同于人，必须宽广，无所不同。用心无私，处非近狭，远至于野，乃得亨进，故云“同人于野，亨”。与人同心，足以涉难，故曰“利涉大川”也。与人和同，义涉邪僻，故“利君子贞”也。此“利涉大川”，假物象以明人事。

然后对孔疏予以疏解，写道：“孔疏解‘同人’为‘和同于人’，可谓深明《易》理。开始的‘和同于人’也就是文末的‘与人和同’，整段疏解前后理义勾连通贯。卦辞‘同人于野，亨’，是象喻与人和同，必须宽广无私，而不能小肚鸡肠，斤斤计较。有‘私’，就会心胸狭窄，不利于亨进，对克服险阻没有好处。”

同时更有“与人和同”何所为作的大问题横亘在我们面前。为何与人和同？追求与人和同需要具备怎样的心志与德蓄？我引“同人”卦的彖辞“文明以健，中正而应，君子正也。

唯君子为能通天下之志”，给以说明。本来心胸广大地与人和同，非常利于携手同行，刚健有力地战胜艰难险阻，获得亨通的效果；但如此形成的“同人”的力量，准备干一番什么样的事业呢？会不会一不小心走到斜路上去呢？彖辞因此提醒蓄势待发的“同人”，此时所需要的，是“文明以健，中正而应，君子正也”。所以清儒李光地等所撰《周易折中》写道：“上专以‘乾行’释‘于野’‘涉川’者，但取刚健无私之义也。下释‘利贞’，则兼取明健中正之义。盖健德但主于无私而已，必也有文明在于先，而所知无不明。有中正在于后，而所与无不当。然后可以尽无私之义，而为君子之贞也。”盖“君子之贞”，一要刚健无私，一要明健中正，此是与人和同的正确指向。

我下面的解释，也许更有滋味。是又写道：

而且还要防止因追求与人和同而导致拉帮结派。故此卦的象辞又说：“天与火，同人。君子以类族辨物。”此处的“与”字，有两相亲和之意，因天体在上，火炎亦上趋，可成“同人”之象。孔氏正义以此写道：“天体在上，火又炎上，取其性同，故云‘天与火，同人’。”而“君子以类族辨物”云云，也是为了求和同之义。朱子《周易本义》注道："'类族辨物'，所以审异而致同也。"其所阐释的和同义理甚明。爻辞："初九，同人于门，无咎。"也是斯义。王弼注云："无应于上，心无系吝，通夫大同。出门皆同，故曰'同人于门'也。"王弼又说："出门同人，谁与为吝？"既然都是同人，也就无所谓鄙吝不鄙吝了。但如果"同人于宗"，就有分晓了。爻辞六二云："同人于宗，吝。"象辞也说："同人于宗，吝道也。"宗即宗族。如果仅仅跟自己的宗族和同，就失于偏狭了，自然应在"吝"字上。所以孔疏云："系应在五，而和同于人在于宗族，不能宏阔，是鄙吝之道，故象云'吝道'也。"孔氏"不能宏阔，是鄙吝之道"一语，可谓谛言。推而言之，即使不局限于家族之内，但拉帮结派，搞团团伙伙，同样是不宏阔的狭隘鄙吝之道，为君子所不取也。

接着反推其《易》理，又写道：

然则不与人和同又将如何？爻辞九三云："伏戎于莽，升其高陵，三岁不兴。""莽"即草莽之意。"伏戎"者，暗伏杀机也。孔氏正义写道："九三处下卦之极，不能包弘上下，通夫大同，欲下据六二，上与九五相争也。但九五刚健，九三力不能敌，故伏潜兵戎于草莽之中。”但兵伏草莽毕竟不是长久之计，因此便试图占据高点，以收居高临下之效。其结果呢？“升其高陵，三岁不兴。”居高并没有临下以兴，只不过是站在高处观望审势而已，很快过去了三年，也无法有所作为。象辞说，这是由于“敌刚也”，即敌体的势力强大，不敢轻举妄动。而爻九四的情形则是：“乘其墉，弗克攻，吉。”墉即墙，也是可以居高之象，但照样攻而无功。攻而弗克的好处，是逼使自己反躬自省，不莽撞为事。因此却反得其“吉”。王弼注申论此义最为允当，写道：“处上攻下，力能乘墉者也。履非其位，以与人争，二自五应，三非犯己，攻三求二，尤而效之，违义伤理，众所不与，故虽乘墉而不克也。不克则反，反则得吉也。不克乃反，其所以得吉，困而反则者也。”实即遭遇困难而能自反，改弦更张，转而另觅与人和同之道，当然是吉而非凶了。

然则“同人”的爻辞九五是为：“同人先号咷，而后笑，大师克相遇。”斯又为何义？我析而论之曰：

号咷也者，是为痛哭也，显然遭遇到了重大的困难。究其原因，则是与九五相应者为六二，虽六二仅和同于自己的宗族，未免失之于吝，但毕竟可以达致和同，思理有偏却不会立刻有险象出现。因此处身九五之尊，最所期待的是与六二亲和。但不幸的是，九三、九四将六二与九五隔开了，使得九五不能与六二和而相亲。所号咷者，即在此也。然而九五得刚健中正之象，大有所向无敌之势，一旦与阻挡亲和的势力交锋，就会毫不犹豫地投入重兵战而胜之。所以便由遭遇巨大困扰的号咷之状，一变而为胜利者的开怀大笑了。不是任何情况下都去亲和，强势阻隔致使和同的目标无法实现，势不得已也必须不惜一战，然后再以胜利者的姿态致力于人类的和同。王弼注云："居中处尊，战必克胜，故后笑也。不能使物自归，而用其强直，故必须大师而克之，然后相遇也。"朱子《本义》也说："五刚中正，二以柔中正，相应于下，同心者也。而为三四所隔，不得其同，然义理所同，物不得而间之，故有此象。然六二柔弱而三四刚强，故必用大师以胜之，然后得相遇也。”王辅嗣、朱晦庵二巨子的诠解，“同人”一卦之九五爻辞，题无剩义了。

那么，“同人”最后的上九“同人于郊，无悔”，又是何义？我解释说：

象辞也说：“同人于郊，志未得也。”此系何义？王弼注云：“郊者，外之极也。处同人之时，最在于外，不获同志，而远于内争，故虽无悔吝，亦未得其志。”处身于远离中心的郊野之地，要得到志同道合者的支持，显然是困难的。因此致力于和同的志愿便不容易实现。孔颖达氏之正义，延续王注的思想，进而申论说：“同人于郊者，处同人之极，最在于外，虽欲同人，人必疏己，不获所同，其志未得。然虽阳在于外，远于内之争讼，故无悔吝也。”都是能得上九义理之正解。兹可见，欲申而未申之“志”非他，而是对与人和同之理念的追求与想往。处身郊远而未获同志，故使得其和同之志未申，但同时也远离了内部的争讼。换言之，外部虽未获得和同，内部却不失和同，悔吝之心情意绪也就荡然无存了。

最后结束对“同人”一卦的阐释，归而结之曰：“盖‘同人’一卦，纯是对‘和同’理念的演绎，可谓穷追不舍，层层剥笋，曲尽其道。”就研究《易经》而言，我得出“同人”一卦是为演绎“与人和同”之道，应该是作为今之学人，“玩”《易》之“经文”而收获的一点具体而微的心得吧。

然而孔（颖达）氏对“同人”一卦最后的归结，增加了新的未了之义。孔疏于此写道：“‘凡处同人而不泰焉，则必用师矣’者，王氏注意非止上九一爻，乃总论同人一卦之义。去初上而言，二有同宗之吝，三有‘伏戎’之祸，四有不克之困，五有‘大师’之患，是处‘同人’之世，无大通之志，则必用师矣。‘楚人亡弓，不能亡楚，爱国愈甚，益为它灾’者，案《孔子家语·弟子好生篇》云：‘楚昭王出游，亡乌号之弓，左右请求之。王曰：‘楚人亡弓，楚得之，又何求焉？’孔子闻之曰：‘惜乎！其志不大也。不曰人亡弓，人得之，何必楚也？’昭王名轸，哀六年，吴伐陈，楚救陈，在城父卒。此爱国而致它灾也。引此者，证同人不弘皆至用师矣。”拙文《论和同》对孔疏的此番论议评说道：

孔疏第一句引号中的“凡处同人而不泰焉，则必用师矣”，所引用的，是王弼的注语，孔氏之用意则是想告诉我们，王弼此注是针对“同人”全卦所发，因此意义非同一般。“同人”的宗旨，本在与人和同，但施行起来难免困难重重。除了初九为“同人”之始，心地单纯而无鄙吝，故大同之志，没遇到什么问题。其余六二有同宗之吝，九三有“伏戎”之祸，九四有不克之困，九五有“大师”之患，在在都是问题。如何解困？难道只有“用师”一途吗？孔疏的关键词是，欲处“同人”之世，就必须有“大通之志”。“大通”的概念是王弼提出来的，认为：“不能大通，则各私其党而求利焉。”而大通者，即大同也。兵戎，乃万不得已之手段，需要极其审慎，最好是不战而屈人之兵。因为人类总归是要走到一起的，争战、杀戮归根结底是反文明之道的野蛮行为。比一切纷争用智高明得多的大智慧，是生之为人，或人而主政治国，第一位的是要有和同于人的“大通之志”。

我由此继续写道：

王辅嗣的注文还援引了楚人亡弓的典例，其说见《孔子家语·弟子好生篇》，其中记载道：“楚昭王出游，亡乌号之弓，左右请求之。王曰：‘楚人亡弓，楚得之，又何求焉？’”这位楚昭王看来很是豁达大度了，认为弓既然是在楚国丢失的，那么拾得弓的人必定是楚人，楚弓为楚人所得，何必还要到处去找寻呢？但孔子听说后，颇不以为然，认为楚王的志量未免太小，真正的豁达大度，应该这样说：弓是人丢失的，得到的也是人，人失人得，有何不好？这是试图将一事当中的价值理念和人的普遍价值联系起来，亦即“仁者，人也”。而具体到“同人”一卦所彰显的价值义理，则是人类普遍和同的观念。如果不是这样，而是局限于仅仅维护一国之利益，甚至将“爱国”发挥至极点，那么其结果将是：“楚人亡弓，不能亡楚，爱国愈甚，益为它灾。”

我引的“楚人亡弓，不能亡楚，爱国愈甚，益为它灾”，是王弼注文的原话。我禁不住发为感慨：

智哉，仅仅活了二十四岁的魏晋哲人！千古以还犹为自作聪明的后来者所不及也。呜呼，国因爱国愈甚而亡国，楚其一例哉？孔颖达对楚之“益为它灾”作了发覆索隐，揭明系当哀公六年，吴国伐陈国，楚驰兵救陈，结果楚昭王死于城父，是为“益为它灾”典故之所出。孔氏最后归结说：“此爱国而致它灾也。”并强调：“引此者，证同人不弘皆至用师矣。”说到底，还是要以刚健文明的精神去和同于人，不要动不动就企图诉诸兵戎，以武力相威胁，那是无法通天下之志的。与他国共舞乃至共武，尤其宜乎慎之哉。和则两全，战则两伤，是颠扑不破的真理。而所以诉诸兵戎，更多的情况，是由于主事者胸怀不够宏远阔大，而陷入宗族之吝或党派之私的结果。

我已经把《易》道《易》理拿来和今天的人情物事相联系相比并了。

我研究“六艺”经典，是请古人古典降临到今天，我和他们坐在一处，与之商量义理之内涵，探讨在今天可能有的意义。所以我得出一个结论：“《易经》不愧人类进德之渊薮，文明观念之理窟。”而“同人”一卦，“又补之以反证之《睽》卦，中国文化的和同观念之义理，可谓境界全出矣”。

盖“和同”观念是我近年着力掘发的原初文本经典中的极为重要的价值理念，一再撰文为说，而以此《论和同》一文，最见系统性。此前写的《“和而不同”是中国文化的大智慧》

《将无同：文化融合是人类未来的大趋势》两文，在学理上亦有不同于昔贤的独特发掘。前者多家报刊转载，后者首刊二〇一二年十二月三十一日《光明日报》。二〇一五年出版的学术文集《将无同：现代学术与文化展望》一书，即以此篇名作为书名，实有区区之深意存焉。

“将无同”这三个字，出现在中国历史上学术思想最活跃的魏晋时期，即公元二二〇年至四二〇年。当时流行的学术思潮是玄学。学者们围绕“名教”和“自然”的主题，展开激烈的论辩。看法虽然不同，双方的风度很好。他们不轻视对手，只论理，而不在意对手地位的尊卑。我在《将无同》文中写道：

> “竹林七贤”是当时一个有名的知识分子群体，诗人阮籍和音乐家嵇康是“七贤”的领袖。他们的立场倾向于与“名教”对立的“自然”方面，狂简任达和思想自由，是他们追寻的目标。王戎是“七贤”最小的成员，比他大二十岁的阮籍，本来与王戎的父亲王浑友善，后来接触到王戎，相见大乐，此后便只愿意和这个年仅十五岁的“阿戎谈”，置王浑于一旁而不顾。清谈者的姿容仪态也很讲究，最尊崇有范儿的是王戎的从弟王衍，据说他清谈的时候，“神情明

秀，风姿详雅”，手里拿的麈尾以玉为柄，因皮肤白皙，手和麈尾的玉柄浑然无有分别。另一位清谈名家乐广，以渊默简要著称。王衍和乐广，极尽当时名士风流之盛，成为魏正始时期的清谈领袖。清谈在哲学层面发生的争论，是关于宇宙世界的“有”和“无”的问题。中国古代两位天才的思想家王弼与何晏，就活跃于此一历史时刻。关于“有”和“无”的争论，参与的人比较少，“名教”与“自然”的争论牵连面广，参与的人多，持续的时间相当之长。“名教”关乎政治伦理秩序，“自然”关乎个体生命的自由。王弼的观点主要见于他的《老子注》一书，何晏则注《论语》，两人都从道家和儒家的最高经典追溯自己思想的源头。哲学论争和“名教”与“自然”的争论互为表里，包括高人、雅士、名流在内的魏晋知识分子群体，鲜有置身于这一时代主题之外者。

但到了下一代，情况发生了改变。《晋书》记载，阮籍的从侄孙阮瞻，一次拜见当时已经位至“三公”的王戎。王戎问这位年轻人：“圣人贵名教，老庄明自然，其旨同异？”阮瞻回答说：“将无同。”当时圈内人士称阮瞻的回答为“三语掾”。“将无”是不含实义的语助词，“将无同”就是没有什么不同，也就是“同”。前辈们争论不休的“名教”与“自然”问题，到下一代人那里，已超越对立，摆脱执着，变成无须争论不必争论的问题了。

《世说新语》的类似记载，是王衍和阮籍的侄儿阮修的互相对问。诚如大史学家陈寅恪先生所说：“答者之为阮瞻或阮修皆不关重要，其重要者只是老庄自然与周孔名教相同之说一点，盖此为当时清谈主旨所在。”《晋书》记载，王戎听了阮瞻的回答，“咨嗟良久”，最后表示认同。当年持论甚坚的清谈领袖，在时代前行的年轻人面前低下了高贵的头颅。

此文我在一次两岸文化对话会上发表过，引起与会者的兴趣。这是我深研中华文化的思想学说得出来的看法。一九八八年写的《中国文化》创刊词，已经表达了此一思想。后来行文著论，每涉及此一题旨。

我在《将无同》文集的题叙中归结说：“窃以为人类未来走向何所，实与对此一命题的理解有关。孔子‘和而不同’的思想，是此一命题最精要的概括，实际上是中国人和中国文化面对这个世界的本有的原则。人类的‘同’终归是主要的，不同只是文化的差异，即‘化迹的不同’。王国维强调的‘学问之事，本无中西’，陈寅恪力主的‘文化高于种族’，均可归之于《易》之一语：‘天下同归而殊途，一致而百虑。’甚至陈三立叙述陈宝箴的行事：‘府君独知时变所当为而已，不复较孰为新旧，尤无所谓新党旧党之见。’也可以看作是此一理念的遗绪。只不过人类的良知为世间的利欲力势所汩没，正所谓‘利令智昏’，而今亟待去魅‘复性’，恢复人之为人的本然之知和本然之善。”斯论也，既是我长期为学的思想宗趣，也是我对人类未来的一种期许。

因此我特别重视宋儒张载的哲学四句教。“为天地立心，为生民立命，为往圣继绝学，为万世开太平”是大家都知道的“横渠四句教”。但我所说的，是人们未必很留意的张载的另外四句话：

> 有象斯有对，
> 对必反其为，
> 有反斯有仇，
> 仇必和而解。

为了和前面的“四句教”相区别，我称之为“哲学四句教”。因为这四句话讲的是一种宇宙观，是对整个宇宙世界发为言说的。

这个世界上，有无穷无尽的一个个的生命个体，可以称作“象”，这些“象”，有动物的，有植物的，每个“象”都不相同。“有象斯有对”的“对”，指的就是“象”的不同。中国古代有“佳人不同体，美人不同面”之说，西方也有“世界上没有完全相同的两个个体”的说法。而“反其为”，则是说一个一个的“象”，不是静止的，而是流动的。不同的“象”的流动，其运行流动的方向不必相同，甚至会出现反向而行的情况。有正行，有反行，就难免发生碰撞，或互相间的纠结。这种情形，就是“有反斯有仇”。这个“仇”字，古写作“讎”，左边一个隹（zhuī），右边一个隹（zhuī），中间是个言论的“言”字。隹是一种尾巴很短的鸟，因此“讎”字的本义，应该是指两个短尾巴鸟在说话。它们说什么话，我们自然不会晓得，也许是在讨论问题，也许是发生了纷争，在叽叽喳喳地互相打嘴仗。但它们讨论、争吵、辩驳的结果，并不是这只鸟把那只鸟吃掉，而是或达成共识，或形成妥协，或求同存异。总之是走向了“仇必和而解”。

试想，张载的这一哲学思想，是何等的重要，可以给人类处理彼此之间的分歧以醍醐灌顶般的智慧的启迪。

第十五章

国　学

我因研究马一浮而返宋返“六经”，使我对近年兴起的“国学热”抱持比较清醒的态度。“国学”一词，虽古已有之，但那是指国家所立学校的意思，和今天所说的国学不是一回事儿。那么到底何谓国学？今天的国学应如何推展，方有益于国家的文教振兴？对此，我于二〇〇六年写了《论国学》一文，《21世纪经济报道》分三部分连载，尔后《中国文化》秋季号刊载全文。二〇〇八年又撰写《国学辨义》，简稿刊载在当年八月四日的《文汇报》，全稿刊于八月二十八日的上海《社会科学报》。此两篇文章总计四万余言，对现代国学的缘起、流变和学理义涵，作了系统探讨。

我最服膺马一浮先生对国学的界定。他说："举此一名，该摄诸学，唯六艺足以当之。六艺者，即是《诗》《书》《礼》《乐》《易》《春秋》也。此是孔子之教，吾国二千余年来普遍承认一切学术之原皆出于此，其余都是六艺之支流。故六艺可以该摄诸学，诸学不能该摄六艺。今楷定国学者，即是六艺之学，用此代表一切固有学术，广大精微，无所不备。"（《泰和会语》）此前胡适曾说，国学就是国故学的省称，内涵显然太过笼统，故学术界事实上没有采用。后来大家习焉不察，普遍接受了国学是中国固有学术的概念。但马先生认为，定义国学为固有学术，内涵仍失于宽泛，不容易把握，而且在学理上是"依他起"，不堪为用。所以他提出了国学是"六艺之学"的主张。"六艺"是我国独生独创独有的民族文化的原初经典，同时也是中华学术思想的义理渊薮，不同于汉魏唐宋元明清的任何一个时期的学术。"六艺"既可以为学，又可以为道，又可以为教，又可以育人。为此我在近年的诸多文章和演讲中，反复申论斯义，以推动国学的正确传播。

说起来，我对国学的关注，开始甚早。当二十世纪九十年代中期，"国学"一词刚冲击人们的视野的时候，我就关注这一新起的潮流。因为我建立的中国文化研究所，我创办的《中国文化》杂志，虽不以国学相标谓，其研究的方向，不出中国传统文化和文化传统的大范围。那么国学和传统文化是什么关系？我不能不从学理上辨别清楚。

一九九五年访学台湾“中研院”，在文哲所所作的演讲，就是以《中国大陆九十年代的新国学运动》为题。鉴于已往亲身所历的当代思想潮流忽冷忽热的经验，对学术问题上的一会儿这个“热”，一会儿那个“热”，我总是有所保留，而不敢趋而向前。在我看来，任何学术研究都不必热。因此在一九八八年写的《中国文化》创刊词里，开头就说：“《中国文化》没有在我国近年兴起的文化热的高潮中与读者见面，而是当文化热开始冷却，一般读者对开口闭口大谈文化已感觉倦怠的情势下创刊，也许反而是恰逢其时。因为深入的学术研究不需要热，甚至需要冷，学者的创造力量和人格力量，不仅需要独立而且常常以孤独为伴侣。”你看，这就是我对真正的学术研究的看法。以至于九十年代初，颇有人认为我是在提倡“冷文化”。对“国学热”，我也作如是观。所以下决心深研晚清以来国学发生与流变的历史，以明此学的源流，知未来之所趋向。

《论国学》就是在此种背景下写成的。全文共十一个小标题：一、九十年代的“国学热”；二、章太炎与国学；三、章氏的国学“四讲”；四、胡适和梁启超的“国学书目”；五、二十年代的“新国学”；六、历史的“文化创举”能否复制；七、国学与国粹；八、国学与国故；九、国学与现代学术分科；十、“国学”立名的考察；十一、我的设想。可以说，所能涉及的与国学有关的题义，我都作了探讨。最后的“我的设想”，就是主张采用马一浮的国学定义，建议在小学开设国学课，以《论语》为入门的进阶。

两年之后写的《国学辨义》，包括七个问题：一、何谓国学；二、国学和西学；三、王国维、陈寅恪如是说；四、国学和学术分科；五、国学的“有用”和“无用”；六、国学和宗教；七、国学无须“热”。《论国学》是纵向的探源流，《国学辨义》是横向的辩义涵。后者对现代国学和历史上的“国学”名词，作了严格区分；对现代国学的三个定义，作了学理分疏。所谓三个定义，一是胡适之的国学是国故学的省称的定义，二是三四十年代大家普遍采用的国学是我国固有学术的定义，三是马一浮先生的国学是六艺之学的定义。对国学在今天社会的发用问题，我反对夸大其词，对有人提出的国学可以救人类云云，我表示无法赞同。国学的主要用途，是有益于当代人的道德精神的重构，是当代文化建设的思想源泉。所以当务之急是以国学来施教的问题。以此《国学辨义》提出了不需要“国学热”，而是需要“国学做”。“做”什么？就是让国学进课堂，让我们的学子和高贵的古典有亲切的文本接触。

二〇〇八年，我的《论国学》一书由上海人民出版社出版。系一本研究学术思想和传统文化的论文集，《论国学》是第一篇，便以篇名做了书名。我曾将此书送请香港中文大学金耀基教授阅正，他很快写来回信，其中一段写道：

> 尊文《论国学》中“一点设想”，建议在小学设国学一科，内容以六艺为主。读来叫我又惊恐，又欢喜。此是文化教育绝大事情。此涉及为“价值教育”（或“伦理教育”）在今日（中西均然）垄断的“知识学”外寻求一位置，也是在今日学校（特别是大学）的课程中寻求一位置。我最欣赏尊文所说“这样将来终会有一天，所有中国人的知识结构里面，都有我们华夏民族最高端的文本经典为之奠基，使之成为中华儿女的文化识别符号”一段话。鄙意与尊见略有不同者，以为学校应不限于小学，中学、大学或更重要。国学内容则以《四书》（尤其是《论语》《孟子》）为主。

不知先生以为如何?

金耀基先生此信写于二〇〇八年三月八日，是他收到我寄呈的《论国学》一书之后写来的回示。我完全赞同金先生的高见，的确不应只限于在小学开设国学课，中学、大学也应该开设。所以《国学辨义》便提出了如何实施国学教育的一些构想。我写道：

> 如果现在的小学、中学和大学的一二年级设“国学课”而施以“六艺之教”，窃以为可行。问题是如何化难为易，编订出合适的教材。原则应该是简而不繁，由浅入深，以选本以白文为主，然后渐及于义注。所深者理也，所繁者文也。入手还是通过《论语》《孟子》《大学》《中庸》“四书”，而尤其以《语》《孟》为取径更为便捷。盖《四书》既是“六经”的引桥，又是将“六经”化难为易的范本。因孔、孟所论，均不出“六艺”之范围。二程子就曾说过：“于《语》《孟》二书知其要约所在，则可以观《五经》矣。”(《二程集》下册，页一二〇四）所以，小学应以诵念《四书》为主，初中巩固《四书》，同时初涉“六经”简选本，使诵念和讲解适当结合。高中《四书》、“六经”之外，应兼

及庄老诸子。都是简读、选读，并不复杂，也无须花太多的时间。大学一二年级可稍稍接触经解义注，顺便寻览学术史，包括宋明儒的著作，老庄和佛学的代表著作，及前四史等。科目都叫“国学”，也都是选读选学，简读简学，并非要花很多时间，且以不影响其他学科和现代知识的吸取为条件。高中、大学一二年级宜适当增加文言文的写作练习。苟能如此循序渐进，持之以恒，潜移默化，长期熏习，则中国文化的源头经典、固有的文化传统、民族的精神义理、古贤往圣的德传血脉，就和当代人不期然地连接起来了。

我的基本设想在于读经典，也就是要读一点儿“经”。民国初年明文规定废除读经，我认为是考虑欠周之举。马一浮即因此与当时的教育总长蔡元培发生了分歧。我原来只建议小学开设国学课，金耀基先生认为中学、大学甚至更重要，此议启我良多。他把我的想法提升到教育学的学理层面，认为此举是在垄断的“知识学”之外，为“价值教育”或“伦理教育”寻觅一席之地。这对当代文化和教育的建构而言，实在是高屋建瓴而又理性通明之论。我之初意，不过冀图在未来中国人的知识结构中，注入中华文化的原典精神，俾便日后每一个中华儿女的身上都带有中华文化的识别符号。经耀基先生这样一讲，其理据更加充分了。

其实，只有将国学定义为“六艺之学”，国学才有可能入于国民教育。如果视国学为“国故学”的简称，总不能在中小学开设“国故学”一课吧。何况“国故”这个词，长期以来已被学界所弃用。而把国学等同于我国固有学术，那直接涉及学术史的诸问题，专家进入尚且困难重重，一般民众何与？但“六经”不同，她是每个中国人都与之相关的典籍，如同熊十力所说：“六经为中国文化与学术思想之根源，晚周诸子百家皆出于是，中国人作人与立国之特殊精神实在六经。”（《论六经》）熊、马学术思想各有取径，但他们对“六经”在吾国思想文化史上的地位的看法，不约而同。

当然研习“六艺之学”，需要有“小学”的根底，即要懂文字、音韵、训诂。也就是清儒说的，读书必先识字。所以经学和小学，应该是构成国学的两根基本支柱。我一再强调，不懂经学，不明小学，便无法与国学结缘。但一般人士接触“六艺”，可以从《论语》和《孟子》入手。将来中小学、大学一二年级开设国学课，开始之时，也须从《语》《孟》入手。我写的《国学和国学教育》专题论文，在凤凰卫视“致敬国学”

的论坛上发表的《国学和民众相关才有生命力》，对这些观点阐述得至为明确。我的国学论说最后归结为：国学的内涵应包括经学、小学、国学教育三部分内容。大学的国学院如果以此作为国学的学科设计，则与至今未获解决的国学院与同一大学的文史哲三院的关系问题，即可迎刃而解。

这样，就把国学和中华文化的最高经典“六经”结合起来了。几千年流传下来的《易经》《诗经》《礼记》《尚书》《春秋左氏传》，是我国学术的最高典范，是中国人做人和立国的基本精神价值的源泉，其所发用主要体现在对国人的精神道德和伦理价值的熏陶与教育。近年我从“六经”以及《孝经》《论语》中抽绎出来的爱敬、诚信、忠恕、和同、知耻等价值理念，都是中华文化的具有永恒意义的价值理念，既适用于传统社会，也适用于今天的社会，也适用于全世界所有的人。说开来，这就是我们可以贡献给人类的普世价值。

学国学从《论语》开始，修身从“知耻”开始，是我提出的广被接受的学术特见。但青少年学习国学，也要防止走偏。有的地方让小学生穿上古代的袍服摇头晃脑地读经，有的学校施行跪拜礼，都是不合适的做法。为此我写了《教育机构不宜施行跪拜礼》一文，国务院参事室的《国是咨询》在二〇一五年总第一五五期刊出。王蒙说，他举双手支持。我还多次撰写文章，强调要把国学和传统文化区分开来。二〇〇七年五月二十八日《中国教育报》刊出记者杜悦的访谈，题目就是《什么是国学，什么是传统文化》，一个整版，系统阐述了我这方面的观点。

二〇一五年六月，三联书店出版了我的专著《马一浮与国学》一书，这是我研究马一浮的一个结点，也是我研究国学的一个结点。

第十六章

立　敬

我研究马一浮，研究国学，研究“六艺之学”，最后落脚到对“六经”的价值论理的研究。盖“六经”是中华文化固有价值的渊薮，是中华民族文化精神的理窟。把国学等同于“六艺之学”，就是把国学归结为精神价值的义理之学，归结为民族文化的“传道”之学。“道”在何处？“道”在“六经”。我从“六经”等最高文本经典中抽绎出爱敬、诚信、忠恕、和同、知耻等几组价值论理，就是对“六经”的义理价值所作的取样研究，也可以用“敬”“爱”“诚”“信”“恕”“和”“廉”“耻”八字语词简而括之。但这组价值论理中，居统领地位的是“敬”。

何谓“敬”？二〇〇八年，我写了《“敬”是社会人伦的基本道德价值》一文，其中写道：“‘敬’既是道德伦理，又是中国人和中国社会普遍持久的人文指标。可以看作是中国文化话语里面的具有永恒价值的道德理性。先秦的儒家和宋儒提倡‘主敬’，目的是使中国人的文化性格庄严起来。如果说，在宗教与信仰层面，儒家思想尚留有一定空缺的话，那么‘主敬’思想应是一种恰如其分的补充。‘敬’虽然不是信仰本身，但它是中国文化背景下通向信仰的直接桥梁。”对“敬”的义涵作此种解析，以前的研究者没有人做过。我实际上是想探讨中国文化背景下的宗教与信仰问题。一九九九年在哈佛大学与史华慈教授对话，我几次提出宗教之外人类是否有信仰的问题，但后来岔开了，没有作深入探讨，可一直是我心中的问题。找到了“敬”，我在儒家话语背景下有关信仰的论域，迈开了自己的脚步。

二〇〇九年七月，两岸经贸文化论坛在湖南长沙举行，我提交并在会上宣读的论文为《“敬”是中华文化的终极价值》，对“敬”的价值内涵作了更为系统的阐述。兹引录几段原文，以明初意。

中国人精神信仰的特点，是不离开自身，不著意外求。

要问信仰自身的什么物事？我以为是诚和敬。

何谓敬？是自性的觉照庄严。觉照系佛家语，有虚明照澈之意，也可以解作人的自性的庄严。所以《中庸》里说：“自诚明，谓之性。”又说“唯天下至诚，为能尽其性，能尽其性，则能尽人之性”，以及“齐庄中正，足以有敬”。“齐庄”就是庄严，也就是人性之庄敬。“至诚”则不失觉照，不为俗尘物欲所遮蔽。二程子则说：“当大震惧，能自安而不失者，惟诚敬而已。”（《二程集》下，页一二二七）当一个人遇到某种不可抗拒的意外，遭遇大的变故，身心受到大的震撼，却能够安稳自定，而不手足无措，只有牢固秉持诚敬之心的人，才有可能做到。这种情境之下，诚敬已经成为当事人的不可移易的信仰。

文中又写道：

信仰之境的“敬”，可以使一个人的意志不发生动摇。所以孔子说：“三军可夺帅也，匹夫不可夺志也。”怎样使得自己的“志”不被夺去？按马一浮先生的解释，“敬”就有这种奇妙的作用。他说：“何以持志？主敬而已矣。”(《马一浮集》第一册，页一〇八）又说：“以帅气言，谓之主敬；以不迁言，谓之居敬；以守之有恒言，谓之持敬。”这是告诉我们，如果要让此一“诚敬”之心守之有恒，持之不迁，则“居敬”和“持敬”是必不可少的修持功夫。“居敬”“持敬”，才能“主一”。也就是小程子伊川所说的：“主一者谓之敬。”(《二程集》上，页三一五）如此来解释、界定“敬”，显然已使“敬”的价值义涵带上了终极的意味。

接下去又说：

诚和敬是连同在一处的。伊川“主一者谓之敬”的“一”，其实即是诚。不诚则不敬，不敬也就没有诚。二程子说：“诚然后能敬，未及诚时，却须敬而后能诚。”(《二程集》上，页九二）诚敬，诚敬，敬则诚，诚则敬，二者是一而二、二而一的关系。而且诚与信可以互训。按《说文》：“信，诚也。”段注曰：“诚，信也。”无诚则不信，反之，无信亦无诚可言。

中华文化立国之大本和立人之大德，无非“诚信”二字。益信“敬”之为德具有终极价值，是不诬也。

又说：

“敬”的反面是放肆，是怠惰，是漶漫。故马一浮说：“圣狂之分在敬与肆之一念而已。”所谓“一念”，即是内心深处的一点灵明，也就是唤醒“敬”的觉照。因之，信仰是终极，诚敬是本体，功夫在约束。所谓“约束”，就是“约之以礼”。所以孔子说：“君子博学于文，约之以礼，亦可以弗畔矣夫。”（《论语·雍也》）意即一个知识广博的人，如果懂得用礼仪来约束自己，便不至于做出不合适的举动来。孔子还说：“以约失之者鲜矣。”（《论语·里仁》）意思是，由于约束自己而发生过失，这种情况太少见了。

“约之”，也就是建筑在理性自觉基础上的自省之道，其内容自然包括“为人谋而不忠乎？与朋友交而不信乎？”。忠信有疑，就是诚敬有疵。改变之道，在于“克己”，在于“修己”，目标是“修己以敬”，成为君子。《论语·宪问》中，子路问怎样才能成为君子，孔子的回答直截明了，曰“修己以敬”。孔子“克己复礼”一语，释证缤纷，莫衷一是。其实“复礼”就是复性，也就是恢复诚信，重构“敬”的价值本体。而做到了诚敬和诚信，也就达到了“仁”的境界。然则圣人“克己复礼为仁”的“六语椽”，意在斯乎？意在斯乎？

文章最后归结说：

此可见“敬”之一字，足可唤醒个体生命的人性尊严，足以维持社会人伦的基本价值。“敬”既是道德伦理，又是中国人和中国社会永恒的人文指标，也是中国文化背景下具有终极价值的道德理性。当我们今天为重建业已流失的文化传统而竭诚竭力的时候，“敬”之一字的提升、布化、推展、重构，最是必不可或缺的前提条件。

我们中国人不是没有信仰。我们的信仰不在彼岸，而是在此岸。即事即理，即心即理，即性即佛。不必登身，无须拾筏，此岸同样可以实现超越。

此两文都是二〇一一年之前所写。后来我又有多篇文字阐释“敬”的义理内涵。我发现“孝”的内核是“敬”。因为孔子有言："今之孝者，是谓能养。至于犬马，皆能有养。不敬，何以别乎？"（《论语·为政》）可知人之"孝"不同于犬马者，在于人有"敬"，犬马则"能养"而无有"敬"。是为"敬"乃孝的精神内核的经典根据。而社会上所有各种礼仪的精神内核，也是一个"敬"字。所以孔子说："为礼不敬，临丧不哀，吾何观之哉？"（《论语·八佾》）所谓"无敬不成礼"，就是此义。二〇一二年二月十七日和二十三日的《中国纪检监察报》，连载我的《信仰与中国文化的特性》一文，也论述到了"敬"的信仰特征，当年的《新华文摘》第九期全文转载了此文。

二〇一三年二月二十二日，《中国文化报》以一个整版的篇幅刊出杨晓华的访谈文章，题目为《刘梦溪：重建中华文化的信仰之维》，分十个小标题：一、价值缺失和价值认同，二、"敬"体现人的"自性的庄严"，三、"敬"已进入中华文化的信仰之维，四、由文入史的学问转变，五、陈寅恪研究，六、跟随马一浮由宋学返归"六经"，七、重新分疏国学定义，八、国学和国民教育，九、中外价值理念的互阐，十、为学不专主一家。是一篇与我访谈对话的大文章，写得很是不错。特别以"重建中华文化的信仰之维"作为访谈标题，相当准确地把握到了我近年所作研究的精神旨趣和核心题旨。《新华

毋不敬

毋不敬，俨若思，安定辞，安民哉！

《礼记·曲礼》

文摘》在当年的第九期选录了这篇文章。

近十多年，我几乎是开口不离“敬”义了。遇有学术演讲，或者接受访谈，也经常讲述“敬”义。马一浮先生对“敬”的深刻阐发，深深影响了我。他说孔子讲的“三军可夺帅也，匹夫不可夺志也”的“志”，就是一个人内心的“敬”。由此我把“敬”释为自性的庄严。我研究“敬”，对“敬”所作的一系列阐释，得出“敬”是中国文化的终极价值的结论，是又与马先生有所不同者。同道、朋友，学术界的很多人士，也都知晓我一直在不遗余力地掘发“敬”义。我把对“敬”的研究，作为阐发“六经”的价值论理的核心题旨。

但全面系统地阐发“敬”之立义，是二〇一六年第三期《北京大学学报》以特稿的方式刊出的我的长篇论文《敬义论》。此文共三万言，分五个部分。第一部分的标题为“敬者，人事之本”，这是大程子明道的话。第二部分的标题是“敬义立而德不孤”，取自《易经》坤卦的“文言”。原文作：“君子敬以直内，义以方外，敬义立而德不孤。”第三部分的标题是“礼者，敬而已矣”，来自《孝经》。第四部分的标题是“人道之极，莫过爱敬”，原典出自《孝经》，此处所引是刘邵《人物志》里的话。第五部分的标题是“‘敬’字工夫，乃圣门第一义”，语出朱子。各部分的小标题皆有原典出处，而具体论述则各有侧重。

第一部分论述孔子所说的“三军可夺帅也，匹夫不可夺志也”的“志”，是为“敬”义，我用不小的篇幅阐释孟子提出的“以志帅气”的理论要义。孟子说：“夫志，气之帅也；气，体之充也。夫志至焉，气次焉；故曰：‘持其志，无暴其气。’”（《孟子·公孙丑上》）此所论与孔子的“不可以夺志”说实相呼应。人体为气所充，是中国古代的一种哲学认知，先秦诸家均各有说。《老子》第十章：“专气致柔，能如婴儿乎？”《庄子·外篇·知北游》：“人之生，气之聚也；聚则为生，散则为死。”《荀子·王制》：“人有气、有生、有知，亦且有义，故最为天下贵也。”各家之说义趣殊异，独孟子的以“志”为“气”之“帅”的断判，益显刚健有力，突出了“志”不为“气”所移的旨归。赵岐注云：“志，心所念虑也。气，所以充满形体为喜怒也。志帅气而行之，度其可否也。”赵注的意思，如无“志”的统领，则形体之气，容易为喜怒情绪所左右，只有由“志”来统帅“气”，才能知道所“行”的是非得失。故赵注又云：“志为至要之本，气为其次。”（同上）焦循疏解《孟子》及赵注最见功力，其引《论衡·无形篇》“形气性，天也”之说，然后写道：“生之舍，生之充，生之制，生即性也。性情神志，皆不离乎气，以其能别同异、明是非，则为志以帅乎气。万物皆有喜憎利害，而不能别同异、明是非，则第为物之性，而非人之性，仅为气而已。故喜憎、利害、视听、屈伸，皆气也。骨肉，则形体也。”意谓“喜憎利害”是为万物共有的性质，只有“别同异，明是非”是人所区别于万物的独特之性，原因在于“人有志而物无志”，人能够“志以帅乎气”，因而使得“喜憎、利害、视听、屈伸”种种情绪表现，也就是使得“气”具有了可控的选择方向。

孟子在提出“以志帅气”之后，继而强调，要“持其志，无暴其气”。此处的“暴”为惑乱意，就是不要让“气”来乱其所为，所以需要“持其志”。“持”为“守”意，即对“志”要坚守而不动摇。孟子论大丈夫的品格，曰：“富贵不能淫，贫贱不能移，威武不能屈，此之谓大丈夫。”（《孟子·滕文公下》）所“不淫”“不移”“不屈”者，即“志”也。焦循解“志”，引毛奇龄说，将“志”与“心”联系起来，云“但持其志，力求之本心，以直自守，而气之在体，则第不虐戾而使之充周已耳。是不求于心者，谓之不持志”。兹可见所谓“志”，实即心志。所不动摇者，是为心志也。

孟子为了说明如何才是大丈夫之义，穿插着讲了几个故事。他讲的第二个故事，是说从前齐国的大夫王良是驾车的能手，因善御而名扬天下。《淮南子》有记载云：“昔者王良、造父之御也，上车摄辔，马为整齐而敛谐，投足调均，劳逸若一，心怡气和，体便轻毕，安劳乐进，驰骛若灭，左右若鞭，周旋若环。”可知其御道之高妙。一次晋国的卿相赵简子，让王良为他的宠幸者嬖奚驾车去打猎，结果一无所获。嬖奚怒而称王良为“天下之贱工”。其实是王良按规范驾车，嬖奚因不懂射道，才无所获。经王良请于赵简子，第二次又出行，他故意不按规范驾车，嬖奚一个早上就捕获十只禽鸟。嬖奚又转而赞王良是“天下之良工”。但当赵简子让王良专门为嬖奚执御，王良一口回绝，说：“我不习惯为小人驾车。”孟子由此故事得出一个看法，说道：“连御者都羞与射者比，即使捕获的禽兽堆如小山，也不肯‘枉道而从彼’，这是为了什么呢？”孟子的结论是：“枉己者，未有能直人者也。”也就是在道义与尊严面前，不能委屈迁就，不能打折扣。内心的持志和持敬，是任何力量也无法使之改变的。屈己徇人与大丈夫的精神适相反对，为君子所不取。赵岐注“大丈夫”为“守道不回”，可谓正解。

论者或云，当女子出嫁之时，母（有时也有父）送之于门，也频频告诫说：“往之女家，必敬必戒，无违夫子。”这里使用的也是“敬”字，该如何解释呢？孟子坚定地说：这不过是“以顺为正”的“妾妇之道”而已，与大丈夫的“持志”何可同年而语？“敬”和“顺”是为异途两道。敬是庄严，顺是不违。女子归适，父母所叮咛之“必敬”，不过是“妾妇之道”而已。大哉，孟子，吾心折矣！仆童时之尊《语》厌《孟》，是无知也，是无知也。

《敬义论》的第二部分，论“敬义立而德不孤”。我主要从疏解《易经》的“敬义”开始。我请来了注《易》哲人王辅嗣。请来了先圣孔子，请来了给十三经作义疏的孔颖达，请来了宋代的易学大师小程子伊川，请来了亚圣孟子，请来了注《孟》首席权威焦循，让他们一起会诊“敬义立而德不孤”的《易》道《易》理。果然不负所望，最终会诊的结果毫无疑问是可信的。结论包括“敬”是立之于内的“直”道，“敬以直内”就是“敬以正内”。而“敬义立”者，则是立德之意。但敬不是一般的德，而是天地之正德。所谓“德不孤”者，乃是形容德的盛大。《易》坤卦爻辞六二的“直方大，不习无不利”，可与孟子的“以志帅气”互阐。关键词是“志一”。焦氏引《说文》壹部云：“壹，专一也。”因此“持其志使专一而不二，是为志一”。“志一”就是“主一”，故须“无适”、不二。也就是“敬”这个价值理念，首在“志一”“主一”，因此无论何种情形，绝定的是坚守而不动摇。

《敬义论》第二部分对《易经》“需”卦象辞的阐释，也让我感受到了读原典而辨明义理的快乐。“需”卦的象辞写道：“需于泥，灾在外也。自我致寇，敬慎不败也。”“需”有“须”义，即必须待而后之乃可。故朱子解云：“以乾遇坎，乾健坎险，以刚遇险，而不遽进以陷于险，待之义也。”本来“需”是“光亨贞吉”之卦，“利涉大川”，纵然有险情，也不致陷而不拔，因此照样可以刚健前行。问题是不能莽撞行事，需要备足相应的条件，方能确保无虞。最重要的条件是让“信”占据中正的位置。所以“需”卦的卦辞开篇即云“有孚”。“孚”即信，是为建立信任之义。伊川以“诚信充实于中，中实有孚”为解，恰切至极。反之，如果不能取信，则此卦的原本贞吉之兆，就不好预期了。

具体说，还有种种特定情况，宜分别对待之。譬如“需于郊”，即身处旷远之地所应采取的态度。地处旷远，距险川尚有距离，正确的做法是恒常不变，以待时机。故“初九”爻辞曰：“需于郊，利用恒，无咎。”王弼注云：“居需之时，最远于难，能抑其进。以远险待时，虽不应机，可以保常也。”“需”卦的象辞也说：“需于郊，不犯难行也。利用，恒无咎，未失常也。”此处的“未失常”即王注的“可以保常”之义，总之是利用时间，恒守以待之。而做到能待能守，其中必有敬义存焉。因为自性之“敬”，即是恒常自守，不驱不动之意象。

至于“需于泥”，情境则比较危险。因为“泥”已近“川”，是未能恒守的结果，属于地地道道的因冒进而“自我制寇”，怨不得别人。处此灾患逼于眼前的险境，欲退不能，何所施焉？只有“持敬”可以延缓或消解危难。故“需”卦的象辞写道：“自我致寇，敬慎不败也。”

另一种情况是“入于穴”，“上六”爻辞给出的结论是：“有不速之客三人来，敬之终吉。”“上六”是阴爻，故拟之以“穴”。但“上六”已是“需”卦的终点，也即是险情解除的时候，那些守恒以待的乾阳们，主要是“初九”“九二”“九三”，经过审时度势，可以安全地挺进了。所以是不招自来。此种情形下，阴爻之“上六”，如果不想惹是生非，只好“敬”而待之了。伊川在《易传》中写道：“阴止于六，乃安其处，故为‘入于穴’。穴，所安也。安而既止，后者必至。不速之客三人，谓下之三阳。乾之三阳，非在下之物，需时而进者也。需既极矣，故皆上进。不速，不促之而自来也。上六既需得其安处，群刚之来，苟不起忌疾忿竞之心，至诚尽敬以待之，虽甚刚暴，岂有侵陵之理，故终吉也。”此即“需”卦的象辞所说：“不速之客来，敬之终吉。

虽不当位，而未至于大失也。”

又“离”卦之初九爻辞亦云：“履错然，敬之无咎。”“离”卦主以柔为正，内顺外刚，方能亨而利贞。朱子认为“履错然”是“志欲上进”，同于孔颖达的“将欲前进”之解。王辅嗣注则以“错然”为“警慎之貌”。都是将动须慎之意。“慎”者何？敬也。“履错之敬”以此成为《易》理的名典。故“离”卦之象辞归结为：“履错之敬，以辟咎也。”“履错之敬”可以辟咎，就是敬而无失。

兹可见“敬”之为义也大矣，不仅可以聚盛德而不孤，而且能够将欲动而少咎，临危难而不败。难怪当子路问何谓君子的时候，孔子直接以“修己以敬”（《论语·宪问》）作答。而司马牛发为感叹，说“人皆有兄弟，我独亡”，子夏振振有词地告诉他：“君子敬而无失。与人恭而有礼，四海之内皆兄弟也，君子何患乎无兄弟也？”（《论语·颜渊》）子夏所说，即《易》理之“敬义立而德不孤”。而“敬而无失”这句警言，便成为中华文化背景下的人生规范的道德典则。

《敬义论》的第三部分，主旨在论述“敬”和礼的关系。此义甚明，此不多及。不过文中之引录阐证原始资料不敢稍忽，尽量做到证而能详，论而无漏。特别阐释“国之大事，在祀与戎”一节文字，应该比较好看。“祭祀”的要义是敬，不成问题。那么“戎”呢？即使兵戎相见，也不能不讲究礼敬之义。事实上，《左传》里有不少战例，都是因为国与国之间的失礼不敬，而构成兵戎相见的导火索。因此文中写道：“国与国之间交往中的失敬，极易导致交恶，以至走到极端，犹不思转圜，忍无可忍，便只好兵戎相见，是为大不敬也。则敬为‘安定辞’，小则可令人之身心安适，中则可使家庭和睦，大则可以安国安民，岂虚言哉，岂虚言哉！”我甚至还以《红楼梦》的主人公贾宝玉对待祭祀的态度来做旁证，说明在孔子那里，“敬”已经具有了可以超离对象的独立的精神本体价值。

《敬义论》的第四部分，专门讲“爱敬”。“爱敬”一词，语出《孝经》。《孝经》的第二章引孔子的话写道：“爱亲者，不敢恶于人；敬亲者，不敢慢于人。爱敬尽于事亲，而德教加于百姓。”第十八章又说：“生事爱敬，死事哀戚，生民之本尽矣，死生之义备矣，孝子之事亲终矣。”通常之敬，是守一不易，是志不被夺，是自性的庄严。事亲之敬，则是在敬之中有爱存焉，也可以说，是在爱的感情里面含蕴有敬的精神。此种特有的爱敬，在事亲的过程中表现得最为充分彻底，所以称作“爱敬尽于事亲”，而且认为是“尽”了“生民之本”。所谓“本”，其实就是敬的“体”。刘邵的《人物志》可谓深得《孝经》之理蕴，因此用带有绝对性的语言概括为论，提出：“盖人道之极，莫过爱敬。是故《孝经》以爱为至德，以敬为要道。《易》以感为德，以谦为道。”（《人物志·八观篇》）视“爱敬”为“人道之极”，我认为这是中国古代哲人对人的情性的极为深刻入微的观察，也是对人的性体与人伦所作的一次具有形而上意味的义理概括。

“爱敬”虽系一单独的语词，但爱与敬亦各有取义。只是就作为亲情伦理的爱敬而言，爱与敬是一体而不能分离。婚姻亦称婚媾，其肌肤交合之意甚为明显。阴阳合，肌肤交，是为亲。亲则有爱生矣。爱而无尽，不知所之，至有变生不测发生。故爱须有敬提导，方能够得以升华。爱而无敬，易致淫邪。爱而有敬，能得其正。本来是爱由亲生，升华后的爱又返归为亲。亦爱亦亲亦礼亦敬，是为爱的至境，是为天地之合。以此《礼记》有“君子兴敬为亲，舍敬是遗亲”的说法，有“弗爱不亲，弗敬不正”的断判，以至于将“爱与敬”归结为“政之本”，其谁曰不然欤？

《敬义论》的第五部分，是为论述宋儒对“敬义”的阐证和贡献。宋儒的大贡献，首在二程子“主敬”说的提出，而朱熹又将斯义向前推动，向上拔升。“‘敬’字工夫，乃圣门第一义”，就是朱熹的论断。我在此部分中，胪列出二程子阐释敬义的五十六条典要之论。朱子之“敬”论，则举要二十条。二程子最有名的话是：“涵养须用敬，进学则在致知。”其给“敬”下的定义是“主一无适”。程子关于“素敬”的提法亦不失孤明先发之见。《论语》记载，孔子的弟子仲弓一次请教老师，到底应该怎样理解“仁”？孔子回答是：“出门如见大宾，使民如承大祭。己所不欲，勿施于人。在邦无怨，在家无怨。”（《论语·颜渊》）给出的分支项类甚多，历来都以“敬恕”为解，是为得义。分而言之，当然“己所不欲，勿施于人”是“恕”，“出门如见大宾，使民如承大祭”是为“敬”。倡导主敬学说的程子自然不会放过孔门论学的这一案例，也以之为题与弟子们讨论。不料一位弟子提出问题说：那么没有出门、未使民的时候，情形又如何呢？程子回答道：

> 此“俨若思”之时也。当出门时，其敬如此，未出门时可知也。且见乎外者，出乎中者也。使民出门者，事也。非因是事上方有此敬，盖素敬也。如人接物以诚，人皆曰诚人，盖是素来诚，非因接物而始

有此诚也。俨然正其衣冠，尊其瞻视，其中自有个敬处。虽曰无状，敬自可见。

程子的回答可谓机智之至，如同正中下怀，反而深化了对敬义的诠解。盖“敬”跟“诚”一样，都应该是不间断的，绝非此一时敬，彼一时不敬，或此事上敬，他事上却又不敬。因此程子以“俨若思”回应弟子之问，可谓睿智而高明。妙的是他以“素敬”“素诚”两个人们不常闻见的概念出之，无异是对敬义学理阐述的一种发明。

朱熹是二程“主敬说”的热烈呼应者，其文章书信以及平日讲话论学，未尝离开此一“敬”字。就言谈话语的体量而言，朱子论敬的篇幅实在程子之上，而且把敬义提撕得比程子还要置于更高的层级。试想，“‘敬’字工夫，乃圣门第一义”“‘敬’之一字，真圣门之纲领”“‘敬’之一字，乃圣学始终之要”“‘敬’之一字，万善根本”“敬是立己之本”等等，都是何等重大的判断。盖程颢、程颐和朱熹共建的主敬学说，使得儒家思想的信仰层面在学理上得到了系统的深化和补充，此固是思理之现实，亦历史之迹踪也。

我的《敬义论》，就这样结尾了。

第十七章

缘　起

我的《七十述学》原本写到这里就结束了，时间为二〇一一年七月二十日。七十岁的时候，简记一下已往读书问学的经历。起因是这一年我被中央文史研究馆聘为馆员，按馆里则例，每位馆员须提交一份两千字左右的小传。我思索再三，茫然不知如何着笔。经馆里主此事者一再客气地催询，还是写不出来。盖平生最无明者，莫过于自己介绍自己。写一个简历，在我也是困难万分。此情此景，内子不免为我着急。一次行车路上，她说，不就是那些事吗？小时候，你如何如何，中学如何如何，大学如何如何，后来如何如何。经她这么一说，我还真开了窍，于是晚上就动手写了。

过些天写完一看，竟然有五六万字。馆里说只要两千字，于是又压缩。压到一万字，还是太多，于是又压。最后终于压到需要的字数。那感觉比写整个的五万字还要艰难得多。文史馆的杨志新先生负责此事，现在他不在馆里了，但此一过程，他可以充当权威的历史证人。至少有两次，他打电话告诉我，此小传应该怎样写。

然而被录用的两千字以外的五万多字，该如何处理呢？当时正好七十整岁，便决定以《七十述学》的名目结此一稿。篇章的标题，就是在梳理定稿时加上去的。但写完也就写完了，既没想到发表，更没想到出书。最近重新检读此稿，觉得也许还有点意思。然而二〇一一年至今的这五年，也无法故意无视。于是在润改此稿的时候，便前后穿插着写了。特别是最后的几章，有不少事项已经到了二〇一六年。不过没关系，聪明的古人对此早有成说，称此类自己感到有些说不圆的纪年事例为“举成数”。譬如五十五岁之前，如果写诗，便可以自称“五十年华”。他人写记岁事联，也可以“五秩”称。所以今年七十有五的我，仍把这本自述学术经历的小书，称作《七十述学》，也并无不妥。

我之为学，不谙异域文字，无家学可承。所长在识见，词采也不错，但积宝不足。一定找出有什么优势，我想在文本阅读，不厌其细，反复推求，每有会心。即“六艺”经典，也能因细详而得雅趣，明其义理。故陈寅老“了解之同情”一语，深获我心。但治学写作，全然不是预先设计，而是自然而然走过来的。也可以说是跟着阅读的感觉走过来的。古人的学思著述和前贤风范，成为我引路的向导。开始只是读书而已。读而有得，才作研究。研究有得，发为文章著述。学问的路径，似乎是读到哪里，走到哪里，走到哪里，读到哪里。而且见异思迁，互相串门。常常一个题目未结，又跑开做另外的题目。后来它们贯串起来，是贯串起来之后我才发现的。由王、陈、钱进入中国思想文化史和近现代学术史，由陈宝箴、陈三立进入晚清，由陈寅恪进入六朝和隋唐史以及明清史，由《红楼梦》进入明清鼎革和乾嘉之学，由马一浮进入宋学和先秦诸子。最后殊途同归，归于“六经”。

北京时代华文书局即将在明年初，出版我的三卷本的精要著论选集《学术与传统》，共百万言。我在自序中写道：“我为学不专主一家，好古而不泥古。与古人为伍，是我穿越千古，进入他们的文化环境。和古人对话，是请他们屈尊降临到我的身旁，在今日的语境下和他们畅论义理哲思。”又在后记中自承：“我的确是以审美的心情和态度，来面对古人和古人的著作的。因此我发为著述，总离不开人物和思想。历史是人的历史，文化是人的活动，群书载籍是前人的智慧结晶。龚自珍称古先书册为‘圣智心肝’，是为真知书者之言。由此可知，撰文著论有无心肝，亦是评判人文作者的一个深在的标准。”

自审过往岁月，无论溪流低转，抑或峰岚叠嶂，固未尝离开书也，亦不曾离开学也。倥偬时序，荏苒光阴，知我罪我，其惟春秋乎。写讫得十七章，雅非预设，并不含藏“一部十七史，不知从何说起”之古意微言。

以上文字，不为写传，只是述学，拉杂繁缛，君子厌观。自画影声，贤者不为，亦喜亦惧，无减无增，交卷而已。

二〇一一年七月二十日初稿

二〇一六年八月十七日修订

附录篇

第一篇

《中国现代学术要略》学术恳谈纪实

时　间：一九九七年二月十六日

地　点：刘梦溪寓所

出席人：

戴　逸　中国人民大学教授、清史研究所名誉所长、中国史学会会长

汤一介　北京大学哲学系教授、中国文化书院院长

李慎之　中国社会科学院研究员、原副院长

李泽厚　中国社会科学院哲学研究所研究员

庞　朴　中国社会科学院研究员

王俊义　中国社会科学出版社总编辑

余敦康　中国社会科学院世界宗教研究所研究员

雷　颐　中国社会科学院近代史所副研究员

梁治平　中国艺术研究院中国文化研究所研究员

何怀宏　中国艺术研究院中国文化研究所研究员

任大援　中国艺术研究院中国文化研究所副研究员

刘梦溪　中国艺术研究院中国文化研究所研究员

刘梦溪：牛年春节刚过去不久，有今天这样的机会，请各位师长光临寒舍，就我的一篇小文（**李泽厚**：大文章！）作一次学术恳谈（**李慎之**：不是小文章，我看了三遍。**李泽厚**：我看了两遍。），我感到非常荣幸。《中国现代学术经典》这套书，共三十五卷，五月份能出来大部分，年底可以全部出齐。因为《钱穆卷》定下来比较晚，钱夫人胡美琦先生不久前才签协议。书全部出版之后，我们准备开一次正式回顾百年学术的研讨会。我们中国文化研究所与河北教育出版社联合召开，在座的各位都会接到邀请。

晚清到今天，二十世纪这一百年，是传统学术向现代学术转变的一百年。特别是"五四"前和"五四"后一段时间，可以说是乾嘉之后我国学术发展的又一个高峰期。《中国现代学术经典》丛书，实际上是现代学术思想史的资料长编。《要略》是这套书的总序，本来想写得简单些，但写起来收不住了。不仅讲现代学术，传统学术也多有涉及。文章中有些心得是长期的累积，是我对我国传统学术资源的一种看法。但现代学术这个题目，以前没有人像我这样系统做过，因此疏漏、舛误一定很多，恭请各位师长能给我以教益，不吝批评指正。可以把我的文章当作一个引线，不妨就中国传统学术思想、现代学术思想的各个方面发表意见，提出批评。（戴逸：还有一个一万字的注文，希望能看到。）

我们可以毫无拘束地谈。庞公正在为他的“数成于三”寻找一个架构，非常焦虑。泽厚这次回来，有些不同，思想非常活跃，是否学术上又开始了一个新的青春期？（李慎之：返老还童了。）文章发表后，慎之同志、戴先生、泽厚先生、余敦康先生，还有其他一些朋友都和我通过电话，我接到的信也不少。前几天，叶秀山先生还写来一封长信，一会儿可以读一读。王俊义先生是研究乾嘉学术的专家，雷颐先生写过《傅斯年传》。还有我们中国文化研究所的几位学人：梁治平，研究法学；何怀宏，研究伦理学和社会学；任大援，研究思想史。他们的著作都很多，不一一介绍了。

李慎之：学术，大家说惯了，我心中的概念和刘梦溪差不多。文章开始引用梁启超的话，感到很新鲜，可是细讲，讲出问题来了。道、术、学分得很细，但一路讲下来，我觉得有了矛盾。一是强调中国学术是最伟大的，道和学、术和用交叉叙述。（李泽厚：体用一源。）又如为己之学，分开讲没有问题，但连在一起，就有点懵了，应该有一个交代。

什么是学术？一是人文，但医学算不算学术？中国在西洋学术进来后，学出多门，学与术已分不清。这个问题可以解决，截断中流，给一个常识性的解释。李四光的著作是不是学术？有些小矛盾，如罗马教皇传授的七大术，不但是学，而且是更像学的学。西方人强调从重点讲。（李泽厚：中国是从整体讲。）解决的办法，要给一个大概的断论。这个问题（指什么是学术）梁启超写清代三百年学术史的时候还不尖锐。

断代你用中国现代学术，我主张用“近代”。从“明清之际”开始，可以。“明清之际”是否是一个非常重要的关键？我认为不是。下限到何时？马克思主义在中国起什么作用？对毛泽东思想，看法不同，但对中国人的影响之大，而且有些融化在中国人的血液里。可以从明清之际开始，但明清之际不是重要的时期。（李泽厚：我不同意，明清之际非常重要，是“天崩地解”时期。）我从《读书》上看到一篇文章，把钱锺书看作古学中的最后一个人物，照他的思想讲，认为“中国哲学可以拯救世界”。

不过要从明清之际讲，三百年学术史要变成四百年。（刘梦溪：我说的现代是指清末民初以后的时间段。）不能把李四光排出去。还有社会科学。严复的思想，对西学的评价，在中国学术史上的地位，如何看？（汤一介：说四大文明古国，其中尤以中国学术最为发达，不合适，我的意思是这句话太满。）

戴　逸：梦溪的文章是不可多得的精彩之作。当时没有读完，王俊义打电话来，很称赞。瞿林东到我家，带了报纸。

我看了三遍，第二遍较详细。写得很有功力，议论风生，包含面相当广博，提出很多重大的问题，对近百年的学术作了很好的总结，值得大家都看一看。得益匪浅。一篇文章，提出很多问题，对近百年学术作了梳理，其中包括的问题非常多，可以讨论、商榷的地方也非常多。有的提法准确否？是否有矛盾？是否还可以发挥？我讲几点想法。一、什么是学术？二、学术的独立性和功利性。三、近现代学术特点是什么？四、学术发展的环境和条件。

先讲第一个问题。文中说："学术思想是人类理性认知的系统化，是民族精神的理性之光；学术思想发达与否是一个民族文化是否发达的标志；既顺世而生又异世而立是学术思想的特点；转移风气、改变习俗，学者之理趣覃思与有不灭之功焉；对学术思想，不可简单以功利计。"这段话，言简意赅，钩玄提要。但什么是学术，包括哪些内容？这篇文章讲了人文科学，那么社会科学、自然科学放什么位置？人用自己的心智理性去认识世界，提到一个规律性高度，但排除信仰，要有直觉感悟性的东西，艺术欣赏的东西是否包括在学术之内？学术是求真、求是。王国维说"可信者未必可爱"，可信是真的东西，不一定最美好。我补充一句，可信的未必是可用的，特别是不能够立竿见影。我同梦溪的看法大体一样。（李慎之：截断中流，自己的看法没有明确提出来。汤一介：第一段讲了，提出来了，但没有分疏，排除自然科学，没讲为什么要排除。）

第二个问题，学术的功利性和独立性。很多问题我同意梦溪的观点，也有不同意的。“顺世而生异世而立”我同意，学术同现实是有距离的，要保持距离，保持独立性（李慎之：有两段引文，关于学术与政治，是矛盾的。）。处于二十世纪，每个人都有深切的体会，从《武训传》《海瑞罢官》到“文化革命”，学术与政治挂钩，是惨痛的教训。但学者追求学术的独立性，是学者的理想，事实上学术不可能脱离现实。（李慎之：“独立性”一词很晚出，春秋时，为帝王师是传统。李泽厚：通经致用。）学是追求真理，术是运用，运用就离不开现实。我认为学术的独立性是相对的，要回答现实问题，回答时代提出的问题。对于学术，我认为既有独立性，又有功利性。但学术的功利性，应该如何表现？应该通过求真来达到服务现实，求真是第一位的，通过追求真就能够对现实起作用。（李慎之：真理是近代的词，还是佛教的词？求真，不是中国学术的最终追求。汤一介：佛教中没有“真理”一词。李慎之：是从日本翻过来的，真理是基督教的概念，truth，求真的概念不是中国文化原有的精神。李泽厚：可以回归古典。）求真是第一位，还有致用，这是老祖宗的传统。《资治通鉴》，不是直接致用，是通过历史的真实，司马光讲的真实。儒家讲的四句“为天地立心，为生民立命，为往圣继绝学，为万世开太平”，是致用的，是伟大的抱负，是大的致用。中国传统学术是致用的。看起来，学术与现实结合太紧，是中国学术的一个弱点。（汤一介：是一个弱点。）申请一个科研项目，首先看你有没有用。

第三个问题，传统学术和现代学术的差别。这篇文章没有完全说清楚。理性，古代人讲得很少，乾嘉学派有些理性，但只是萌芽。我认为根本的差别是观念上，第一是社会进化观念。古代讲唐尧虞舜，严复《天演论》把它打破了。（李慎之：西方最新的观点认为是退化论。）中国近代，认为是进化论，王国维、陈寅恪都是如此，这是观念上的根本区别。你的文章没讲，是个缺陷。第二是唯物史观。唯物史观“五四”传入，影响中国八十年之久，在座的没有人没受过影响。“唯物论”起了什么作用？有多大成绩？我觉得不能避开。冯友兰的《中国哲学史》你编入了，侯外庐的《中国思想通史》不编入，为什么？（刘梦溪：冯友兰的《中国哲学史》没有编入，只收录了“贞元六书”。）六万字的大文章，没写入这个问题，是一个缺陷。避开不行，不管是什么原因。（刘梦溪：讲这个问题有困难的一面，中国学术界长期受机械唯物论的影响，负面的作用不能小看。有些并不申明学术立场的学者，如余英时，也有唯物史观。陈寅恪，注重经济和制度。李泽厚：陈寅恪有一篇没有发表过的文章，运用了唯物史论。刘梦溪：研究学术史和思想史，已往唯物、唯心的二分，很成问题。）

第四，讲学术史多元并立、百家争鸣，明清之际、清民之际、“三晚”是如此。学术史上独尊儒术，特别厉害，统治地位太厉害，儒家的排他性也厉害，当然儒家比起其他宗教，可以说是宽容的，但儒家的排他性也是厉害的。孟子骂杨朱很厉害，韩愈也是，够厉害的。封建社会，多元并存，是否存在那样宽松的环境？儒家没有宗教那样的裁判所，但也相当厉害。一种思想在封建社会要存在下来，或者披着儒家的外衣，但这同宽容还不是一回事儿。近代学者对此看得十分清楚。学术的外部环境要宽容，要能够容忍，可以辩论，但不要消灭。这一点恐怕是学术发展最重要的一个外部条件。所以我对中国历史上是多元并存呢，还是儒家的统治，有不同的看法。（刘梦溪：我觉得中国传统社会有两个空间，一是儒、释、道三家之间的张力，使中国知识分子可以在最关键的地方溜掉；二是中国传统社会有一个比较完整的民间社会，民间保护了许多东西。汤一介：你的第三个大问题，讲多元并立，好像是多元化使中国落后了，三个“晚”都是多元的。刘梦溪：过去有一种说法，认为中国儒家思想保守，使得中国社会发展缓慢。我看到的是儒释道三家的多元互动，为不同思想的交错留下了空间，致使中国文化背景下的人没有绝路，社会也没有绝路。）

汤一介：昨天才拜读完，文章有很多新想法，有些问题可以讨论。第一，学术在现代和古代到底有什么区别？季羡林先生讲，古代的学术，讲古今，通古今；现代的学术（清末以后），一个学术大师如果仅仅通古今，还不是现代的大师，同时还要打通中西，因为有一个西学的冲击问题。能否考虑用更明确的讲法？季先生讲了俞曲园与章太炎的区别，是古代大师和现代大师的区别。俞曲园是另外意义上的大师，没有通中西。这个思想很有道理，看近现代学术思想的特点，不妨从这个角度考虑。

第二，学术，你排除了自然科学，社会科学也排除了；你讲史学、哲学，文学你没怎么讲，文学除创作外，还有理论，王国维有美学理论，有戏曲理论，受了西方的影响。学术，文史哲都应该包括在内。

第三，你前面讲学术发展的历史，“三个晚”，大体上忽略了汉唐的贡献，汉唐的贡献非常大。不要讲还有魏晋玄学，特别是唐代佛教，宗派的思维水平之高，如华严宗、十全门的讲法，对很多概念的分析非常深。《大乘起信论》开始，心性学说一直影响宋明理学。（**李慎之：**关节点我认为是陈寅恪讲的，到宋是最高峰。）这一段道教的思想也特别丰富，我最近搞成玄英和李荣，成玄英把“道”解释为理，心是人的灵府，理、心、性都讲，《老子注》中那么多。朱熹同道教有非常密切的关系，陈荣捷写了《朱熹与道教》……突出晚周、晚明、晚清，那五胡乱华呢？也是变革时代。（**李慎之：**你是反着讲，我认为应正着讲。**李泽厚：**我不赞成儒学三期说。）你讲中国传统学术在向现代转变中有两大意外契机，甲骨文和敦煌学，但考古受西学的影响，其实甲骨文、敦煌学都是受西学的影响，没有同西学联系起来。（**李泽厚：**他讲了联系。）这方面季先生基本是对的。

张光直有个观点，我们现代以来，史学理论根本上是用西方的理论，如果认真总结中国历史的经验，找出规律，可以丰富史学的理论。近百年来主要是受西方的影响，还没有从我们自己的历史经验中总结出更普遍的历史理论。这个问题你许多处点到，但没有讲清楚。总之文章中有很多很好的意见，有的需要讨论。

庞　朴：头一个感觉是这个题目怎么定。你实际是谈二十世纪前半叶，那么这个题目到底叫什么？你实际上说了半个世纪。这是个非常难的事情。（**戴逸**：二十世纪早期，“近代”一词可以考虑。）如果本世纪后半段不要，实际上是忽略马克思主义的影响，要面对这个事情，不能说负面的影响不是影响。郭沫若的史学理论没有提，《奴隶制时代》，论证五种生产方式的，除郭沫若以外还有其他人。一个简单的方法是题目换一下，讲近代学术思想。（**刘梦溪**：我倾向用“现代”这个概念，英文里“近代”“现代”是一个词。）还有一个简单的办法是把第一段去掉，不管怎样不能忽视马克思主义。（**汤一介**：唯物史观不能没有，冯友兰都受唯物史观的影响。**戴逸**：一个是进化论，一个是唯物论。）

你写大师，有一个基本的问题，你是仰着看的。马一浮，是神仙了，这不行。（**李泽厚**：我在电话里说是偏爱。**李慎之**：马一浮有没有体系，我怀疑，不是真正的大学者。）不光马一浮，所有人，你都是仰着看。（**李泽厚**：蒙文通，我认为很重要，你一笔带过。）要站在前人的肩膀上看，要有这个魄力。这是个大毛病。

第三个问题，在现代许多人，他们的早年、中年、晚年的变化，开头激进，后面保守乃至反动，为什么？不是一个人，是一个时代的问题。我说过“王元化现象”，王元化，早期，主张“新启蒙运动”，现在成什么了？这是个现象，这个现象背后有什么问题？我希望有博士写一写，这是个历史现象，是时代的带有规律的东西。社会的原因？生理的原因？要正面来攻这个问题。

余敦康：大家谈得有些离题了。它不是一部学术史，只是一个序言而已，所以叫“要略”。许多问题用不着都解释。我觉得能否把现代学术三十五卷，都称之为“经典”？（**李泽厚：**我认为都称“经典”值得怀疑。**戴逸：**我也这样认为。）

过了半个世纪，重新接受民国时期的经典，大有好处。鲁迅说，一个苍蝇，拍了一下，绕了一个圈儿，又回来了。二十世纪，从一八九七年算起到一九九七，这一百年我们耽误了太多的时间。说仰视，没有俯视——我们受到的教育，最糟的就是只有俯视，没有仰视。你汤一介，庞朴，都是俯视。你有什么资格来俯视？（**李慎之：**我是窥视。）这是一个问题。不必听他们的话改来改去，管他个屁。

第二，民国经典，我觉得近百年来没有什么经典。什么是近现代学术，没有概念。学术概念怎么定义？学，明体之学，术，达用之学。近代用中为体。中国二十世纪没有多少像样的学术。当然应该有大师级人物，但梁启超写《清代学术概论》，是一个呼吁，呼唤大师，没有回应。你搞《现代学术要略》，也是呼唤，这是一个非常值得悲哀的事情。

李泽厚：学术史，自然科学不说，文史哲，还有小学史，经学史，史学史，文学史，但什么是学术史，概念不清楚。自然科学不包括，理由何在？社会科学也没有包括，理由何在？学术思想，王国维，是写《人间词话》的王国维，还是搞西北史地的王国维？但后面的东西远没有《人间词话》的影响大。包括陈寅恪，是写隋唐史的陈寅恪，还是写柳如是的陈寅恪？非常复杂。所以在什么意义上写很重要。所以我说，学术史者，是学术思想史也。思想史，如康有为，鲁迅，毛泽东，应占很大的地位。另外一种写法，通过学术本身来表现一种带有普遍性的学术思想。

近代的一个特点，如王国维的“二重证据法”。我不喜欢用“方法论”一词。“四堂”，王观堂……还有……（刘梦溪：还有罗雪堂、董彦堂、郭鼎堂。）都受西学影响。冯友兰治中国哲学史，牟宗三治宋明理学，他们都受到西方学术的影响。中国近代的特点，就是古今中外如何融合起来。在某一方面做出成绩，这个成绩有什么样的普遍的意义，这样就可以分出不同人的等级。都是大师，教授满街走，标准在哪？要有一个标准贯穿文章中。（余敦康：没有很明确的标准。）可以有不同的标准。孙诒让，很重要，戴（震）、阮（元）、二王（王念孙、王引之），很重要。要有个标准，然后才能理出头绪。

学习西方，有得有失。得的方面，如用西方的方法整理中国的东西，梳理哲学史。失的方面呢？冯友兰先生，牟宗三先生，他们有的有问题。怎么样看中国“失”的方面？

李慎之：陈寅恪，有人说也受到西方的影响。

刘梦溪：陈的特点是受到西方的影响，著作中却很少看到痕迹。

余敦康：中西会通是决定性的条件，没有西方人的东西做参照系，就无法分辨中国人、中国的东西怎么写法。

李泽厚：我觉得康有为是西体中用，是我的老祖宗。

余敦康：二十一世纪中国学术如何走法？无路可走。

王俊义：报纸上能用四个整版的篇幅发梦溪的文章，是首开先例。好像是接梁启超的《清代学术概论》，文章涉及的问题太多，面面俱到是不可能的。大家已经谈很多了，不同的意见谈一点。说乾嘉学派已萌生了现代的东西，具体表现在什么地方，应再具体点。西方传教士对中国文化的影响，应估计得再高一些，西方传教士把中国学术向外介绍，也十分重要。对“二陈”，陈寅恪很多，对陈垣似不够。

雷　颐：这篇文章形式上是序，实际是专著的架构。所论学术内容以文史哲为主，可以加“人文”二字。“人文学术”，社会学、人类学方面的一些人没有包括，但是否仍可以叫人文学术？搞历史，以同情的理解来对待过去，是一种学者的态度。希望变成一本专著。

李慎之：贺麟认为孙中山、蒋介石是中国道统的继承者。

李泽厚：他认为冯友兰是朱子，他是王阳明，他受费希特的影响。

李慎之：追求真理，中国人是差的，不是强的。还有儒家，是百分之百的实用主义。在古代，凡是学术思想与政治结合不好的，都没有很大的影响。

余敦康：学术与政治的关系，学者不关心政治，是没有良心。对暴君污吏不闻不问，是什么学问？叶秀山的说法，我觉得不对。还有治统、道统，我觉得没有合一。

刘梦溪：学术独立，是二十世纪大师们的共同呼声，他们认为如果学术不能独立，学术就不能发展。清学开始有“为学术而学术”的因素，有一定的现代的萌芽，比如考据的规则包括汰去情感，这就有现代的因素了。我看现代学术和古代学术的分别，一是能不能把学术本身作为目的，也就是学术独立，再就是在方法上，是不是有了现代观念的引入。主体和对象，传统的看法是合一，所谓“人与天地万物为一体”，现代的看法，认为应该分离。中国学术下一步会有怎样的发展，不好预期。

余敦康：陈寅恪为什么写《柳如是别传》？王国维为什么自杀？就是把情感投入进去。

刘梦溪：陈寅恪喜欢讲古典今情。

李慎之：改革开放的大关不过，一切都无法办。

梁治平：不能每个人都去直接追求价值目标，我们现在的问题是道德评价太多。

李泽厚：如反对王蒙、王朔，官方也反对“二王”，前现代和后现代合流。

雷　颐：如“五四”，我认为是前后夹击中的“五四”。

梁治平：多元，与西方中世纪的多元不同，中国有一种复合统一的多元，外面压力很大时可以分流，很多不同的人可以得到满足，有发展的空间余地，有发展的弹性。我自己的问题是，两个概念，一个学术，一个现代学术，九十年代大家注重学术，有人就说淡化了思想。脱离了学术还能不能产生思想？西方国家也有这个问题，如法国，也有人说学术独立问题，提出学术的位置到底在哪里。第二，刘先生谈的较多的是古代的学术传统，比较宽，那么现代学术到底哪些方面和古代相区别？如果限定在人文，不能不考虑其他学术方法，如自然科学的方法。这个问题又涉及中西的问题。如果停留在古今、中西，我认为还不够，西方的现代学术是一个变化的东西。是哪个西？西方有一个现代性的问题。社会学，有吴文藻学派，有王亚南学派。（**雷颐**：还有薛暮桥、潘光旦。）

何怀宏：我看刘先生的长文，首先感到形式好，在报纸上发这么长的文章。我喜欢看长文章，有它的意义。我觉得搞学术的人太多了，太多了就要淹没。（刘梦溪：不知学术为何物，不知今夕是何年。）此文的发表有一种社会的意义，体会到学术本来的味道。文章中提到的学术独立，过去讲“皮之不存，毛将焉附”，学术是毛，学术应有自己的皮，应有很好的一张皮。文章采取叙论的观点，比较得体。基本上讲二十世纪前半叶，在所讲到的，好像我认为中国社会还是一个过渡期，可能就要或正在走入一个稳定的时期。处于过渡期，从外在条件来说，一个学者再聪明，再有学力，也很难在成果上建立一种现代学术体系。我可以说，是又仰视，又俯视。从成果和形态看，这些大师在二十世纪是做得最好的，但还有过渡时期的某些特征。（李泽厚：还没有产生对世界有影响的大师。）

刘梦溪：大家的发言使我深受教益。“深受教益”四个字，我用的是它的本源意义，我体会到了什么叫“教益”。这在我个人是一种殊荣。很多意见都是极可珍贵的，如进化论的引入问题，传统和现代区分的标准问题，唯物史观的处理问题，都是非常重要的日后我修订时需要考虑的问题。泽厚还提出一些人物的评价问题，如马一浮。二十世纪我偏爱两个人，一是陈寅恪，一是马一浮。我甚至认为马一浮对儒学和佛学的贡献是近代以来的第一人。（李慎之：你还偏爱太虚。）那倒没有，现代佛学我比较偏爱杨（文会）、欧（阳渐）。

今天我们共同体验了谈讲之乐和切磋之乐。我已经很富有了，不只是感谢，而且心存感激。

本纪要系由中国文化研究所工作人员记录整理

第二篇

戊子岁尾雅集发言集锦

二〇〇八年十一月三十日，中国艺术研究院中国文化研究所“戊子岁尾雅集”在国际俱乐部饭店举行，杨振宁、何兆武、戴逸、冯其庸、汤一介、乐黛云、李泽厚、李学勤、李希凡、王蒙、范曾、余敦康、严家炎、陈平原、沈昌文、董秀玉、于丹等师友与会，并分别作了讲话。文化部副部长兼中国艺术研究院院长王文章莅临并讲了话。本所全体人员与会。《中华读书报》《文汇报》《中国文化报》《北京大学学报》的友人与会。主题是中国文化研究所和《中国文化》杂志创立二十周年。

会场清幽雅静，自由交谈论道，享受西点美食，并插以抽签抓彩，范曾先生准备“至乐”“大乐”“快乐”书画奖，伴以古琴家吴钊先生的《忆故人》和《阳关三叠》。或抵掌以谈，或拈花而笑，欢声笑语，乐何如之。上午不知何时而始，下午不知何时而终。会上发言及互动情形兹据录音整理成文字，漶漫自在如初始，老友叙旧岂云工？

开场致语

刘梦溪：《中国文化》杂志，我们的中国文化研究所，已经二十年了。没有想开会。所内同人觉得不妨有一个会。可是我对值不值得不无怀疑。开会说什么呢？一次文化部请来一些专家研究艺术和文学工作者的荣誉称号问题。京剧名家杜近芳发言，开头第一句是："盘古开天地，领导不容易。"那么如果我们开一个什么会，倘若有人说"'文化'二十年，如何不容易"，我们情何以堪？还是没打定主意开或者不开。前两天知道李泽厚要返回美国，我想，要么就开吧。所以今天大家就来这里了。名称叫"戊子岁尾雅集"，请柬来不及事先寄呈，各位的座位上放有一份。

《中国文化》创刊的时候，也开了一个会，二十年前，在王府井中华书局的会议室。李泽厚也参加了，当时还有金观涛和刘青峰。我记得李泽厚有一句名言，他说："我很赞同创办这个刊物，金观涛要走向未来，刘梦溪要走向过去，我都高兴，都赞成。"你这话也许有很深的含义。我是有点要"走向过去"，我在创刊词里写，要了解今天，了解未来，需要了解过去。当时是八十年代末，大家都要走向世界，所以我说，如果世界也能走向我们，也是我们的私心所愿。二十年过去了，虽然不能说，现在的世界已开始走向中国，但是中国越来越引起世界的瞩目，是没有问题的。可是我们今天，说什么呢？我不知道说什么。我想，还是把它当作一个自由的朋友间的聚会吧。因此，我们请的都是我们中国文化研究所的朋友，梦溪本人的朋友，或者说，大家都是《中国文化》的朋友。在座的各位都和中国文化研究所的创办，以及《中国文化》杂志的创办，有这样那样的渊源，文化的渊源，或者其他什么渊源。

我个人首先需要感谢王蒙。中国文化研究所和《中国文化》的创办，你是有力量的支持者。当时王蒙是文化部部长，李希凡是中国艺术研究院的常务副院长，他们两个把我从一个地方调到这里来，支持我筹建文化研究所，然后再办《中国文化》杂志。在座的很多是《中国文化》的学术编委，感谢你们尽到了编委的责任，不仅当编委，还把你们最好的文章给《中国文化》发表。像李学勤先生，只要我一个电话，他很快就能把一篇新作寄来。何兆武先生，今天在这里，你的年纪可能是最长的，周岁八十七岁，虚岁八十八岁。可是你看，他的身体很好，他最近写的《上学记》，成为一本畅销书，我们也期待你的《上班记》什么时候让我们看到。戴逸先生是我尊敬的老师，清史专家，你也经常在我们刊物上发表文章，我想不到戴先生还曾经写过关于清代书法的文章。

我还要感谢许多人。汤一介先生和乐黛云先生是我很亲切的朋友，从七十年代末开始，每次去北大看他们，总能从他们身上看到一种学术的氛围，使我念书问学不敢懈怠。我还要介绍范曾教授。我原来不认识他。但是我近二十年一直研究陈寅恪，陈寅恪的祖父是一八九五到一八九八年的湖南巡抚，他的父亲陈三立是晚清的大诗人。我在研究义宁之学的过程中，认识了范家，范肯堂范伯子，他和陈三立一样，是晚清“同光体”的代表人物，他们又是儿女亲家。范肯堂的女儿嫁给了陈三立的长子陈师曾。陈宝箴戊戌被处分以后，一九〇〇年在南昌去世，墓志铭是范伯子写的。因此，范伯子的诗，范家跟陈家的关系，我很留意。后来知道，大名鼎鼎的范曾教授，就是范伯子的曾孙。从此，我就认识了范曾先生。而且事有凑巧，他还正式调到了我们中国文化研究所。天下竟有这样无巧不成书的事情，我也很感谢范先生。

当然，还有王文章院长，他现在是文化部的副部长。可是我叫“部长”非常不习惯，我可能永远叫你“文章院长”，而且平时我们说话，我就叫他“文章”。就像李希凡，我总是叫“希凡”，没有办法。幸亏你官当得还不够大，如果你当了国家主席，我可能还叫你“希凡”。最近八年来，我们中国文化研究所，我们的刊物，能有今天的样子，得力于文章的支持。他对我们很宽谅。他了解我们研究所在学术上的一些特点。在艺术研究院的背景下，有我们这样的结构，全国没有第二家。我们叫中国文化研究所，可是有法学家，你们了解的，是梁治平先生。有政治学家刘军宁先生。法学和政治学可以进入中国艺术研究院的一个所，可能是一个有趣的值得思考的问题。这反映我们中国艺术研究院的学术胸怀。因此，我不能不感谢文章院长。

我也很感谢李泽厚，他是我私下的朋友，我们经常通电话。一通电话，我们讲的总是和学术相关的问题。他是一个有思想的人。当我写《中国现代学术要略》的时候，他说讲中国学术史，其实是学术思想史。有一次，好像是讨论施琅大将军，涉及一个道德取向的评价问题，他在海外有一个言论，说道德理性具有绝对价值。这个概念是康德的，但也不是谁一下子就能说得出来的，否则我们就没法评价岳飞、文天祥、郑成功这些历史鼎革时期的人物。一些道德节操、道德理性，不是一下子会成为过去，而具有某种永恒性。

我也感谢平原，你现在是北大中文系的掌门，是严家炎先生之后的又之又之又之。你是《中国文化》的经常的作者。在学术理念上，我们有针芥之合。欢迎你的到来。感谢严家炎先生，他是我们的好友，好友好到我们现在共住一个小区。严先生的太太，是卢晓蓉，她的散文写得极佳，很快就能写一篇文章。她出身名门，是卢作孚的孙女，我很少看到一个年龄比较轻的现代女性所保持的传统美德，能跟我们的晓蓉相比。

我当然还要感谢沈昌文和董秀玉两位。他们两位是三联书店的老板，是《中国文化》最早的出版者，《中国文化》跟香港的联系，跟台湾的联系，变成三地同时出版，都是沈公和秀玉的功劳。后来我们成立独立的杂志社，自己出版了。但草创之功，我们不敢忘记。他们都是我们的朋友，我们研究所只要有活动，他们都会来参加。陈祖芬，我的太太，我也很感谢。刊物早期，她用自己的笔和健康换来了有识之士对这个刊物的支持。

吴钊先生，我们音研所的教授，他的古琴演奏，鲜有其匹。古琴列为世界非物质文化遗产的名录，就是我们中国艺术研究院申报的。我们音研所收藏古琴的数量和质量中国第一。我们请吴钊来，一是感谢他，二是今天大家会有幸欣赏到他的演奏。今天这样的场合，如果听他演奏《阳关三叠》《忆故人》，我们只能物我两忘了。

我也感谢过去不认识的一位朋友，张伟仁教授，他是台湾“中研院”史语所的教授，现在客座北大，他是我们梁治平先生的朋友。我们欢迎你。还有哪位朋友我没有介绍到？噢，李晨光先生，中华书局汉学编辑室的主任，我们即将出版的《中国文化研究所学报》，由中华出，晨光负责，谢谢你。

我们今天是一个比较低调的聚会，没有请电视台，没有请记者，但是我们请了三位报刊的朋友，他们不是作为媒体有任务来的，而是作为朋友来的。一位是《中国文化报》的徐涟，她北大哲学系毕业。我可以透露一个秘密吗？

她是我们王文章院长的太太。还有一位是《文汇报》驻京的记者，江胜信，也欢迎你。还有一位是《中华读书报》的，文章写得很好的陈香。你们三位，如果觉得有趣，愿意写点小文字，我不反对；不写，我们高兴的程度无减无增。还有《北京大学学报》的副主编郑园，你的到来，我们也很高兴。

还有，我们的于丹又回到了我们研究所。她在北京师范大学毕业之后，一开始分配到我们中国文化研究所。六年之后，她去了北京师范大学艺术系。后来，她走上了现在这样一条学术道路。我为她高兴。旬日之间，她把中国儒家的第一部经典，送到千家万户。当许多民众已经忘记了自己的文化传统，忘记了儒学的基本文本经典的时候，她的《〈论语〉心得》是一本适时的书。这个贡献是开创性的。于丹今天来，我特别高兴。

我们文化所的人，不一一介绍了，大家慢慢认识。现在编《中国文化》的是两个人，一个是胡振宇先生，他是甲骨学家胡厚宣先生的公子，是编辑部主任；还有一个是秦燕春，她是前年来我们研究所的，陈平原的博士。我也许还漏掉了谁，但没有关系。请大家来，发言是次要的，“语默动静，贞夫一也”。动也可以，静也可以；说话可以，沉默也可以。那个“一”，是我们共同感悟的天地之道。更主要的，这个环境很好，等会儿，我们这里有标准不低的西餐。乐黛云先生因为腿不方便，什么活动都拒绝了，今天能来，真的不容易。

是经过我跟汤先生两个人的努力，她才肯来。因此我感谢乐先生的同时，也感谢汤先生。

现在我已经理屈词穷，没有话好说了。请大家随意说点什么，什么都可以，不说也可以。已故的王瑶先生讲，“不说白不说，说了也白说，白说还要说”。本着王先生这句话，大家索性不说白不说吧。

不冷不热的《中国文化》

王　蒙： 时隔二十年，又看《中国文化》的创刊词，写得还真是不错。我可能当时看得并不认真，没好好看。世界上有很多事，隔了二十年，就不能看了。而这个创刊词还真是能看，而且很好看。这是我今天的一个感想。这么办刊物，也还不错。首先，这半年刊，就不错。我们已经习惯了月刊，最少的是双月刊，季刊都不多，半年刊就更少了。它不可能太热，居然能坚持到现在，居然还能有一个二十年的纪念。我个人非常佩服，觉得很不容易。所以，我表示祝贺。现在谈中国文化，已经有点过于热了。《中国文化》和研究所还是那样不冷不热的，一如既往地进行着。这也很难得。我感谢梦溪的邀请，我是从昌平赶来的，所以到得晚了一点。但我仍然非常高兴，非常快乐。戊子雅集，戊子很快要过去了。在这十一月三十号，参加这么一个活动，也还是人生一乐，谢谢。

构建共同的学术精神

王文章：王蒙先生是我们的老部长，也是研究院的老院长。这个杂志二十年的时间里，能走到今天，确实不容易。刚才王蒙同志谈到，二十年的时间，很多东西不能看了。但是《中国文化》这本杂志，二十年之后再来看，感到它确实很厚重。二十年之前，创办这个杂志，确实难，确实是一个很有见地很有思想的一个决策。

《中国文化》看上去平平的、淡淡的，但是，从二十年之前一路看过来，又是非常醇厚、非常有味道有意味的一本杂志，沉沉的，重重的。这样的一本杂志，不是很多。现在的刊物，有的为了顺应时尚，有的是自身发展的要求，难免追求以迎合读者的面貌出现。但《中国文化》始终坚持一种品格，一种文化精神，很少受流行时尚的影响。这是很难做到的，但《中国文化》做到了。就像创刊词里讲的："学术乃天下之公器，只求其是，不标其异。"文化很难说新和旧，新旧之间不是没有联系，而是有很多联系。旧的里面，很多可能是新的东西，对今天仍然有意义。新的也不见得一定就有价值。当然对文化艺术来说，创新永远是我们要追求的。《中国文化》坚持自己的精神品格，按照自己的办刊思想，一直这么走下来。不敢讲一本杂志对当今的文化发展、文化建设、文化创新能发生多么巨大的影响，但是《中国文化》确实在承继中国文化的精神，特别是优秀传统文化的精神，这对当今浮躁的或者一些时髦的浮光掠影的文化现象来说，是一种反拨。我想这是《中国文化》存在的很重要的一项意义。

中国文化研究所建立二十年了，在我们中国艺术研究院的背景下，我有时候会想，中国文化研究所对中国艺术研究院的意义到底是什么。很多同志也谈过这个问题，有段时间，有人提出，给文化所改一个名字，也还有其他一些看法。但是，在经过讨论之后，大家认识到，中国文化研究所对中国艺术研究院的发展来说，具有基础的意义。它的文化积淀、学术积淀和学术精神，对中国艺术研究院来说，是一个基础。中国艺术研究院如果没有中国文化研究所，会不会有今天呈现的这样的整体面貌？我想，它会减弱很多，不会完全是今天这个面貌。至于为什么能成为我们研究院的重要基础，是因为中国文化研究所的这些学者，以及中国文化研究所联系的我们中国的，也包括海外的许多第一流的著名学者和一些艺术家，他们以中国文化研究所和《中国文化》杂志为纽带，形成了一种学术的力量，也可以说构建了一种共同的学术精神，这对中国艺术研究院的学术研究给以很大的推动。所以值此《中国文化》杂志二十周年的时候，我非常感谢当时创办中国文化研究所和《中国文化》杂志的决策者。

有时候我想，中国艺术研究院今天的发展跟以前有很大的不同，包括整体的学科建制，发展的思路，都有很大的调整。但是，八十年代很长一段时间，当时这些前任领导，为研究院后来的发展铺设了非常好的条件，比如研究生教育的建立，中国文化研究所和《中国文化》杂志的创办，其他一些研究所和研究中心的成立等等。所以，借这个机会，我对我们中国艺术研究院的前辈领导和学者致以谢意。当然我也非常感谢中国文化研究所和中国文化研究所联系的中国当代的这些著名学者，你们是当代中国文化建设的中坚力量。今天来了这么多著名学者，我为中国文化研究所感到高兴，为中国艺术研究院感到高兴。你们的支持，你们的学术精神的影响，我们备感珍贵，使我们对明天更加充满希望。祝大家身体健康，万事如意，祝老辈学者长寿永康。谢谢！

一本杂志长久留下来很有意义

汤一介：我跟梦溪认识已经很多年了。他的杂志开始办的时候，我就非常支持他。一本杂志，能够坚持二十年，保持它的学术水平，这是非常不容易的。我们现在的杂志那么多，但是从长久的、历史的角度看，能够为后人留下一些影响的杂志，可能是很少的。我觉得，在一九四九年以前，能够在中国留下影响的一部杂志，是史语所的《集刊》。史语所《集刊》办那么多年，给我们留下了很多宝贵的材料，是非常了不起的。当然，一九四九年以后，我对史语所《集刊》就不太了解了，我收到的是断断续续的。但是，在一九四九年以前，它对中国学术水平的提高，有非常大的影响。八十年代以后，梦溪这本杂志办了二十年，从历史看来，这是一本可以留下来，让大家参考的重要杂志。在世界上，有许多重要的杂志留下来了，但是非常有影响的，也是有限的。就我的专业领域而言，欧洲的《通报》，有上百年的历史，是比较有影响的杂志。一本杂志，能够长久留下来，是非常有意义的事情。梦溪这本杂志，很可能起到这种作用。希望继续它的学术水准，办下去，不要降低学术水准。

最近参加了一些会，有一些感想。一个是我虽然没有最后参加，但是在筹备过程中我参与了一点点的关于马一浮的会。梦溪已经注意到这个问题，我也早就注意到马一浮先生的贡献了。我觉得，像马一浮这样的思想家、大诗人、大书法家，从中国来讲，是不可多得的。近代，中国学者很多，像马一浮这样的学者没有多少，值得进一步研究。建议在以后的《中国文化》杂志上，可以多发一些研究马一浮的文章。我给马一浮的会议写了一封信。过去冯友兰先生认为，中国最后一位经学家是廖平，其实我认为，最后一位经学家，应该是马一浮。马一浮认为“六经”是最基本的东西。中国文化是怎么产生的？夏商周是怎么下来的？这方面李学勤先生比我懂得多，但是“六经”或者说“五经”，是一个源头，尽管它是由后人整理而成的。研究中国文化的源头，研究夏商周三代的文化是怎么流传下来的，恐怕是非常有意义的事情。我建议在以后的研究中，给马一浮一定的地位。

最近去上海，参加庆祝上海社科院成立五十周年的一个会，讨论中提到一个问题，是关于对当前普遍主义的批评，我觉得这是必要的。特别是美国，它认为，它的价值观就是普遍的价值观。这当然是一个大的问题。但是，有没有另外一个考虑：就是文化中有没有属于全人类的普世价值？我认为不能否认普世价值的存在。中国的文化传统中，比如“六艺”中，有没有包含普世价值的思想资源？我觉得是应该考虑的一个问题。祝贺这个杂志越办越好，在文章部长的领导下，在梦溪先生的努力下，大家支持，让这本杂志越办越好。谢谢大家！

刘梦溪：谢谢汤先生的讲话。我近年研究的个案除了王国维、陈寅恪，其实还有马一浮。你对马先生这样评价，我很高兴。刚才你讲到中国文化的源头经典“六经”。马一浮有一个概念，他说，国学这个概念讲得太泛了，真正要讲国学的话，应该是“六艺之学”。这是他在一九三八年五月，在江西泰和浙江大学的讲座上第一次这样讲的，这个概念没被很多人注意到。

学术应远离市场和官场

戴　逸：我今天来，没有准备讲话的。这个刊物办了二十年，很不容易。梦溪同志坚持办这个刊物，能支撑二十年，确实不容易。我非常喜欢这个刊物。这个刊物有特殊的学术品格，在我们今天这个社会里边，比较少，可以说凤毛麟角。很多杂志每年出十二期或者六期，在我看来，很多是空话、废话、套话。《中国文化》这个刊物，很实在，有它的学术品格，有独立性，不受社会风气的影响，不被官场市场所左右。我很喜欢看，每次来了我都看。学术刊物，就是要这样，不要随风摇摆。这样的刊物太少。梦溪先生让我写文章，实在写不出来，我只写了一篇，是关于清人的书法。田家英同志在毛主席身边工作的时候，收集清人书法，达到三千件之多，包括对联、书信、手稿。他说，别人都收古代书画，我不收，我收清代的，清代的便宜。我喜欢清代文化方面的一些东西，就写了一篇，我说这个可能符合《中国文化》的性质，不会有很多意识形态的东西在里边。结果刊登出来了。其实我不懂书法，完全是我研究清史的需要，对清史的爱好、对清代文人的爱好而看这些书法的。我觉得，搞文化，搞学术，远离市场，远离官场，是我最欣赏的态度。

现在既缺乏文化又有文化

冯其庸：各位老朋友！昨天我跟希凡通电话，让他给梦溪打个招呼，告诉他我实在去不了了，昨天开始发烧出汗。晚上梦溪给我打电话，说不少老朋友要来。幸亏今天没有烧了。我特别想念很多老朋友，借这个机会，看望一些多年不见的朋友。当然，首先祝贺中国文化研究所和《中国文化》二十周年的纪念。二十年的历程，也不短，经历的困难也很多，但是终于坚持下来。我觉得，我们的国家缺乏文化，而又有丰富的文化。丰富的文化是我们的传统，缺乏文化是我们的现实状况。我们研究院在二十年前创建中国文化研究所，创建《中国文化》杂志，还是有远见的。文化部有王蒙同志，院里主要有希凡同志的支持，大家讨论以后，决定建立这样一项事业。这个二十年的过程，证明这个决定是对的。

这个刊物的方针、路子，我觉得做得也很对。第一是纯学术的，不谈其他的问题。这点也很难做到，可是我们还是做到了。纯学术，没有大吹大捧，很低调。梦溪一开始就说，这次是一个低调的会。我觉得，低调比高调要好得多。这个杂志一直静静地、稳稳地、踏踏实实地走到现在，实在是不容易。包括今天的会，布置得也让我非常欣赏。二十年的庆祝，没有大横幅、大红花，也没有大的花篮，全是白的花，桌子上的花，像天女散花一样，也是纯白的，安安静静，非常淡雅。有句老话，君子之交淡如水。今天在座的老朋友，也可以说都是君子，也都是这种风格，没有大操大办的这种情况。《中国文化》二十年的过程，就像一泓清水，在慢慢地流，不急不慢地流，永远地流，灌溉文化的田野。我想，这个刊物，这样办下去，会使我们的文化越来越丰富，越来越值得回味。

刚才汤一介同志讲到马一浮先生，我想到我读书的时候，汤一介先生的尊人汤用彤先生、还有熊十力先生他们办的杂志。有一个杂志，我非常喜欢，是纯学术的，那时快解放了，一共只出了十期。但是在我心目里，永远想着这个杂志，纯粹是讨论学术的，佛学方面的更多。我觉得，这本杂志在学术界，会让人永远记在心里的。《中国文化》也是这种品格，我希望今后会办得更丰富，有更深刻的意义。我这次来，一个是来看看老朋友。刚才李泽厚进来，跟李希凡打招呼，我还问希凡，这是谁呀，他说是李泽厚。我大吃一惊，原来脑子中的李泽厚跟现在相比，差得比较大了。其他的，虽然几年没见面，我基本上还认识，像吴钊同志。借这个机会，向各位老朋友问好，希望大家都健康，希望这刊物越办越好。谢谢大家！

刘梦溪：谢谢冯老师，没想到细节您观察得这么细，观察到花的颜色，您的审美感受还这么敏锐，说明您的内心还很年轻。下面请写《上学记》的何先生来讲，怎么样？你年最长。不了解他的人，以为他仅仅是翻译家，其实他的学问是一等的。

何兆武：我没有什么可讲的，现在呢，请我们著名的历史学家李学勤先生讲。（大笑）

中国学人的优秀传统

李学勤：这是突然袭击呀，我没有作准备。昨天晚上，刘先生也给我打电话。到昨天晚上我才能说，我百分之百能出席。这几天，我正给学校的一批文物拍照，拍照的时间经常需要控制。今天上午能来，对我是一个很难得的机会。（刘梦溪：我插一句，他那里得了一批宝贝，是一批简牍，是不是大篆《尚书》？如果这些东西确定为真实的话，那么今古文论争中的那个古文，几千年之后又重新展现在我们面前了。这是不得了的事情，所以他们专门成立一个简牍研究中心，李先生牵头做这件事。你抽出时间，今天能来，我很感谢。）这些天正筹备照相。大家知道，对文物的保护，我们最基本的一个观点：任何的文物，只要被发现之后，不会是越来越好，最后总是会越来越差，这是没法挽回的客观事实，所以照相是大事。对于我们来说，就一定要照好，才能有助于长期保存，这是我们应尽的一点义务，能为学术界作的一点贡献，这个问题不说了。

刚才各位先生在谈，我在恭听的时候，心里有很多感想。我很有幸，从《中国文化》的第一期开始，我就写过一点东西，可以说，《中国文化》是我生活里头一个不可或离的老朋友，每次收到《中国文化》，我就好像看到了刘梦溪先生。我没有那么多机会跟刘先生请教，刘先生住东边，我们离得比较远。每一次，我看到刊物出版之后，就觉得如晤老友，就得到一个学习的机会。我说这话，一点儿都不夸张，因为《中国文化》有那么多先生，那么多重要的作品，各位先生的看法也不会一致，可是，《中国文化》之所以为《中国文化》者，我想这是由于它的文化理想和人文胸怀。《中国文化》确实是一本具有独特学术风格和学术个性的刊物。这一点，的确难能可贵。我说实话，现在学报出得太多了。除了新闻出版署专门对学报的统计表之外，我想任何先生都无法背出我们有多少学报。有一些学报，我从来没看见过，实际上出来很多年了，一定是我自己太浅陋。学报太多了，但是真正在学术方面有个性的刊物，能持续二十年之久，我真是想不出很多，除了《中国文化》，就很少见了。这一点，是我们今天特别要向各位编辑先生祝贺的。

刚才重新读了创刊词，我看这个，其实挺熟悉的。还有最新一期的编后。我看这两个都引到了钱锺书先生的话，刘先生也多次谈到他对钱锺书先生的仰重。这些天，我忙得要命。刚才我还跟何兆武先生说，他就在我们清华校园里面，我都没有去拜访他。真是没时间，不是假的。这还请何先生和在座很多先生原谅。可是，我还是省出时间，读那本《听杨绛谈往事》，今天早上，起来之后，我用了十分钟时间，把最后一页读完了。我也认识钱先生和杨先生，可是我并不熟，见他们的机会很少。就像刘先生强调的，这本杂志虽然是《中国文化》，实际上，不是只有中国文化，也包括了西方文化和其他文化，以中国文化为基础，实际上对中西文化的比较，特别是中西文化的冲撞和融合，有很多学者作了很好的论述。我读钱先生和杨先生的著作，他们是我们清华外文系的，学外语的，跟我们这些人完全不同，他们读过那么多外国的书，介绍过很多外国的东西。可是钱先生和杨先生本身，就是中国文化。我读吴学昭的这本书，看到钱先生和杨先生，他们主要代表的是什么呢？他们主要代表的不是西方文化，而是中国文化，是我们中国学人的一个优秀传统。《中国文化》告诉我们的，也是这个。刚才汤先生讲到世界各种文化的共性，我觉得，各种文化的共性就是它的多样性。如果世界文化没有多样性了，世界文化也就不存在了。我想，这也是各位可能会同意的。我就说这么多。谢谢！

跟时下的那些东西不同

李希凡：今天是《中国文化》的二十年大庆，可是这不是庆祝会，而是一个小小的座谈会。我觉得《中国文化》办得很不容易，当然，在两个王部长（王蒙和王文章）时期，还比较顺利。在一开始的时候，是不太顺利的，我跟冯先生都是外来人，不是过去戏曲研究院或者中国艺术研究院的老人。当时，有两个单位，一个是《红楼梦》研究所，一个是中国文化研究所，在成立的时候，都有人反对，甚至有政协提案，说要取消红学所，把《红楼梦》研究所合并到社科院的文学所去。

梦溪也经历过一些困难，他自己今天没说，特别是有一段，甚至有外边的干预。《中国文化》有很多港澳台和国外的一些学者在这里发表文章，很容易引起注意。这当然是过去的事，现在看来，《中国文化》还是中国文化，的确是中国文化，跟时下的那些东西没有一点儿联系。它的品格，经过二十年的考验，摆在这里了。我祝贺这二十年，也希望这刊物继续办得更好。我现在眼睛很成问题，自己的求知欲也不是那么高，所以《中国文化》的文章，我是挑着看的，不是所有的都看。我跟李（学勤）先生的老师侯外庐先生他们的《中国思想通史》有一定的渊源，可以说，我的启蒙就是在那里开始的，赵纪彬写的范缜、王充，都是我笔录的，所以我对《中国文化》发表的有关先秦诸子的文章比较注意。对于中国历史文化，《中国思想通史》的几位作者，有他们自己的看法。

我不是《中国文化》的忠实读者，但是，我是忠实的支持者。我在位的时候，梦溪的要求，除去我不能满足的，我一概都满足他。今天走过二十年了，将来，梦溪还应该培养接班人，能够让它继续下去。我祝贺这二十年。好了！

是学问是文章，也是性情

陈平原：我想，纪念《中国文化》创立二十周年，应该先祝贺中国艺术研究院。这句话怎么说呢？说实话，在文化所创立之前，学术界并不把艺术研究院当作一个很值得重视的学术单位。换句话来说，艺术研究院在一些具体的学科、在“技”和“艺”方面的研究上贡献很大，比如美术、音乐、戏曲，但是在大问题上，比如思想、学术、文化，一般来说，大家会觉得，各个重点大学以及中国社会科学院是作这方面研究的，而且有比较多的人才，大家不会觉得，艺术研究院也会关心这方面的问题。有了中国文化研究所以后，我们才知道，讨论中国现代的思想和学术，必须把中国艺术研究院考虑在内。从这个意义上来说，我觉得，当时的文化部和艺术研究院的领导，下这个棋，很高明，虽然人不多，就这样几个人，但起码让你们跟主流学术界能够对话，跟国外也能交流，就不会长期游离于主流学界之外。“技”进乎“道”，用中国文化做桥梁，我觉得，这很聪明。从这个意义上来说，虽然这其中有很多的曲折，但是外面看不出来，外面能看到的是，艺术研究院也有文化。这是我第一个要祝贺的。

第二个我要说的是《中国文化》杂志。我自己也办杂志，也有兴趣，跟刘先生有很多交流，细到用什么纸，用什么字体，包括怎么做广告，都讨论到了。这个杂志最大的特点，跟其他杂志不一样的地方，在于它参差不齐。这个杂志里的文章，按照今天的所谓学术规范来衡量，恐怕有一些不大可能发表，它们很大程度带有个人的性情在里边，是学问，是文章，同时是性情，没办法被归纳到现在这个日益僵化的学术体制里面去。所以，你会发现，这是半个世纪以来，唯一一个学术杂志里边发文言文的。你会发现，刘先生的办刊宗旨可以用一句话来概括，就是“认人而不是认文”。（刘梦溪：有时也认文不认人。）认人，就是假定这位先生有才华，有学问，不管你什么文章，我都登，不会按照一般杂志搞匿名评审。这一点，明显地体现了《中国文化》对学问的尊重，对作者的尊重，以及对文章的尊重。回过头来看，这里边的文章不见得都精彩，但是每一期总有可读的，比起我们现在绝大多数的学术杂志基本上不可读，这是特别值得我们推荐的。在这个意义上，与其说它的专业水平有多高，不如说这是一本有性情的、有文采的学术杂志。这一点，将来会留下来。比起我们现在绝大多数通过匿名评审，非常规范的学术论文来，这很不一样。

我记得，当初办《中国文化》的时候，我们紧接着办《学人》。当时，刘先生跟我说了一句话，记忆很深。他说，你们的路子不能走得过窄，不必自外于现行体制。我不知道刘先生还记不记得这句话。当时九十年代初，我们年轻气盛，特别强调“学在民间”，尽可能在体制之外做事情，尽可能跟体制不发生关系，我们自己来做一些事情。确实也这样做了，而且也做了很长时间，后来逐渐知道刘先生的深思远虑，依托在中国艺术研究院这个大框架内，然后又保持自己的自主性，有类似民间的特点，又在体制内，有很多活动空间。我们一开始就决定不进入体制，在某一个特定时期，我们发挥得很好，在学界也有号召力，可是到了一定时候，就出现了问题，比如人的问题，很多很多技术的问题。中国文化研究所可以把各种有才华的人聚集在一起，这在体制外根本做不到，过不了两天，有才华的人就被别人挖走了，你就没办法再做。

当初我们强调学在民间，不愿意体制化，还有一个想法是，不考虑体制内的评价体系。我们自己办《学人》，整个出版经过，后来碰到一个很大的问题，刘先生很早就申请了正式的刊号，有了正式刊号以后，中间断了一两年还可以继续出。我们没有刊号，到了九十年代中期，民间学术的生长碰到很大的困难。一个刊号就可以卡死一本杂志，在没有刊号的杂志上发的文章，不能进入学术评价体系等等一系列问题就出来了。二十年前，刘先生提醒我不必拒绝体制，在体制里边，依旧有很多空间，独立性照样可以保持。后来，我们发现，刘先生说得对。艺术研究院给了《中国文化》活动的空间，后者依旧保留着自己的学术个性，没有被泯灭。这一点，非常了不起。做学问很难，做学术行政工作也很难，做学问兼做行政工作，难之又难。既做学问，又做行政工作，而且举重若轻，实在让我很羡慕。谢谢！

刘梦溪：开头没听见，不过我谢谢平原，你有一句话，让我完全没有想到。你说，我们这刊物，如果还有什么特殊的话，就是我们有其他杂志所没有的性情。你说得很对。我们确实对一些特殊的学人，文章拿来就发，比如像缪钺先生、张舜徽先生、程千帆先生，他们年长，我也知道他们身体欠佳，我就希望他们的什么东西都放在这儿。其实他们只要写，没有不好的文章。而且还有一个秘密，我们会给他们很高的稿酬。对一些身体欠佳、家境艰窘的作者，我们都会这样。我还告诉你最新的消息，从去年开始，《中国文化》杂志按时出版，邮局发行，北大中文系可不可以订一本？（**陈平原**：没问题！）（笑）

文化里面一定有恒久不变的东西

范　曾：梦溪兄办《中国文化》，有悲壮之感，经常让我感到知其不可为而为之的困境。你刚才开玩笑说自己“理屈词穷”，其实有时候也有弹尽粮绝的时候。可是我们梦溪兄坚守不怠，而且一期期出来，这让我感到文人的风节，所以我说有悲壮之感。现在是一个声光影像蓬勃于世界的时节，在这个时候，文字逐步被赶向边缘，边缘化好像会成为一个趋势。可是在这样的情况下，我们的文化人能够想一些办法，譬如于丹，她能够为千百万群众开一个方便法门。开方便法门，一个人得先入门，先知道这里头有意味，对不对？这个，功德无量。再加上有汤一介先生这样一些人，炉火纯青，深谙微妙法门。有方便法门，有微妙法门，何患国学不传？

有人讲，中国文化对世界没什么影响，这是英国伦敦一个市长在中国奥运会时发出的胡言乱语。当时我在欧洲报上讲，英国的文化倒是对世界有影响，譬如通过东印度公司，曾经推销过鸦片文化，这也是一种文化的影响。所以，我讲，要谈中国的文化，人们都会讲，这是农业社会产生的文化。当然，先秦诸子，哪里会用蒸汽机，更不用说信息技术。可是我们知道，文化，一定有恒久不变的东西在里面，譬如讲美丑，譬如讲善恶，譬如讲道德。康德在他的《纯粹理性批判》的最后，他讲，我心头升腾出两个词，一个是星空，一个是道德。这不正说明一个恒久性的东西存在着吗？这恒久不变的东西，不正是我们今天应该坚守，我们中华文化能永葆绝美的原因吗？我想，这个，是我们中国人的一个自豪。可是，我们也要看到，在今天这样的情况之下，我们也不能豪言壮语太多，的确我们在文化上还势孤力单。很糟糕的杂志，人们抢购，越好的杂志，人家越不看。好东西的销路不像那些垃圾那么好。这是目前的一个现实情况。可是我想，能够坚持，就会有成效，所谓“力行近乎仁”。

刚才梦溪兄讲“理屈词穷”是开玩笑，我为《中国文化》二十周年作了一副对联，上联是“中庸与世在，当知任重而道远”；下联“大学有人传，何曾理屈又词穷”。

刘梦溪：范先生善撰联，他的家学传统。南通范氏从明代到清代到如今，十三世，代代有诗文传世。晚清大诗人范伯子是范曾先生的曾祖父。

大家不知是否已经注意到，我们中国文化的会，放在一个西味十足的酒店来开，连环境布置，都是西式的。我觉得我们研究中国文化，不能认为只有中国文化才是好的。学问的大背景，是人类整个的思维成果。钱锺书先生有一句话：“东海西海，心理攸同；南学北学，道术未裂。”他主张人类有共同的东西。乐黛云先生研究跨文化沟通，你在此刻、此时、此境当中讲，会有特殊的意味。

什么是中国文化的基因？

乐黛云：我就讲一点儿吧。每一次梦溪和祖芬邀请的聚会，我是非常喜欢参加的。他们开的会，别有风趣，每次都有小礼物，做游戏，大家非常亲切，非常好玩，非常热闹。虽然这次我的腿非常糟糕，很出洋相，做出一副贾母的态势，两边有人搀着，很可怕的，可是我还想来。他们伉俪两人做的事都非常风趣，非常有性情。

对这个杂志，我非常看重，我写得最好的文章，才敢给他们。在《中国文化》上，我才发了两篇，一篇是关于中国现代保守主义的，发在第一期上。我今天见到了这一期的目录，赫然在目，非常高兴。那个时候谈的是关于“五四”运动，谈的是以陈独秀为代表的革命派和以胡适为代表的自由派以及以吴宓为代表的学衡派。三派的张力才产生了“五四”的繁荣。这篇文章在写出来的时候，不是很多人能接受。我寄给梦溪，他说很好，就发了。这是我写的一篇到现在还有影响的文章，别的文章废话很多，不好的也不是没有。另一篇是《〈再生缘〉的再思考》，我是按照陈寅恪先生的主张，但不敢说是接着他来写的。通过对陈端生和她的《再生缘》的研究，谈女性在中国的地位，这是真的用了功夫的文章，我才敢给。一般的文章，我不敢给，所以很久没有给他们文章了。这是我很尊重的刊物，我喜欢的刊物，我感到是好的东西，才贡献给它。

为什么我会这么喜欢这个刊物？我非常服膺费孝通先生关于文化的主张。他认为，首先我们要把中国文化的基因搞清楚。中国文化有什么特点，特点在什么地方，现在并没有搞得很清楚，公说公有理，婆说婆有理。这需要做很多研究的工作，来梳理澄清这个问题。在这一点上，《中国文化》做了很有效的工作。把中国文化的基因搞清楚，这一点很重要。他说的第二点是，对文化，要有现代人的解释。只是把原样的东西搬出来，给大家，这个意义不大。必须要有现代人的诠释。这一点，《中国文化》也做得很好。可能在大家的印象中，这一点不是很重视。但是只要看看《中国文化》的目录，就可以看到很多文章，谈的是今天的人怎么看待古代的问题。相当一部分文章是探索中国文化的基因，这是很深入的钻研；另外一些文章是讲，我们今天的人怎么来解释过去的文化。费先生第三点特别强调的是，中国文化在现在这个文化转型时期，在全球化的过程里边，在世界文化重构的形势下，怎么样把中国文化摆到一个合适的地位，让它发挥应有的作用。这不是一般人所讲的"文化输出"。我非常讨厌"文化输出"这个说法，文化是不能输出的，只能放在人家面前，让人家来选择，人家觉得有用，觉得好，能解决他的问题，他就会接受。如果他不想接受，你再怎么输出，再怎么灌输，也没有用。

最近，我对一件事情很有感想。孔子学院向全世界开放，最近要在北京召开全世界孔子学院负责人的大会，很是轰轰烈烈的。可是，我觉得，这里边的方针政策是值得探究的。我有一个学生，是法国巴黎一个大学的教授，挺有学问的，后来请他当了巴黎孔子学院的院长。他的方针就跟别人不一样，他认为，在国外讲中国的东西，应该让外国人一起来讲，不能只是听孔子学院一般的老师讲一般的话，必须要请法国最好的汉学家来讲他们对中国文化的认识，他第一个请的就是汪德迈，巴黎的第一大儒，请他来讲孔子学院开讲的第一课。他们设立了一个系列讲座，请法国最有名的汉学家来讲中国文化。我觉得，这个路子比较对。费先生强调的，要把中国文化置于全球化和世界文化重构的正确位置上，让以后的文化重构中有中国的声音。这是我们这一代人非常重要的任务。

这三点，《中国文化》都在做。对中国文化基因的研究，《中国文化》做得很出色；关于中国文化的现代诠释，这里也有很多新篇；关于中国文化在世界的地位，我觉得梦溪也做了一些东西。我不知道他是不是在自觉地做，比如他访问了国外一些有名的学者，比如余英时、史华慈，看他们对一些问题是怎么看的。这样，至少是一个开始。中国文化在全球的文化重构中，应该亮出什么东西。上面说的三点，费先生说是一体的。在这一点上，我对《中国文化》是非常赞同的。我做的只是一小块，比如讲跨文化的沟通。我比起《中国文化》的功力，还是很不够的。我没想到今天的聚会是很严肃的、非常学术的聚会。我一向改不了自己的性格，到了七十岁以后，就更不想改了，想到什么，就说什么，常常是出言不逊，不太合调，我很抱歉。

这次我很高兴梦溪专门请了于丹。对于将来文化发展而言，很重要的一点是，精英的东西怎样与大众的东西相结合。现在不可以不管大众，只研究精英的东西，那是不够的。怎么让精英研究的成果，为大众所接受，这一点于丹做得非常好。当然，她也受到很多攻击，这次去南京、杭州，我听到很多对她负面的批评，我总是跟他们解释，告诉他们，他们不应该这么讲。这次能请来于丹，我特别高兴。精英和大众的沟通，是当前非常重要非常迫切的课题。现在的流行歌曲，怎么不把我们那些历史上最优美的诗歌，《诗经》里的情诗放进去呢？应该是可以贯串进去的。这些很需要人来做。《中国文化》不妨向这边稍微倾斜一点，我觉得，还是会有好处的。最近的这一期，已经展示了这样一种考虑，我非常高兴。谢谢大家！

刘梦溪：谢谢乐先生。你注意到没有，大家很愿意听你讲话。你有很开阔的思想，不局限于单一的义理。一九九九年，我在哈佛大学，跟史华慈教授有一个对话，当然，主要是我提问题，他来讲。他有一个思想，是关于跨文化沟通的。他甚至提出一个观念，是我以前没有听到过的，他说，语言对思维的作用，并不像人们想象的那样重要。我们平常都觉得，语言是思维的工具，没有语言，还能思维吗？但是史华慈却提出，语言对思维的作用，并不像人们想象的那样重要。所以，语言不通，可以谈恋爱，跨文化沟通完全能够成立。

学人作家是出版者的衣食父母

沈昌文：我非常支持《中国文化》，不过，有一点是遗憾的，《中国文化》上边经常有“拉丁文”，我看不懂，包括这次的邀请信，我看起来就跟拉丁文一样。过去我在《读书》杂志的时候，有个同事赵丽雅，当时她是我的部下，凡是我看不懂的“拉丁文”，就请她翻译成白话文，我就懂了。我做出版，差不多有五十五年了。我刚做出版的时候，好像是编辑领导作者，觉得很光荣。一九五三年来了一个新思想，那个时候我还很小。那个新思想的提倡者，可能大家对他各有评价，不管他了。是胡乔木同志开始在三联书店提出一个观念，“作家是出版社的衣食父母”。我接受了这个观念以后，很高兴。我的出版工作，从这以后，基本上就做下来了，特别是一九八六年我主持三联书店以后，跟董秀玉女士，基本上奉行在座各位为衣食父母的方针。这样做下来，使得我们的工作比较能够开展。我非常乐意参加今天的活动，梦溪兄不仅是我们出版社的衣食父母，对我个人来说，也是如此。我已经退休了，已经不便为衣食父母张罗，可是我的衣食，特别是食，有的时候还非常需要。梦溪兄每次有食的机会，一定找我，我特别高兴。

像《中国文化》这么一个杂志，能够坚持下来，在我们出版行业来说，是一个奇迹。这个二十周年，今天有记者在座，我很希望记者朋友会后很好地采访一下，因为这是杂志界的一个奇迹。这个奇迹包括刊物如何成长，梦溪兄如何行事，还包括在座各位如何支持。这是非常值得写的。会前，我跟于丹女士讲了几句话。我尽管不懂中国古典，看起来就跟“拉丁文”一样，可是蒙党的信任，当年“批林批孔”开始的时候，把我找去了，我是“批林批孔”前门饭店会议做记录的人，在那里做了几个月的记录。所以，一讲起《论语》，讲起孔子，我简直“恨之入骨”。听了于丹的讲话才知道，原来还可以这样读的。我年纪大了，搬一句老话，于丹的老爸我也见过，当然他比我大，在改革开放的时候，他已经是我们行业的前辈了，所以，我听说是于丹，不管三七二十一，不管十个博士八个博士，我都表示支持。因为我有过“批林批孔”的一段经历，现在看到有人讲《论语》，我特别高兴。

我也知道于丹过去是梦溪兄的同事，刚才于丹很客气地说，不是同事，是部下。同事跟部下是一个意思啦。这说明，当年《中国文化》的生长，有各种力量的支持，这是出版行业的一个奇迹。这个奇迹值得我学习，值得我的同事董阿姨学习。我们一开始就觉得梦溪兄那么执着来做这个事情，尽管是风险非常大，可是还是表示支持。想不到能够支持到今天，而且越来越辉煌。大概梦溪兄不喜欢“辉煌”这个词，我想不出别的词来，越来越精彩吧。我觉得，这是值得祝贺的。我很希望我的同行，把这二十年的历史采访一下，写成很精彩的报道。谢谢各位！

刘梦溪：谢谢沈公。《中国文化》最早的出版者就是三联书店，昌文先生是三联书店的总经理，往事历历。后来沈公从位置上退下来了。我做事情，有点像《红楼梦》里不被看好的人物花袭人，遇着谁都愿意有始有终。也有点晴雯似的“不忘旧”。尽管沈公、秀玉都退下很多年，只要有什么活动，沈公、董总，都是必请的。我告诉大家一个秘密，当我要请一些特殊的客人，我知道的饭店不那么多，只要给沈公打一个电话，问他这件事应该在哪里。他说，这件事恐怕有几个选择，一个这儿，一个那里，然后告诉我，可能哪个更好一些。京城了解饭店的第一人，要推沈公。昌文先生，我这样说不算溢美吧？

不管东南西北风

董秀玉：我不善于说话。我想，从我们这个行业来讲，一个杂志的性格，就是主编的性格。我看《中国文化》的二十年，就是看刘梦溪的性格。一个，是他低调，这个杂志也是这个风格。对这个杂志，我的感受是，它学术，它名士，还有一个是它性情。这基本是梦溪的性格。这个中间，它有很多坚持，能够坚持二十年，把宗旨非常低调地坚持下来。而且，这种坚持，不管东南西北风。不管刮什么风，它还是它的宗旨。一个学术杂志，能办下来，而且能够一以贯之，没有这种坚持，没有这种低调，大概很难做到。因为我们这个社会，什么风都有。想想，这二十年，刮了多少风，梦溪的《中国文化》始终坚持深入的学术研究，值得我们学习。谢谢！

刘梦溪：谢谢秀玉，你这样讲，我不敢当。三联书店是一个特殊的结构，昌文先生、秀玉，他们都没有很高的学历，但是他们是最优秀的出版人。沈昌文先生的英文完全是自学的，他退下来之后，写的三四本书都畅销。秀玉也没有什么学历，但内地三联、香港三联的总经理，她都担过纲，也是《读书》杂志的主编。《读书》杂志、三联书店，是中国学术的一个集散地，一个水陆码头，说是园地，好像还太小了。

把中国的法文化介绍给世界

张伟仁：刘先生让我讲几句，实在是非常冒昧。今天，我是一个不速之客。我跟梁治平先生认识，是二十年前，我在纽约大学教书，当时治平在哥伦比亚大学作研究，可谓倾盖如故，我比治平虚长几岁，但是对他的治学、精神态度和治学的成就，非常敬佩。知道有今天这样一个盛会，他问我要不要来参加。我觉得，有一点胆怯，因为，我从治平那里知道，中国文化研究所的朋友都是前辈的硕儒，这个目录上的文章，我大部分都看过，虽然我是学法律的，我小时候读私塾，读了十几年，所以我看得懂“拉丁文”。

各位前辈都谈到了这个刊物的重要性，尤其，有几位先生把它跟史语所出版的《集刊》相比，我自己作为史语所的一分子很高兴，当然史语所出版的时间更久。说实在的，文史方面的杂志，能够与《集刊》相提并美的，也许就是这个《中国文化》了。

大家谈到中国文化的重要性，如何发扬我们的文化，我也一直有很多的感受。我在国外读完书，回去在史语所工作。傅斯年先生那时是我们的所长，他问我学到些什么，我说，我在国外混了几年，学了什么东西，我实在答不上来。他就直截了当地说，我知道你是学法律的，想要来作法制史的研究，我才聘用你。你要记得，法制史研究，除了对中国固有的文化加以整理，假如你有能力，再加以阐述发扬，假如更有一点能力，我希望你好好地把中国的法文化介绍给世界。这是非常大的一个担子，我在勉强地挑这个担子。

我在美国读书的时候，在哈佛大学法学院听好几位汉学家讲中国传统的法。我听了许多，觉得很奇怪，好像中国不应该有这样奇怪的做法。比如一个很有名的汉学家说，中国的公决，就是皇帝在死刑名单上画个圆圈，圈上的人都得死，或者说是被朱笔碰到的人就得斩。我当时就在想，有这样子奇怪的做法吗？后来我到了史语所，知道了死刑名单根本不是这样一回事儿。我记着傅斯年的话，花了将近二十几年，写了一本书，讲我们中国的法制史是怎样，就是要给外国人看的。现在，我正在写一本书，是要给我们中国人看的。我这话说来，好像是狂妄自大。我这几年在国内，在清华北大的法学院上课，确实发现，现在的学生对中国文化疏远很多了。所以，这次答应治平的邀请，来跟诸位前辈见面，非常仰慕各位对中国文化的努力。李泽厚老师的书，我很早就读，李学勤先生每次去史语所讲座，我都尽量去听。我再说一遍，在中国，要说文化方面的杂志，一本是这《中国文化》，一本是史语所《集刊》，我都不会忘记。谢谢刘先生，谢谢各位！

刘梦溪：谢谢张伟仁教授，不过，你讲的，我们不敢当。史语所《集刊》是老一辈学者创办的，我们不能望其项背。不过，我们得到了一个启示，傅斯年先生当年在史语所《集刊》上写的“旨趣”，对我们的研究，对我们中国文化研究所的建构，都是起了作用的。

我介绍一个人，余敦康教授，他今天在北大讲课。我跟他相约，今天派一个本所的人，把他从讲台上请下来。他的课一定没有讲完。在学术界，余先生是我非常喜欢的人。他的性格也跟我们中国文化研究所一样，很有性情。他早年研究中国哲学史、宗教方面，近年有所转向，主要致力于《周易》的研究。

余敦康：我刚来，就不讲了吧。

我是中国文化的“副产品”

于　丹：谢谢刘先生！我今天在这里，是最小的小字辈，晚生后学，能够在这样一个隆重的场合，见到我最崇敬的、中国文化学术界最顶级的泰斗们，应该说，我今天诚惶诚恐。按说，我今天只有致敬和倾听的份儿，没有我可以讲的话。但是我跟中国文化研究所的渊源实在太特殊了。我今天是把自己作为中国文化的另外一个“副产品”，向各位前辈汇报一下，它对于我的生命而言，是我少年启蒙的精神养成。

我们说人生的际遇，有时候会说到人与人的相逢，会相逢恨晚。有的时候，人与一处风景，与一个职业、一本书，包括一杯茶，这样的相逢也都可能有相逢恨晚之感。而我跟中国文化的这种渊源，恰好是我生命中最蓬勃的时候，所以我得以被它成全。今天是《中国文化》创刊和中国文化研究所创办二十周年的纪念，我是在一九八八年转过年来的盛夏，八八年的夏天，我刚好硕士毕业，来到这里，当时叫作中国文化研究室。刚才，我还跟治平兄说起我们最早的那个精神家园，在现在已经修缮一新，成为向公众开放的一个游览场所，就是恭王府。那个时候，走进恭王府后面那个大院子，旧旧的那个大木头楼，我们要踩着吱吱呀呀的旧木板，走上二楼，在最西边拐角的一个地方，有一间小小的办公室。就在那个办公室，每周二，我们推开吱吱呀呀的门。每个春天，透过后面那个雕花的窗户，可以看见蓬勃的紫色的泡桐花。那个地方，夜晚安静到可以听见泡桐花落地的声音。那个地方的油漆都是斑驳的，趁着阳光，逆光望去，能看见浮动的尘埃。那个时候，刘先生率领着我们这些人。哎呀，那个时候的感觉，就像魏晋名士的清谈，无所谓上班。从那个时候，我们每周二就有饭吃。刘先生从那个时候就有饭局，不过听说后来饭局的规格越提越高了。

那时候大家来呢，就是聊一聊。聊的是什么呢？我一直觉得，我走进那个研究所，在那里浸润六年，我见识了各位大家的文章，我知道了各种观点，也在刘先生指导下，读了一些书，可是这一切的一切，总和加起来，最重要的，就是那个地方给了我一段文化的情怀，以及文化是一种生命的态度。它不是游离于我们自身的一种职业化的、外在的饭碗，而是我们精神中最深刻的支撑与救赎。这是中国文化研究所给我的最重要的东西。我读书的时候，是学先秦两汉的。到了中国文化研究所，刘先生指导我，开始读陈寅恪，包括马一浮先生的东西。我还记得刘先生跟我讲冯友兰先生的文化态度，“阐旧邦以辅新命，极高明而道中庸”，这是一种中国文化的态度。我到现在，受那个时候的濡染，岁月越长，越知道它在我生命中发酵之后的那种力量。我是在中国文化研究所的墙上，第一次看到张载的名句：“为天地立心，为生民立命，为往圣继绝学，为万世开太平。”我还是一个很幼稚的小姑娘的时候，这四句话对我来讲，仅仅是一种振聋发聩的震撼。但是要走过二十年，它真的会在你的生命里发酵，变成一种气息，濡染着你整个血液中的那种成长，成为文化的基因，才逐渐知道文化的使命与担当。

我当年都在做一些什么事儿呢？我看这些文章的时候，受一种陶冶，我是被中国文化的气场养大的。在这里，文章本身，观点本身，都不重要，关键是，它能化入你的生命。

我记得，在一九九五年的年初，那个春天，我不到三十岁的时候，刘先生派我去李泽厚先生家约稿，他的《〈论语〉今读》还没有出来。我那个时候是多么不职业化的编辑，去了以后，完全没有谈稿子，像一个小粉丝，跟李先生大谈我在高中时候读他的《美的历程》。那是一番什么样的感受呀？我现在给学生讲《春江花月夜》的时候，我仍然可以清晰地想起李先生当年写的张若虚那种少年轻愁般在流光中的喟叹，那种甜蜜的忧伤，以及他写的那些汉代的雕刻、宋代的庭院，一路行来，旖旎如新。然后李先生就开始激情澎湃地跟我聊天，我们大部分的时间都没有谈稿子，尽管最后我抱着厚厚的一大摞稿子回去。我多么怀念那个时代。那个时代没有电子文本，我们可以看见各位先生的手迹，可以看见一个一个中国字，包括那些地地道道的沈先生说的“拉丁文”。因为我记得，很多手稿是竖写的，里边有繁体字。所以我到今天，仍然不习惯于这种电子文本，我还是怀念那种墨香，那种捧在手里的稿子，沉甸甸的质地，和它给你的安全感。那是一种家具上檀木的味道，那是一种真正中国文化的气质，它从容，它适合这个刊物的名字。我今天又看见了“中国文化”，这四个字，没有什么装饰，写得就是这样雍容雅正，素朴庄严，一路走来，二十年。

中国文化给了我什么呢？给了我一个最基本的态度。我当时就在想，什么是文化。我就去查，我还问了当时的一位同人傅道彬老师，问他，我们在什么地方可以给文化一个最庄严的解释。后来，我就一直记住了《周易》上最初的那句话："观乎人文，以化成天下。"这句话是我当时拿着《中国文化》专门去找的。后来，我才明白，文化其实是一个动词，最重要的，是"文而化之"，它要有一种精神的凝聚，价值的确立，以为信念，以流行天下。在后来我的长成过程中，我一直试图以一个晚生后学的生命热忱去为中国文化做一点点的事情，可能因为我年轻，所以我胆子大，我尝试的很多东西是一己心得，很不够严谨。我最感动的，是今天，在这个场合，让我能够肃穆地道一声"谢谢"。因为在座的各位先生，你们是中国今世最有资格挑剔我的人，但恰恰是你们站出来呵护我，包容我，支持我。刘梦溪先生、汤一介先生、李泽厚先生、余敦康先生、冯其庸先生、沈昌文先生，今天在座太多位先生，在不同媒体上，长篇大论支持我包容我。今天我听到范曾先生、乐黛云先生也在这样说。我想说，其实先生们支持的，不是我个人，而是我敢去做这个尝试。因为，我觉得，当年看张载的名句，觉得"为往圣继绝学"，这个"继"字，该怎么去继呀。其实，我学得太浅陋，在这个地方，我根本不敢谈学问，我有的其实就是生命的热情而已。

因为中国文化研究所，把我陶冶成它的一个"副产品"，我的这个生命热情，是我面向学术的一种真诚。前不久，汤一介先生赐给我一幅珍贵的墨宝，汤先生写的，也恰恰是这句话："观乎人文，以化成天下。"我会把这句话作为我的一个座右铭。今天，我是把《中国文化》的“副刊”，摆在这里，接受大家另外一种指导和检阅。刚才范曾先生说，《中国文化》上大家的文章，是中国文化当今研究中最权威的精妙法门，那么像我，如此浅陋冒昧的一个少年书生站在这里，想要做事，把我当作一个“副刊”，如果各位大家给梦溪先生赐稿，那么大家就给我赐教，我会用我的后半生，真诚地做事。我希望有一天，像各位前辈一样，白发苍苍，在这里的时候，我也还能够用自己的生命，对中国文化作一种回报。谢谢老师们，谢谢梦溪先生！

刘梦溪：谢谢于丹，你讲的，叫我很感动。于丹说的不是“拉丁文”，但是也很雅。由于时间的关系，我没法请所有的人都来发言，现在请杨先生讲几句。

为什么做不好低科技的东西？

杨振宁：梦溪兄邀请我来参加这个午餐会，我想了想，我觉得，我应该参加。五十多年前，在我人生非常重要的一次公开演讲会上，我曾经讲，我是中国文化跟西方文化共同的产物。这个话，不是随便讲的。以后我在美国住了五十多年，现在回国来，又住了五年。这五年，我吸收了很多中国文化在二十世纪末年、二十一世纪初所发展出来的新气息，我自己从一个外行的立场上，觉得这个影响非常之大。

大家都知道，有一句名言，叫作有中国特色的社会主义。我这五年，就经常在想这句话是什么意思。我想，这句话有非常深的意思，而且有种种方向的发展。比如说，我们大家都知道的，全世界也都知道的，过去三十年来，中国发生了有史以来没有见过的一个大国的高速经济发展。之所以有这样一个现象，与中国的传统文化有什么关系？这是一项需要深入研究的题目。我再想到，中国的科技发展。前天，我去天津大学，坐了新的高铁。有位张姓的副总设计师，向我介绍了高速铁路详细的设计情况。我听了以后，就问他一个问题。前些时候，我去北大医院看牙医，我问大夫，我坐的椅子是不是国产的？大夫说不是，是德国产的。我说，为什么不买国产的？他说国产的做得不好。我就不懂，为什么我们火箭能够上天，而做不好低科技的东西？这位张副总设计师说，这里头有非常重要的道理，这些道理与中国的文化传统有非常密切的关系。我觉得，这是一个非常急迫的研究课题。梦溪兄请了我们各个领域的人来，我想，这是非常好的一件事情。我觉得，传统的文化，对中国近代社会的发展以及前景的影响，对这个题目作详细的研究，是必须要做的事情。谢谢！

刘梦溪：谢谢杨先生！你的讲话，提出了一个很深的问题。为什么火箭可以上天，最高的科技可以发展得不错，而一些日常的科技，却发展得不好，这是什么原因？李泽厚可以给我们讲讲吗？（**李泽厚：**事先说好的，我今天不讲了。）这个题目的确需要我们好好研究。那么发言到此结束，先休息一会儿，然后用餐。国际俱乐部的西餐，在北京是很有名的，各位不妨一尝为快。

此雅集之发言系《中国文化》杂志助理编辑廖齐先生根据录音整理，复经本所周瑾博士校正，原载《中国文化》杂志二〇〇九年春季号。

第三篇

《中国文化》创刊词

《中国文化》没有在我国近年兴起的文化热的高潮中与读者见面，而是当文化热开始冷却，一般读者对开口闭口大谈文化已感觉倦怠的情势下创刊，也许反而是恰逢其时。因为深入的学术研究不需要热，甚至需要冷，学者的创造力量和人格力量，不仅需要独立而且常常以孤独为伴侣。

创办《中国文化》的宗旨是：深入地创造性地研究中国文化发生和发展的历史，并在当今世界文化的大背景下，通过不同文化系统的参证比较，探讨中华文化的特质和整合规律，促进文化复兴，推动现代化的进程。选题范围包括中国文化史、东西方文化比较研究、文化学理论、宗教文化、民俗文化、文化地理和国家文化发展战略，以及对艺术与文学的分学科研究和综合研究。着眼点在学术，即主要对文化现象作学术研究。艺术各学科与文化的关系、传统文化与现代化的关系、中国文化与外来文化的撞击和融合、我们在二十一世纪的文化发展战略，将作为重点研究课题。

《中国文化》系综合性学术专刊，总的以发表高水准的学术论文为主，同时也配以随笔、札记、书评；形式力求多样，提倡文体革新。明白晓畅的白话文和典雅雍容的文言文，均所欢迎。如果遇有确实不同凡俗而又饶有文化韵致的小说或诗歌，也考虑予以选登。

自创刊号开始，将陆续开辟中国文化发生学、中国的文化圈、专学研究、文史新篇、文化与传统、文化哲学、文学的文化学阐释、宗教与民俗、现代文化现象、古典新义、序跋与书评、学苑撷英，以及文化名人专访和学者答问等专栏，为慎思明辨的研究者提供充分的用武之地。并通过文字和图版，摘要报道我国学术界一定时期文化研究的新成果，包括最新的地下发掘，做到图文并茂，使刊物既有学术价值，又有历史文献的价值。

特别对具有中国学术特点的一些专学和绝学，如甲骨学、敦煌学、西夏学、周易学、许学、选学等等，以及为时尚淹没的学科和被冷落的学者，本刊将给予格外的重视。经过深入研究，观点上有创见的文章固所欢迎，学者们发现的新材料和拓展的新领域，同样会引起我们浓厚的兴趣。既重独断之学，也重考索之功。

本刊确认文化比政治更永久，学术乃天下之公器，只求其是，不标其异。新，固然是人心所想往；旧，亦为人情所依恋。关键是一切从学术出发，提倡独立的自由的学术研究，自由才能独立。即使物境不自由，学者的心境也应获得自由。为学之道，尚同比求异更重要而且深刻得多。诚如当代学术泰斗钱锺书先生所说："东海西海，心理攸同；南学北学，道术未裂。"

这就要求学术认知不唯上、不唯书、不泥古、不趋时，既不作传统观念的奴隶，又不作流行观念的牺牲品。贺麟教授一九四〇年在《五伦观念的新检讨》一文中提出的"必定要旧中之新，有历史有渊源的新，才是真正的新。那种表面上五花八门、欺世骇俗、竞奇斗异的新，只是一时的时髦，并不是真正的新"，至今仍是不刊之论。

陈寅恪先生一九三三年在审查冯友兰先生的《中国哲学史》的报告中阐释的"窃疑中国自今日以后，即使能忠实输入北美或东欧之思想，其结局当亦等同于玄奘唯识之学，在吾国思想史上，既不能居最高之地位，且亦终归于歇绝者。其真能于思想上自成系统，有所创获者，必须一方面吸收输入外来之学说，一方面不忘本来民族之地位"，此论已为近半个多世纪的历史事实所验证。

因此我们主张，在学术上应特别重视中国传统，在广为汲纳国外的各种新观念、新学说、新方法的同时，刻刻不忘本民族的历史地位；在方法上，提倡从一个一个的具体问题入手，反对“狗比猫大，牛比羊大”一类抽象比较，主张宏观与微观结合、思辨与实证结合、新学与朴学结合。

“嘤其鸣矣，求其友声。”《中国文化》的优势，在于少，每年只出两卷；《中国文化》的特点，在于专，重视专门之学。与学界一片走向世界的滔滔声不同，我们想为了走向世界，首先还须回到中国。明白从哪里来，才知道向哪里去。文化危机的克服和文化重建是迫临眉睫的当务之急。如果世界同时也能够走向中国，则是我们的私心所愿，创办本刊的目的即在于此。

创刊在即，意绪怦怦，瞻彼前修，既恂且惊，不求闻达，但求友声。热切希望海内外学术界诸同道给我们以心援笔援，共同耕耘好《中国文化》这块新地！

一九八八年十二月十五日本刊主编谨识

载一九八九年出版的《中国文化》创刊号

第四篇

《世界汉学》发刊寄语

我们又创办了一本新刊物。

现代社会交通便捷、传媒发达，地球变小了，地球和其他星球之间的距离拉近了。但人与人之间、族群与族群之间、国家与国家之间、不同文化系统之间，仍存在隔膜，甚或发生冲突。如果冷战后文明的冲突愈益突显之说无法得到广为认同的话，那么冷战的结束，并不意味着不同文化系统之间的沟通与对话变得更容易，而是增加了新的难度，应是可以接受的事实。

我们创办这本刊物，为的是给关切儒教文明为基底的中华文明的历史经验事实和未来发展前景的各国汉学家，提供一个自由论说的园地，祈望以汉语的方式建构不同文化背景、不同文化系统之间的沟通与对话，建构国际汉学研究的学术桥梁，为实现人类在二十一世纪的梦想稍尽绵薄。

中国是一个经常被误读的国家，所以如是，主位和客位各有其远因与近因。解读中国之难，犹如解读中国的汉字。长期以来西方人士视中国文化为解不开的谜团，也许正因为如此，外部世界的确不缺少了解中国的兴趣，即使是出于单纯的解谜的需要。世界上因而有了专门研究中国的学问“汉学”以及“中国学”。

同是研究中国，欧洲的、北美的、日本的，彼此很不一样。不同的国家有不同的汉学传统，同一个国家不同的历史段落的汉学也有区别。汉学和中国学，代表着研究中国的两种不同的传统。学术理念、研究方法、关注的问题，两者之间容或不同，但就办好广开文路的学术期刊而言，恰好可以彼此吸收、兼容互补，而不必有我无他、互为畛域。

何况，传统汉学与现代中国学的合流，已是大势所趋。现在国际汉学正进入一个转型期和整合期。本世纪许多有影响的老一代汉学家，有的故去了，有的退出了研究岗位，一些青年学人以传统汉学无法范围的新观念、新方法、新取径，跻身汉学领域。处此种背景之下，国际汉学界亟须整理传统，交流资讯，总结经验。而中国学术界，尤其有系统了解世界各国汉学的历史和现状的强烈愿望。一般民众也很关心外部世界怎样看自己国家的传统与文化。为此，我们决定创办一本专门介绍与研究世界各国如何研究中国的国际性学术刊物，取此一概念的宽泛义，名字就叫作《世界汉学》。

《世界汉学》是研究世界各国汉学的历史和传统，交流汉学研究的经验，传递汉学研究最新讯息的资讯性、知识性、研究性、国际性的学术刊物。选题包括：（一）研究与介绍世界各国汉学的历史渊源、发展过程，梳理传统，总结经验；（二）介绍世界各国主要的汉学机构、汉学期刊和相关的出版物；（三）推介世界各国著名的汉学家，包括介绍其生平、履历和学术成就；（四）介绍和推荐不同历史时期具代表性的汉学著作、研究论文；（五）介绍和交流各国汉学研究的最新资讯、学术动态；（六）对世界各国汉学的传统、资源、观念、方法作比较研究；（七）探讨世界汉学在二十一世纪的走向及发展前景展望；（八）刊载与汉学相关的历史文物及机构、人物、刊物、著作的图版和书影。

《世界汉学》是《中国文化》的姊妹刊物，但办刊宗旨和组稿范围两者互为区别。《中国文化》主要研究与整理中国本土的文化传统的资源，《世界汉学》则是对国外中国研究的介绍与研究。杜维明教授得知我们继创办《中国文化》之后，又要创办《世界汉学》，说这很像“太极生两仪”。杜先生的话鼓励我们不仅办好《中国文化》，也一定把《世界汉学》办好。本世纪最具个人魅力的大史学家陈寅恪先生毕生提倡、生死以之的“独立之精神，自由之思想”，将成为我们办刊的座右铭。

《世界汉学》是世界各国汉学家的园地，古老的汉学和现代中国研究将在这里自由驰骋、交相映辉。我们深深感谢法、德、英、俄、美、日、荷兰、瑞典、葡萄牙、新加坡，以及台湾、香港、澳门地区的汉学机构，乐于作为具名的合作单位，和许多资深汉学家欣然出任《世界汉学》的国际编委。

让我们携起手来，为耕耘好《世界汉学》这块学术新园地而尽心尽力。《世界汉学》属于我们和你们，属于东方和西方，属于整个学术界。

《世界汉学》是大家的！

一九九八年四月九日本刊主编谨识

载同年五月出版之《世界汉学》第一卷

第五篇

读《漫述庄禅》致李泽厚

泽厚兄：

久违了。你在哪里？我找不到你。你进入庄禅的境界了，自然无法找到你。庄子曰："形形之不形乎？"

我无法描述读了《漫述庄禅》（即《庄玄禅宗漫述》）的喜悦心境。屋中的尘物，桌子，书橱，笔筒，茶杯，台灯，窗帘……一下子都蒙上一层光辉，仿佛与往日、异时大不一样。我来回踱着步，身心一阵轻松，后来竟笑了起来。我想，大约这就是"个体感性经验的某种神秘飞跃"罢。当然我自知还没有获得佛性，距离成佛作祖还无限遥远，只是产生了一种审美愉快；而这愉快，是从大作中感受和领悟来的。确如你所说："经此一'悟'之后，原来的对象世界就似乎大不一样了。”因此，我不仅在思辨上、在道理上同意你对庄玄禅的论述，在实感上、在审美上也被你的论述征服了。

我由此想到，陶渊明所谓“好读书，不求甚解，每有会意，便欣然忘食”指的也是这样一种境界。他追求的是直觉领悟，而不是一章、一句、一词、一字的具体含义。这有他的“此中有真意，欲辨已忘言”诗句可证。你在文章中提到了陶诗“采菊东篱下”，并说具有禅味的诗比许多禅诗更接近于禅，可谓至论。

你对禅宗大讲特讲的“悟”，解释得如此精妙：“并非理智认识，又不是不认识，而只是一种不可言说的领悟、感受。”又说：“‘悟道’既不是知识或认识，而是个体对人生谜、生死关的参悟，当然就不是通过普遍的律则和共同的规范所能传授，而只有靠个体去亲身体验才能获得。”因此语言、概念、思辨便没有用武之地了，“不立文字”说于是得到了最确切的说明。有的文章涉及这个问题，大都强调不可言传的神秘感，而没有从把握对象的独特方式上去考虑，不是悟道之论。“在感情自身中获得超越，既超越又不离感性。”——你描摹得太准确了，迦叶有知，也会再次拈花微笑的。而且你还进一步从哲学上揭穿了禅宗顿悟的秘密：“乃是对时间的某种神秘的领悟，即所谓‘永恒在瞬刻’或‘瞬刻即可永恒’这一直觉感受。”我知道，这是你对禅宗哲学的一个哲学发现，理论意义很重大。

赵朴老不满意范老对佛教的批判，原因之一是他认为范老太看轻了佛教哲学，只有批判，缺少感悟。前些时见到朴老，谈起佛教哲学，他还表述了这个观点。如看到你的文章，他会认作知音的，我准备复印一份送朴老一阅。

“既已超时空、因果，也就超越一切有无分别，于是也就获得了从一切世事中解放出来的自由感。”绝妙的论述！你不仅把禅宗，把整个哲学都现代化了。我读《漫述庄禅》之后，“就获得了从一切世事中解放出来的自由感”，真的得到了，绝非虚言。“某种精神的愉快和欢乐”，我在读大作时也得到了，我竟然一个人高兴得笑起来。昨天和再复曾谈起我这种感受。大约两个月前，再复向我诉说，他已经发现了、找到了心目中的上帝。他说他心里有个上帝。我当时没有理解，以为是他写散文诗产生的一种特定心境。不料你在文章中对此作出了回答：“禅宗宣扬的神秘感受……接近于悦神类的审美经验……不仅主客观浑然一致，超功利，无思虑；而且似乎有某种对整个世界的规律性与自身的目的性相合一的感受。”你说一些人把这种感受说成了自由想象，从而相信上帝。真是不幸而言中！再复产生的就是这样一种感受。不过，这种感受的层次可能大有分别。主客浑然，情景交融，我佛同体，天人合一，物我两忘，同时实现，可能是这仲感受的最高境界，常人恐达不到，最多在某一方面实现（如情景交融）就是难得的享受了。禅宗的悟，应该是高层次的，而且在时间上也应该持续得比较久远。所谓一去不复返是也。如果一会儿悟，一会儿又返，说明还没有得佛性。也许大多数僧众都是悟—返—悟—返，循环往复，矛盾终生？你的文章里没有谈及悟持续的时间问题，是一缺陷。

你在文章结尾集中谈了庄禅的直观思维方式，提出：“中国思维更着重于在特殊、具体的直观领悟中去把握真理。”又说：“禅的激烈机锋在打断钻牛角的逻辑束缚，否定认识和知识的固定化等方面，更有启发、震醒作用，它使人们在某种似乎是逻辑悖论或从一般知识或科学看来是荒谬和不可能的地方，注意有某种重要的真实性和可能性。而所有这些，又与中国从孔学开始重视心理整体（如情感原则），而不把思维仅当作推理机器的基本精神，是一脉相通的，即不只是依靠逻辑而是依靠整个心灵的各种功能去认识、发现、把握世界，其中特别重视个体性的独特体验与领悟（这与每个个体的先天素质、后天经验各不相同有关系）。我以为这在今日的思维科学中有重要的借鉴意义。因为这种非分析非归纳的创造直观或形象思维正是人不同于机器，是人之所以能作真正科学发现的重要心理方式。”太对了，也太重要了！这正是人文科学和自然科学、科学与文学、理论和经验、理智与情感等许多边缘处不解之谜的根源，古往今来的那许多科学家、文学家、艺术家进行创造思维的动人故事，从此都可以有科学的谜底了。虽然这还需要深入地、系统地研究（可以建立和发展一门或几门新的边缘科学），但你已经把问题揭破了，整篇《漫述庄禅》即可以看作是对此一问题的启悟性回答。你发现了中国思维的特点，这可不是小事情。这是大贡献呀！

“总之，无论庄禅，都在即使厌弃否定现实世界而追求虚无寂灭之中，也依然透出了对人生、生命、自然、感性的情趣和肯定，并表现出直观领悟高于推理思维的特征，也许，这就是中国传统不同于西方（无论是希伯来的割裂灵肉、希腊的对立感性与理性）的重要之处？也许，在剔除了其中的糟粕之后，这就是中华民族将以它富有生命力的健康精神和聪明敏锐的优秀头脑对世界文化作出自己贡献时，也应该珍惜的一份传统遗产？”你用的是设问句式，并希望读者认真想一想再加可否，说明你很审慎。唯其如此，更看出你对自己的结论是充满信心的，而且你意识到了这一哲学发现的重要意义。我等不得“想想，再想想”了，我现在就向你表示祝贺！

现在各学科领域都在追寻和探索我们本民族的特点，国家总的发展口号也是建设有中国特色的社会主义。到底什么是中国特色？我们民族的特异之处何在？很少有人讲得清楚。你发现了中国思维的特征是直观领悟高于推理思维，这就为建立具有中国特点的思维科学准备了条件，进而还可以在与西方思维方式相比较中，为探讨整个人类的思维规律作出贡献。还有，人文科学领域争论不休的批判继承问题，到底从古代思想文化遗产中继承什么？继承孔子的“仁者爱人”？孟子的“舍生取义”？似乎不容易直接搬过来、立刻生效，因为每个人都有自己的出发点，即便做出“爱人”或“舍生”的举动，也不是从孔、孟那里吸收的养料；相反，这样做的人倒不一定要做“仁者”，或者目的就是为了“取义”。毋宁说，他们是不自觉的。如果出于自觉的道德目的，行为本身反而不那么道德了。那么向传统继承什么？继承杜甫的“细雨鱼儿出，微风燕子斜”？继承这写景诗中的灵动？或者继承李商隐的“春蚕到死丝方尽，蜡炬成灰泪始干”？但前者写微风细雨、后者写情爱相思已到至境，后人就无法在这两个具体景、情上继承什么了？读了你的文章，我悟到：你总结的中国思维的特征和规律，倒是我们今天必须继承下来的，实际上每个人都在事实上继承了，整个文化结构中就包含着这个方面。真正继承下来的东西，是悄悄地、默默地继承的，即使理论家论证不该继承，政治家反对继承，也无济于事。理论的作用是有限的，而经验启悟是无限的。就拿《漫述庄禅》来说，你论述的是庄玄禅的同、通、异、别，从中总结思维规律，对象本身是界限分明的，你并没有想通过一篇文章解决一切哲学问题。但由于你不光是运用逻辑思辨，更多的是描摹，确切地说是以悟解悟，因此我从中得到的东西几乎具有无限性，远远超过了庄禅本身。所以我认为你这篇文章的价值、意义，真是不可估量——它将为思想史的研究、传统美学的研究，开一新生面，引入目的性和规律性合一的科学途径。

你在肯定直观领悟高于推理思维是一份值得珍惜的传统遗产时，强调须剔除其中的糟粕后才能达到目的。这是全面不偏的看法。不过作为思维特征而言，无所谓精华和糟粕，只有长短之分。直观领悟高于推理思维，这正是中国思维的特征，就长处而言，它产生了聪颖锐敏的灵动头脑，有利于造就艺术产品；就短处而言，使得思辨不发达，很多学科缺少系统的理论创造。甚至人情大于王法，凡事不细密验证，以意为之等弊端也和这种思维方式有关。但集中体现中国思维特征的庄禅就有精华和糟粕之分了，你在文章中对此论述甚详尽，我完全赞同。“庄玄禅正是在这个意义上可以陶冶、培育和丰富人的精神世界和心灵境界。它可以教人们忘怀得失，摆脱利害，超越种种庸俗无聊的现实计较和生活束缚，或高举远慕，或怡然自适，与活泼流动盎然生意的大自然打成一片，从中获得生活的力量和生命的意趣。它可以替代宗教来作为心灵创伤、生活苦难的某种慰安和抚慰。这也就是历代士大夫知识分子在巨大失败或不幸之后并不真正毁灭自己或走进宗教，而更多的是保全生命、坚持节操、隐逸遁世，而以山水自娱、洁身自好的道理。”这讲的全部是实情。庄禅确在这方面有它的长处，有它的积极面，而且在传统文化层面里影响是很大的，造就了中国知识分子特有的面貌。

但与此同时，也因此带来很大的消极性。我们中国人，尤其知识分子，太善于自我解脱了。当主观改变不了客观时，就离开客观，在主观上自行解脱，而不容易化作历史行动。中国封建社会的改朝换代，本来就是封建社会自身的一种调解；每个有知识的人又都那样善于自我调解，结果封建政权可以得到“解脱”，个人也可以得到“解脱”，遂使历史变动就迟缓了。当然也变，但万变不离其宗，实际上是变的不变，就如同不变中的变一样。反映到文学艺术上，则缺少真正的悲剧，多的是悲喜剧。顺便说一句，中国知识分子里面，被迫害死的多，自杀的则很少，这到底是优点还是缺点？幸还是不幸？我觉得自杀不失为使人类警醒的一种动力。说到底，中国知识分子太爱惜自己了，太容易解脱了，追其原因，盖由于有庄禅给他们提供藏身之地。还有，在许多人那里，是非感淡漠，面对横道和邪恶，不置一词；马路上出一件什么事，大家立即拥上去围观，但看客一般是没有表情的，除非是觉得好玩。“中国哲学的趋向和顶峰不是宗教，而是美学。”诚然如此。对人生采取审美态度是好的，但游戏人生则不好。我说得离开本题了。总之庄禅的消极性也不容低估。从这个侧面来说，你的哲学发现也是非常重要的，可以由此理解并解决中国传统文化心理方面的许多难题。

庄禅之外的论述古代思想史的其他几篇大作，我还未来得及拜读，想在最近都找来一一学习。再复看过墨子和孔子的两篇，他说都极好，我们两个谈你谈得异常兴奋，几乎要进入庄禅的境界了。什么时候我们能够一聚？写个便函给我，然后我约上再复一起去看你。

没想到一下子写了这许多，可见没有顿悟，甚至连“至言无言”的古训都违背了——凡夫俗子，不可与之谈禅矣！

祝好！

弟　梦溪

一九八五年一月六日 敬上

附语：我与李泽厚是多年的好友，却忘记了二十六年前曾给他写过很长的一封信。前年他回国说及此事，我说，是吗？今年他拿来了原物，说很多信函未及保留，唯此封完好无缺。我一看，果然是我当年的字迹，只是没想到有那么长，十五页之多，四千多字。当时泽厚正一篇一篇地写《中国古代思想史论》，因为是在《美的历程》和《中国近代思想史论》引起的学术地震之后，大家不免趋之若鹜。所以信中有和刘再复相与讨论的话语。泽厚六十年代的一篇残稿，同意在本期《中国文化》刊载，我这封信正好可以作陪。其实信的内容，主要是当年读《漫述庄禅》所产生的一次审美体验，情感价值远胜于学理价值。重新检视，理则文义疏误可笑自不待言。好在情真、境真、意真，二十六年前的这封信，庶几可以一真遮百丑。故不易一字，原文照刊，敬请博雅君子哂正可也。

二〇一一年九月二十七日清晨七时整附此说明

载《中国文化》二〇一一年秋季号

第六篇

念育之

没想到育之这么快地走了。因为他刚七十八岁，还是学问的盛年，我的好多师友都是这个年龄。

但也不是毫无心理准备。二〇〇四年十月七日，我们的“金秋有约”，除了季先生，于光远也来了，育之、小礼自然不会缺席，况且正值他们的金婚之期。这是育之脑梗住院的一年之后，看上去没有什么不好，只是手中多了一根拐杖。他抽得的签是：“孤标傲世偕谁隐，一样花开为底迟？”黛玉的咏菊诗，看似相反，实则相成，也算吉签。我认识的熟人中，有好几位这几年或搭桥，或安支架，或装起搏器，效果都不错。我们开玩笑：“只要过河不拆桥，就畅通无阻。”

今年元月，中国文化书院导师雅聚，小礼来了，育之没有来。我说，还是心脏？小礼说现在主要是肾了，他的老毛病。不过她说现在透析、换肾，都是成熟的手术。乐黛云几周前手臂骨折，裹着纱布，动弹不得。老友们纷纷过来看她，有的拿着酒杯，肢体动作过大，我于是用左手护住她的右臂。此特定情境之下小礼跟我讲育之，不知为什么，我开始有了一丝担念。就像二〇〇〇年我南行养疴，古寺名刹多处看到朴老的字，因而心生悬念一样。此后每见到马惠娣，我都问起育之的情况。

马惠娣近年致力休闲学的研究，五年前她来到我们中国文化研究所，创办休闲文化研究中心并担任主任。她是龚育之介绍来的，原《自然辩证法》编辑部的工作仍继续。可以想见她和以自然辩证法名家的龚育之的渊源，以及和“老少年”于光远的渊源。她开的休闲学的研讨会，光远、育之必来，我有时错位侧席，也是为了见到育之。我说，你知道吗？我和龚育之可是渊源有自呵。其实我比育之小十二岁，和汤一介、乐黛云、孙长江、李泽厚，也是如此。电话里找汤一介，乐黛云接听，有时我会说：“小弟刘梦溪。”但他们似乎也不觉得我比他们小，可能这就是所谓忘年吧。马惠娣第二天清晨告诉我噩耗，当天下午打电话给小礼，我说二十多年前电影界有一对夫妇，感情甚笃，男的走了，女的几乎没落泪，送走夫君的当天晚上，就闭门续写先生未竟的长篇小说，直到完成出版。六月二十一日，赶去为育之送行，和小礼握手，她说：“我一定按你说的做。”

但昨天夜里小礼发来了她写的《花堪折时直须折》，记育之的病和直到离去的情形，和老龚的一篇遗稿《记我的第三个上级》，写于光远。我感到了小礼的寂寞。“花堪折时直须折，莫待无花空折枝”，是他们初识相爱时互相勉励的话。小礼用作文章的标题，如今有点像谶语了。而育之最后一篇文章写的是于光远，口述，没有完全定稿。龚育之最后的文章，不写于光远又写谁呢？于光远不最后写，他怎么能够呢？于光远是伴随他一生的人物，知遇之情，惺惺相惜，命运同济，荣辱与共。人们见到于光远，总会想起龚育之。说起龚育之，也会提到于光远。记得九十年代的第一年或是什么时候，老龚说起，他遭遇了一次不能不回答的提问。“你对于光远怎么看？”“他离开马克思主义就没饭吃了。”提问者不以为然：“你还这么看！”可是他以及我们，对于光远又能怎么看呢？

前两年一次会上，光远突然说他是新自由主义。我对“主义”向来不很敏感，包括“自由主义”等名目，知之甚少，“自由主义”前面再加一个“新”字，更茫乎其若迷了。不过于光远当饭吃的马克思主义，看他自得自喜的进餐模样，很容易觉得那味道是不错的，至少火候掌握得比较合宜。我和光远，认识多年，但不特别熟悉，远没有和龚育之熟。但一次他向我提出，流行歌曲的歌词很特别，值得研究文化的人关注，不妨开一个专题研讨会，题目就叫“流行歌曲歌词的文化批评”，由我主持。他不知道我是不喜欢开会的人，尤其不喜欢主持会议。所以这个会至今未开，虽然所里同人都觉得题由甚具创意，并非没有开一开的价值。

龚育之遗稿《我的第三个上级》，写了一些不为人所知的于光远的轶事，比如五十年代初期“肃反”，他们单位一个人的弟弟，被所在机关怀疑是暗藏的“反革命”，那个机关要求配合，要求在弟弟隔离审查期间哥哥不得探望。其实，他哥哥还是悄悄地去了。于是追查，这位哥哥被逼得山穷水尽才承认有此事。担任该单位领导的于光远说：“关心自己的弟弟，去看望一下，这是人之常情。我看算不了什么问题，不必抓住不放。”育之说光远这番话，使他脑子开了窍，转变了思路和态度。陈寅恪标举对古今人物的“了解之同情”的态度，揆情度理，于光远当时能够如此，自属难能。

当然龚育之的文章，也没有一味扬善，于光远一九五八年也唱过小麦高产的调子，但随后他真诚痛悔，说这是“科学处长不科学”，只记得“相信群众相信党”，忘记了相信科学。我不知道育之的为人为学的科学态度，只是由于他和小礼都是自然科学出身，还是也受到了于光远的影响。于、龚二人，道相同，性格却不相像。于的心性中有浪漫和诗，龚则大事小事，严谨如仪。他的另外两个上级，赵沨和秦川，也都是自成格局的人物。六十年代初，我听过赵的讲演，有思想，好风度。秦亦见过，似初衷难易，定见不多。他们对育之的影响，应该都是正面的。不管出于何种理由，反正科学是龚育之毕生未尝或离的学术理念，而且知行合一。解释学的一个基本假设，是认为历史真相不能原封不动地重构。因此听人讲自己见过或经过的事情，转述别人的观点和看法，遇有情节繁简的取舍或色彩浓淡的剪裁，往往谅之。但这个世界上有一个人，凡经他的口叙述的事情，其真实可信不改原样纤毫的程度，应无有过之者。这个人就是龚育之。我本人有时相信直觉，不否定神秘经验，主张“情本体”，认为心可以通灵，情可以通神，育之不以为然。汤一介、王蒙也不认同我的“大有异议非常可怪之论”。

小礼电话中嘱告京城诸友，我给汤一介、李泽厚、王蒙、严家炎、邵燕祥、沈昌文、董秀玉打了电话。泽厚人在北美的科罗拉多，闻讯大惊。李泽厚比龚育之小一岁，少时同为长沙明德中学的高才生。一次校长拉他们到讲台，举起两人瘦骨嶙峋的小胳膊，说光是学习好不够，还要身体好。这个掌故，育之给我讲过，泽厚也讲过，版本完全相同。一九九六年第十三期《中国文化》，刊有程千帆先生的《叶德辉〈光复坡子街地名记〉补注》一文，颇及戊戌、辛亥以还长沙旧事，包括叶德辉一九二七年写的攻讦农会的那副对联：“农运方兴，稻粱菽麦黍稷，一班杂种；会场扩大，马牛羊鸡犬豕，六畜成群。”嵌“农会”二字于联首，横额“斌尖卡傀”，寓“不文不武、不小不大、不上不下、非人非鬼”之意，可谓极尽挖苦辱骂之能事。传说他一九二七年被杀，实与此联语不无关系。龚育之是我创办《中国文化》伊始就聘请的学术顾问，虽为顾问，却没有正式向他约过稿。出版多期之后，一次晤面，才提及如有合适文章不妨也给《中国文化》一篇。他说他关注的问题与《中国文化》的内容异其趣。待看到程千帆先生的文章，他说可以写了，但不完全是学术，只是一个更正，一段掌故，一点议论。这就是第十四期《中国文化》发表的龚育之的《从叶德辉之死谈到黄兴的流血革命和胡元倓的磨血革命》一文。

叶德辉《光复坡子街地名记》主要攻讦对象是民国元勋黄兴，因此文中提到，与其改长沙坡子街为黄兴街，不如把黄兴开始出名的长沙明德学堂改为黄兴学堂。当然也是讽刺语，并非真意如此。程先生《补注》说，明德学堂始建于一九〇三年，创办人是胡之倓，辛亥后改为明德中学。恰好龚育之就是明德中学的学生，他说校长不是胡之倓，而是胡元倓，程先生误写了。而且他文中讲了一段有关胡元倓和黄兴的故事，特别能引发我个人的兴趣。黄兴应胡元倓校长的延聘，本来担任明德中学的体育与博物教师，但这位职业革命家，却趁机成立了华兴会，并在学校的实验室制造炸药，为长沙起义作准备。事情败露后，清廷追捕黄兴，胡元倓校长挺身而出，面对臬司厉声说："诸事我均与闻。君如须升官，吾之血即可染红君之顶子，拿我就是。"不料那臬司意外豪爽，回说："此狗官谁愿做，此刻看如何保护他了。"于是黄兴在胡元倓的保护下得以逃脱。我在当期的《编后记》里特地拈出这一故事，而且至今赞佩不已，不仅是勇于担当的中学校长，那个能顿时开悟的臬司，也不可轻看呵。育之在这个中学念书，他有福了。

育之的文章里还讲到另外一件事，就是叶德辉的死。叶是湘省大儒，字焕彬，一八六四年生于长沙，光绪十八年（一八九二）进士，淹通文史，精于版本目录之学。原来只读过他的《书林清话》，后来由于研究陈宝箴和一八九五至一八九八年的湖南新政，这个人物的轮廓逐渐清晰起来。他是守旧派的一员大将，地位仅次于王先谦，而比王先谦更为强硬。抵制梁启超主讲时务学堂（曰“将祸我湘人”），评点维新学政徐仁铸的《辅轩今语》，逼走南学会主讲皮锡瑞，都是此人所为。故一八九八年八月政变，维新派受挫，王、叶诗词往还，互相称贺，以至王先谦许叶是当代的韩愈，有“摧陷与廓清之功”。而维新派的先锋谭嗣同和唐才常，也是湘省人士，其强硬态度又在叶德辉之上。谭嗣同说：“才常横人也，志在铺其蛮力于四海，不胜则以命继之。嗣同纵人也，志在超出此地球，视地球如掌上，果视此躯曾虮虱千万分之一不若。”当我钩沉发覆湖南新政这段历史故实时，义宁父子（陈宝箴、陈三立）固是题旨所在，其中所看到的湘人的拗强性格，亦不无感叹。虽然，“地齐”只是论学衡人的一项参酌条件，人物之妍媸美恶，岂地域所能决定哉？龚育之也是湘人，其性格尚不如是也。可见如太炎先生所说，“地齐”之外，“政俗”亦至关重要。

叶德辉之死就与“政俗”有关。发生在一九二七年四月的这件事，不是一件小的事情，甚至两个月后自杀于昆明湖的王国维，与之也不无连带，哪怕仅仅是心理上的连带。龚育之发表在《中国文化》上的文章，为我们透露了一条关于此公案的后续消息。这就是事过四十年之后的一九六八年十月，毛公曾放话：“对于这种大知识分子，不宜于杀，那个时候把叶德辉杀掉，我看是不妥当的。”育之说冯友兰《三松堂自序》对此有记载。可惜毛公说那个时候他不在湖南，否则也许此历史的一页会作另外的书写？

龚育之的记忆力是惊人的。一次我和他探讨“一目十行”是否可能的问题，他说自己做不到，不过听说有一种阅读方法，不是按字按句按行，而是按页，就像照相一样，停留三秒左右，整个一页就记住了。但他说在书店里，如果从一个书架的左边看到右边，速度不快不慢，他可以记住全部书名。我好奇自试多次，所记不过十之四五，比育之差远了。还有他的读书之博，也令人惊叹。他的专业方向主要是哲学和自然科学理论，近二十年旁涉党史文献和法律政策。但新时期以来，他读了大量当代文学作品，包括王蒙、张洁、刘心武、王安忆、贾平凹等。张洁的《沉重的翅膀》颇受他的赞赏。一次他问我《废都》看过没有，我说只看了开头。问他的印象，他说一般。

我结识育之，缘于老友孙长江的介绍，一九七三年秋天，他们两位同在一个临时的教育刊物，约请我写一篇探讨《红楼梦》与传统教育思想的关系的文章。育之天生君子相，五官堂正，心宅透明，初见之下，即生好感。此后便常相往还。

当时士晦民困，生命倒悬，友朋相见无杂言，但道妖氛恶。邓的复出与受制，给他带来了欣悦与困扰。他参与过诸多取向不同的文件的起草，文字上与闻国政，乾嘉诸老秉持的“实事求是”之义，他未敢或忘。此盖因科学立命始终是他的本我。但应制之文，捉刀之笔，其身不由己之艰难险阻，亦当为知者知之。

《石头记》早期抄本的一位署名脂砚斋的评者，颇谙作者身世阅历，常发为感叹：“屈指三十五年矣！”我和龚育之的相识相遇，今年恰好也是三十五年。没有想写文章，只送了一副挽联：“立命科学，不忽小节，敬谨修为，强记博闻，遍读百家书万卷；与闻国政，能全大体，忧先乐后，公私判然，安定天下笔一枝。”不敢称工，取意而已。但看了小礼的文章，文思涌动，往事如昨，拉杂写来，谨以为念——距育之之逝已一个整月矣。

载《文汇报》二〇〇七年八月二十六日

第七篇

甲午岁尾悼庞朴

刚刚过去的二〇一四年，是农历甲午年。这一年闰九月。新年过去了，漫长的甲午年还未走完。谁曾想，不久前我们刚送走汤一介先生，庞朴先生又不告而别了。他们走得都未免太速，太过匆促，不知还有多少学术伟业待他们竭尽心力，乐而从事。其实他们正处在学术的最后旺盛期。如果说八十年代有过文化热，九十年代有过学术热，那么先后离我们而去的这两个人，可以称为那两个时代的“双子星座”。他们同为中国文化书院发轫期的开山导师，当时各种研讨会、演讲会，都能看到他们精力充沛的身影。汤先生是一院之长，庞公是学术委员会主席。汤先生温良儒雅，庞公果决骏快。汤和之以群，庞济之以思。汤先生掌会，百家言道，断而弗忍；庞公主会，时间为狱判法典，不管是何来路，一律执法如山。汤、庞刚柔相济，国内外向学明道之君子，无不以之为马首是瞻。

九十年代初，一次在杭州开文化问题研讨会，王元化、汤一介、朱维铮、李亦园、沈善洪、陈方正等学界重镇齐聚西子湖畔。当时不像后来，入住宾馆，可以人各一室。那次我和庞公共息一屋，入睡之前，难免闭目私语一小会儿。我说他有决断力，是能控制局面的人物。他说唯其如此，才需要离开可以做到这一点的位置。由此可知庞公其人的度事之明。要讲为人处世的聪明有智，吾未见学界有谁能出其右者。当然他是以学术为职业的学者，他的聪明使他在学术上有诸多令人兴奋的发现和发明。一九八八年《中国文化》筹办创刊，请他为第一期撰稿。他说倒是有一篇，不过得再作修改增补。这就是发表在《中国文化》创刊号上的《火历钩沉：一个遗失的古历之发现》。这篇古历考证足可见出庞公为学的深度。金克木先生专门为此文写了推荐评骘文字，刊于同一期。他的有名的“数成于三”的简稿，最先也由《中国文化》披载，见于一九九一年第四期。还有《方以智〈东西均·三征〉解疏》《儒道周行》《新材料摇撼着旧观念——读〈上海博物馆藏战国楚竹书〉》等重要文章，都为《中国文化》光耀了篇幅。有庞公文章，我们最重要的“文史新篇”专栏可以不愁空缺。他有一篇不太长的文章曰《说“无”》，写于八十年代，是我最喜欢而禁不住不断称美的当代学者的文字。他自己对此文也不无窃喜。一次语及于此，他说其实还想写一篇《谈玄》。我说那就预留篇幅待玄言了。后“玄”文竣稿，刊于《中国文化》五周年纪念号。但比之《说“无”》，不免尚存一间之隔。庞朴先生和汤一介先生都是我们《中国文化》的创刊学术顾问，名不虚挂，做到了尽职尽责尽义尽情。

我与庞公相识于七十年代中期，当时他刚从山东大学调来北京，和丁伟志先生一起在和平宾馆筹办《历史研究》的复刊，距今已过去四十个年头了。八十年代中国文化书院成立，增加了见面机会。后来多有往还，是由于我创办《中国文化》杂志并建立中国文化研究所。试想传统研究这一块，如果没有庞朴的参与支持，绝非仅仅是遗珠之憾，而是丢失好大一块精神园地。鄙所组织的研讨和演讲，只要题旨切合，庞公也每每到场相与论学。一九九七年春节过后，我接受李泽厚先生提议，约请部分在京师友恳谈拙著《中国现代学术要略》，李慎之、戴逸、汤一介、李泽厚、庞朴、余敦康等学界名宿，以及几位青年学人，悉皆与席。庞公说，此文最大的问题，是对前辈学者只有“仰视”，没有“俯视”，站在前辈的肩上著论才是合适的态度。余敦康先生不认同庞公说法，提出已往的教育，恰好是只有“俯视”，未能“仰视”。李慎之先生为缓解气氛，说他既不“俯视”，也不“仰视”，而是“窥视”。庞公之论，反映他为学立说的怀抱之伟。他的学术根底在史学和哲学，或曰历史哲学，兴趣为中国思想史，所擅长则是辩证逻辑。这有他的《白马非马——中国名辩思潮》和《儒家辩证法研究》两书可证。而下力气研究方以智的《东西均》，也为的是抉发其中的辩证法思想。故刊发在《中国文化》上解疏“三徵”的那一篇，正标题为《黑格尔的先行者》。以至于引起佛学大师赵朴初的异议，认为方以智、黑格尔都是后来者，真正的辩证法鼻祖应该是佛祖释迦牟尼。

庞公的思考力和思辨力是惊人的，如果放开胸襟，逞臆而谈，他的论辩对手的胜算微乎其微。但他会不自觉地顾及视听言动的结果，经常为对方也是为自己留下回旋的余地。他用心，但不使气。此点与朱维铮先生异趣。作为人文学者，他的头脑有如数理般精确。所以成为学界的电脑高手，也就不足为奇了。九十年代初，京城学界刮起“换笔”风，庞公是带领风气的先行者。当时此一科门人口相传的信息是，年轻学者以阎步克最擅此道，年长学者则首推庞公。我因一向缺少接触奇巧科技的经验，虽跃跃欲试，却担心难以有成。于是当面请教庞公，他说只要会骑自行车，电脑操作就无问题。叩问玄规妙理，他说很简单，学不会你不肯放手，学骑单车也是如此。我卷入此道之后，遇到问题也曾有几次电话向庞公问难，往往三言两语，就让那劳什子驯顺复归。他和李泽厚都住在皂君庙社科院宿舍，同一个单元，前去探望，可以举一得二。一次看李泽厚，他开玩笑说，是顺路枉顾吧。有意思的是，李的著述有唯物史观潜迹其中，庞则始终摆脱不掉化入骨髓的辩证法。平时交往，我与李迹疏情密，与庞迹密情疏。个中原委，很大程度是庞公的“辩证法气”，把我和他隔开了。李泽厚的文章，情性跃然纸表；庞公的文字，见得性体，却敛迹性情。性与情适度的是汤一介先生。就个人性分的取向而言，我似更偏于汤、李。但按照乾嘉学者的义法，学者为学须汰除情感，庞公的老吏断狱般的文字功底，也许正合于学问的客观性法则。

庞公的身体一直是好的。他有晚饭后行散的习惯，晚八点至九点打电话，常找不到他。不知何时开始，京城不仅见不到庞公的身影，打电话也无人接听了。此前的一次见面，是在旧鼓楼大街的竹园宾馆，国际儒联所在地，他约我和另外几位学者谈儒家礼仪问题，向我推荐彭林的一本礼学著作。再一次是二〇〇九年，他看到《中华读书报》上我的《二〇〇八我读的书》一文，其中谈到读《易》、读《张载集》和《二程集》的情形，特地打来电话表示赞许之意。此事颇令我感动。问他有无新作给《中国文化》，他说写不动了。后来得知他去了山东大学。电话问何为乎而东归，他说老了，北京无人照看。大约三年前，一次竟梦见庞公在我家里，音容举止清晰可睹，而且似有几句交谈。第二天打电话告之以详，他说正住在医院，已卧病多日。声音充满暖意与欣慰，显然高兴我梦中的牵挂和突然的问候。从此我心存一念，何时得便该去济南看看庞朴先生了。

这期间恰好认识了山东大学儒学高等研究院的王学典先生，他是我所见及的难得一遇的学界君子。重友情，讲道义，敢担当。史学出身而有哲学头脑。思理明晰，有似庞朴；尊贤好义，鲜有其匹。遐迩闻名的《文史哲》杂志即由他来主编。他说他和他的同事把庞公照顾得很好。二〇一三年五月，学典先生邀为儒学院演讲，讲题为《国学在今天的意义》。其实我此行的主旨是想看望庞朴先生。五月二十一日中午抵达济南，下午即由学典教授和文学院冯建国教授陪同，前往庞公寓所。他事先知道我来，开门入室，见他已从沙发上站起来含笑迎候。多年不见，谈起往昔交往掌故，他会心莞尔，不断点头默许。问到汤一介、李泽厚的近况，我一一相告。他八十有五了，头脑依然清晰，唯近来有轻微幻想症，艰于言谈，行走不甚方便。临别他坚持送至门口，以小碎步急促倾斜而前，我感到了丝丝酸楚。此次泉城之行，成为我和庞公的最后一面。

上星期六，元月十日，接到王学典先生发来的信息："庞公因感冒引发肺炎，经十多天抢救无效，已于昨晚八时四十九分辞世。"我感到哀痛而震惊，不禁想到此一噩耗与汤一介先生的离去，靠得如此地近。宁可、来新夏、吴小如、方立天、田余庆等文史大家，也都是这一年离世。这个闰九月的甲午年，竟成为学界精英陨落的一年，不免为之长太息。

二〇一五年元月十三日写于东塾

载《中华读书报》二〇一五年二月四日

第八篇

我们需要什么样的学问？
——在北师大哲学与社会学学院的一次讲演

大师何来？

我对师大了解得比较多的是历史系、文学系，很多老师我都比较熟悉。但是我对你们哲学与社会学学院不够熟悉。当然有一两位老师，过去还是熟悉的，比如周桂钿老师，他退休了，他研究董仲舒，学问做得很扎实。其他就不大熟悉了。过去师大有一位很了不起的学者叫马特，他是一位大逻辑学家。他是不是一九五七年被打成右派了？过去真有一些了不起的教授啊！像刘盼遂，他是当年清华国学院的学生，陈寅恪、王国维的学生，他被打成了右派，你们知道吗？后来十年动乱他自杀了，你们知道吗？李长之，他是研究《史记》的了不起的学者，文采斐然，后来被打成右派。还有美学家黄药眠，他已经故去了，五十年代美学讨论，他是一派。他和朱光潜先生的美学观点不一样，他也被打成右派。当然，我还认识师大一些很优秀的教授，包括刚故去不久的郭预衡教授，他的品学是一等的。他的代表著作是《中国散文史》，三大厚册。但他在师大最初评博导的时候，说他年龄太小，没有评。后来大家都觉得他应该当博导时，又觉得他年龄太老。所以，他今年九十二岁去世的时候，还不是博士生导师。你们说，像我本人都是博士生导师，而郭先生不是，这合理吗？

…………

你们希望我讲什么呢？不过听我刚才讲的这些，就知道我关注什么了。我关注我们国家的历史文化，关注当代的文化建构，关注知识分子的命运。百年以来我们有一个很大的文化断层，所以，在当代，如果你听谁说他是大师，一定不要信以为真。没有多少大师。当然，像师大原来的陈援庵先生，师大的老校长，他是史学大师。……以上讲的算作今天的引言罢。

气类忘年

陈寅恪先生最有名的话是“独立之精神，自由之思想”，这是一九二七年王国维去世后的隔年，也就是一九二九年写的。王国维去世是在一九二七年的六月二号，是在颐和园昆明湖的鱼藻轩投水自杀的。那天早晨，他从清华的侧门出去，向看传达室的人借了五块钱，坐人力车，到颐和园，从容地投水自杀。这是一个令人震惊的大事件。王国维是现代学术的开山，在中国现代思想学术的各个门类，都有自己的建树。他早年致力于日文和英德文的学习，翻译和介绍很多西方的著作，主要是康德和叔本华的著作。有一部分是通过日文翻译的。他出版的《静安文集》和《静安文集续编》，就是这个时期写的文章，这些文章常常涉及艺术、美学和文学，探讨教育的文章也不少。但是很快，他的学问有一个转变。

他和罗振玉既可以说是学问知己，后来又成为儿女亲家。同时他们也恩怨一生。由于罗振玉的关系，王国维被推荐到北京的学部，担任学部图书编译局的编译，时间大约在一九〇七年。这时他开始研究宋元戏曲。他是浙江海宁人，罗振玉是浙江上虞人。辛亥革命后，王国维随罗振玉到日本，又转变为研究古史、古文字和古器物。他的学问被公认，在二十世纪，文史学者当中，几乎是第一人。当然我们可以说他是大师。可是过去也没人叫他国学大师。他的学问包括研究敦煌学、甲骨学，这是二十世纪的两大显学。这个学问的出现，跟一八九八、一八九九两个大发现有关。敦煌遗书的发现，是在一八九九年；殷墟甲骨文的发现，是在一八九八年。这两个发现，使二十世纪的人文学增加了两个新的学科。这样两门学问的依据，发现的材料，早期大量外流，以致国外研究敦煌学的人比国内的还多。他们把很多珍贵材料拿走了，所以陈寅恪先生讲，我国的敦煌学，是吾国学术的伤心史也。

最了解王国维学问的是陈寅恪先生，所以王国维逝世的隔年，清华大学建纪念碑，碑文是请陈寅恪写的，“独立之精神，自由之思想”，最早见于这个碑文。陈寅恪和王国维气类相投，陈写的《王观堂先生挽词》，其中有句“许我忘年为气类”，就是指此。就精通的外国文字来说，陈在王之上。他十三岁就留学日本，然后回国，后来又继续留学，一九一八年，他是哈佛大学的留学生。当时跟他在一起的有吴宓，陕西泾阳人，近代的诗人。大家都提倡白话的时候，吴先生主张文言。大家都主张新文化的时候，他提倡一点儿旧文化。他的诗，在钱锺书先生看来，还不够好，但是他自己觉得很好。他懂学问，对高才他总是很佩服。清华国学研究院一九二五年成立，整个筹备工作是由吴宓先生一手促成的。但他不是清华国学院的导师，而是清华国学院的办公室主任。吴宓有激情，看人也有眼光。他在哈佛见到陈寅恪以后，就给国内的一些朋友写信，他说，要讲学问，从国外到国内，谁都比不过陈寅恪。他是陈寅恪先生一生的朋友。他很重友情。他也熟悉钱锺书，说年轻一点的要属钱先生学问最好。但他与钱锺书先生有一个公案。钱先生幽默睿智，他讲清华的教授，谁太傻，谁太糊涂，谁如何如何。他可能说过吴宓先生有点什么。这都是私下的话，也未必作准。实际上，我们看一些记载，钱先生对吴先生很尊重。后来杨绛先生把公案给了结了，杨先生和吴宓的女儿吴学昭是忘年好友。

吴宓先生有一累，一些特殊的人都有累。他的一累就是喜欢谈恋爱。他爱上了一个叫毛彦文的女性，他觉得毛彦文天仙一般的美。你看吴宓日记，从一九二五年开始到一九三〇年，五六年的时间，很多写的都是对毛彦文的情感牵挂，不可理喻。前不久出了一本毛彦文写的书，这书叫《往事》，她说她根本没跟吴宓有过恋情。当然吴宓先生去世了，要是他还活着，对他的打击，可能比当时给毛彦文写信的时候还要沉重。这就是老辈，他们很有意思，胸怀宽博，内心坦荡，精神世界丰富。

陈寅恪先生懂十几种文字，懂敦煌学，懂佛学经典，懂一些稀有文字，梵文不用说，蒙文、藏文、巴利文、西夏文，很多稀有文字，他都懂。他念这些文字的目的，是为了读佛经的不同版本，来校对佛经，研究佛经的义理。研究佛经的义理，叫义学。佛学的另一个学问叫禅学。陈寅恪先生研究的主要是佛学的义学。精通禅学的是马一浮先生。陈寅恪先生在清华国学院开的课，就是讲佛经翻译的比较研究。他是一九二五年清华国学院一成立就被推荐为国学研究院的四大导师之一。这四大导师都很了得，第一个是王国维，溥仪的老师；还有一位是梁启超，在晚清，谁不知道梁任公呢，文章学问，名动天下。一八九八年那一年很特殊，就是戊戌变法那一年。一八九七到一八九八年，《时务报》的主要撰稿人是梁启超。《时务报》是在上海创办的，主持人叫汪康年，要研究近代的思想和历史，汪康年这个人物很重要。他主持过很多刊物，特别是《时务报》，他跟很多最重要的人物都有联系，他有五卷本很厚的《汪康年师友信札》，都是通信，是很可宝贵的材料。我研究陈寅恪的祖父陈宝箴一八九五年至一八九八年在湖南做巡抚任上，如何推动新政及后来的结局，汪康年的书信是很好的材料。

梁启超担任《时务报》撰稿人，他写的鼓吹变法的文章，人人爱读。黄遵宪也是了不起的人物，他从日本回来，看到梁启超的文章说，他的文章怎么写得这么好，他说自己也会写文章，就是没有梁启超写得好。陈寅恪的父亲陈三立，是晚清了不起的大诗人，晚清有一个诗歌流派，叫同光体，是同治、光绪年间，一批第一流的学人兼诗人，他们的诗有宋诗的特点，不是唐诗的风格，里边有“理”的成分，有禅意。这样一批人，比如陈三立、范伯子、郑孝胥等。范伯子是范曾先生的曾祖父，也叫范当世，跟陈三立是儿女亲家。范伯子的女儿婚配给陈三立的长子陈师曾，他是一位画家，文人画的提倡者，对绘画史很有研究。更重要的，陈师曾还是一位孝子。一九二五年，陈寅恪从德国回来，应清华国学院之聘。他母亲正在生病，照料母亲的，主要是长子陈师曾。陈师曾是怎么死的呢？给他母亲吃药，每一种中药，他都先尝过，结果中药中毒而死。陈三立是同光体靠前的一二把交椅，有研究者认为第一把交椅是范伯子，也有人说两人难分上下。

义宁之学

陈寅恪先生学问的来历，跟家学渊源有关系。他是江西义宁人，远祖是福建人。很早迁到江西义宁州，民国后改为修水。现在去修水，还可以看到陈家的老屋。陈三立中进士时的旗杆还在。陈宝箴做巡抚的一些遗迹、匾额也可以看到。所以，当时的人士常常称陈宝箴、陈三立为“义宁父子”，甚至用“义宁”来概括，这是清中叶到晚清的一个风俗。称一些非常重要的人物，以地望相称，比如李鸿章，安徽合肥人，称李合肥；曾国藩是湖南湘乡人，称曾湘乡；张之洞是河北南皮人，叫张南皮，等等。

陈寅恪先生的家世有着特殊经历，他的祖父陈宝箴是一八九五到一八九八年的湖南巡抚，把湖南的改革做得非常好，当时湖南的改革走在全国的最前面，成为典范。所有的改革派人士当时都到了湖南。梁启超来了，当长沙时务学堂的中文总教习。黄遵宪，是改革派很重要的人物，从日本回来后，担任湖南的盐法道，这是很正式的官职，跟陈宝箴一起推动湖南新政。谭嗣同本来就是湖南浏阳人，新政期间，他也在湖南。后来“六君子”被保荐入京，他做了章京，这是一八九八年年中了，很快就是八月政变，他被杀于菜市口。唐才常，熊希龄，经学大师皮锡瑞，当时也都在湖南。一时间，湖南的改革做得轰轰烈烈。这个改革有两种主张的区分，以陈宝箴、陈三立、黄遵宪为首的一派，他们主张改革需要慢慢来，渐进。以康有为、梁启超、谭嗣同为代表的一派，主张激进，趁热打铁，无所顾忌。谭嗣同的性格很激烈。一八九八年八月初，慈禧发动政变，陈宝箴、陈三立受到了“革职、永不叙用”的处分。为什么处分他们呢？说陈宝箴“滥保匪人”，杨锐、刘光第是他保荐的。陈三立的罪名叫“招引奸邪”。为什么呢？请梁启超做时务学堂的中文总教习，是陈三立的主意。你看，慈禧给他们定罪的时候，也还都有点“事出有因”，尽管在我们看来，梁启超不是“奸邪”，杨锐、刘光第不是“匪人”，可是站在慈禧的立场，梁启超就是“奸邪”，杨锐、刘光第就是“匪人”。黄遵宪、熊希龄、皮锡瑞也受到了处分。

慈禧戊戌八月政变对陈寅恪家族的打击非常之大。当时陈寅恪九岁。但是他家庭的状况，所受的教育，以及一八九八年这一年的状况，对他的心灵有巨大的刺激。这一年的冬天，陈宝箴一家，坐长江的船，从长沙到了南昌。住在南昌的一个小巷子里，叫磨子巷。没有经济收入，靠亲友帮助，维持生活。陈宝箴在南昌的西山，修了一个庐舍，他住在那里。这是一八九八年底到一八九九年初的情况。一八九九年，义和团起来了。慈禧太后一开始镇压义和团，看到义和团反对洋人，又利用义和团反对洋人。慈禧为什么这么恨洋人呢？谭嗣同等六君子在菜市口被杀了，她最恨的康、梁居然跑掉了，外国人对慈禧政变同声谴责，并且保护康、梁，他们在国外活得不错。谭嗣同也可以走，船都为他预备好了，但他没有走。他说，如果改革需要流血，从他开始。他等着巡捕把他带走，被斩于菜市口。谭嗣同是湖北巡抚谭继洵的公子，陈三立是湖南巡抚陈宝箴的公子。还有另外两个人，吴长庆的公子吴保初，丁日昌的公子丁惠康，被称为晚清的“四公子”。

陈寅恪的祖父和父亲，是渐进的变革派。所以当戊戌变法失败，流血，这件事不仅对陈宝箴、陈三立是巨大的打击，对陈寅恪这位未来的史学家，也是巨大的打击。后来陈寅恪写过很多东西，对中国的变革有深刻的反思，同意祖父和父亲的看法，觉得中国的变革应该是渐进，应该是“守国使不乱”。这个思想很有价值。陈寅恪有一个看法，他觉得，如果当时不是走上激进的道路，如果按照他祖父和父亲的方法变革，按照他们所设计的具体实施，他们想推荐张之洞入朝，带领谭嗣同这些年轻人办理改革，张之洞是慈禧喜欢的人，也是改革派。如果他来主持改革，慈禧与光绪的矛盾不会爆发，就不会有八月政变。改革慢性进行，义和团之乱也就不会出现，也就不会有八国联军打入北京。如果没有八国联军，就不会有后来的一系列的事变。在陈寅恪看来，中国近代的历史，从一八九八年戊戌变法之后，走上了一条从激进到激进的道路，这非常“可堪哀痛”。这是一个史学家的观点。

借传修史

陈寅恪的学问的精神，特别是他提出的“独立之精神，自由之思想”，很少有人像他那样坚持到那种程度。在陈寅恪的许多著作中，特别是他晚年写的《柳如是别传》，是一部史学巨著。他早年有《隋唐制度渊源略论稿》《唐代政治史述论稿》《元白诗笺证稿》，他研究中古文化社会之史，对隋唐历史有深湛的研究，居然在晚年写出这样一部巨著。一九四五年以后，他的眼睛不能看物了，已经成为一个盲人，后来腿又跌伤，变成“目盲膑足”。直到一九六九年去世。广东有一位陆键东先生，写了《陈寅恪的最后二十年》，就写一九四九年到一九六九年这二十年陈的遭遇。陈先生在眼睛不能看东西的情况下，写了七十万字的《柳如是别传》。他是给晚明一个有名的妓女立传，这个人叫柳如是，号河东君。她不是一般的做某种专业工作的人，在陈寅恪看来，她是一位民族英雄，认为她也秉承了“独立之精神，自由之思想”。明清易代，一六四四年清军打到北京，明代亡了，崇祯皇帝吊死在煤山，就是现在的景山。北方一个民族打进来了，诸种契机，中国历史甚难言也。明朝垮了，在南京建立了南明朝廷，就是弘光政权。河东君（柳如是）最后嫁的男人是钱牧斋钱谦益，他是明清之际学问非常好的人，有“当代李杜”之称。何以嫁他？有一些故事。很多人都追求她，追求她的人也都是当时很有地位的人。这些人很多是钱牧斋的学生。她实在摆脱不掉，就想索性嫁给他们的老师，他的学生就不敢追了。她也爱过一个人，叫陈子龙，是几社的领袖，晚明的大诗人，后来抗清殉节。他们有真爱，但未有善终。

南明小朝廷建立之前，钱牧斋本来可以当宰相的，但天时人际，未能如愿。于是告老还乡，他家在江苏常熟。可是当南明建立的时候，钱牧斋应诏入阁了，成为礼部尚书。跟他一起做官的还有一个了不起的人，叫王铎，大书法家。南明不到一年时间就垮台了，所谓“一年天子小朝廷”。

一六四五年清兵南下，扬州没有守住，你们知道史可法守扬州的故事。也是内部多种矛盾造成，如果不是内部的这些矛盾，清兵能否打过长江这一险，还很难说。你到扬州看看，史可法没守住，全家自杀，也很惨烈。当清兵打到南京，弘光皇帝跑了。当时两个人，一个是钱牧斋，一个是王觉斯，就是王铎，他们很快都投降了清朝。对要不要投降清朝的问题，钱牧斋跟他的夫人柳如是有分歧，他们本来商量好，要投水自杀，钱牧斋临阵退缩。但柳如是没有降清。按照清朝的规定，降臣要“循例北迁”，迁到北京办学习班，来改造他们。按照规定，夫人也要同行。像王觉斯的夫人就一起来北京了。钱谦益来了，但是柳如是坚决不来，一个人留在南京。钱牧斋在北京也没有恋栈，半年左右，就托病回到常熟老家。回去以后，他们夫妇两个，直到死，都在从事一件事，反清复明，比如说跟郑成功的联系等等。所有这些材料，都是陈寅恪在《柳如是别传》中一一考证出来的。在此之前，这些故事谁都不知道。《柳如是别传》，表面来讲，是给一个女性作传，实际上写的是明清的文化史和政治史，是“借传修史”。陈寅恪先生在《柳如是别传》的缘起中讲得很清楚，他写此书，是为了表彰我们民族这种“独立之精神，自由之思想”。

“史学二陈”

陈寅恪这样的大学者被国民党称作国宝，他有充分的理由在一九四八年去台湾。本来去台湾的机票跟胡适是一起的，但到了上海，胡适去了台湾，陈寅恪不走了。没走，到了南京，住在俞大维家里一段时间。再过一段，就到了广州岭南大学，应聘做教授。后来院系调整，岭南大学和中山大学合并，陈寅恪先生就成为中山大学历史系的教授，直到一九六九年去世。

中间有个故事，一九五三年到一九五四年的时候，中国科学院几次想请陈寅恪先生北上，担任历史第二所所长。但他没有来。学者们有很多考证，本人也写过几篇文章，分析各种理由。但我们不知道一件事，这件事是陆键东先生在《陈寅恪的最后二十年》中公布的一份材料，从中山大学档案里发现一份陈寅恪当时对科学院的答复。这个答复是汪篯手录，陈寅恪要求保留的，原原本本抄录，陈寅恪自己看过，然后拿去科学院。汪篯是陈寅恪很欣赏的弟子，北京大学教授。汪是热血青年，面对一个新的政权，他当然也很高兴。他去广州，请陈先生就任第二所所长职务，这是中央政府派他去的。陈先生跟他没谈好。没谈好的原因，以我对现场的重构，看来是汪篯表现得太过于高兴，陈先生不喜欢这样的态度。一个政权的变迁，有很多复杂的东西，文化的、历史的东西都在里头，陈先生看得很深。两人没谈好，后来就明确讲，我不能去，如果让我去，两个条件：一，第二所不学马列主义；第二个条件，叫毛公或者刘公给我写一封信，准许历史所不学马列。我们现在知道了，毛公或者刘公没有给他写这个信，陈寅恪先生也就没有去。他在给科学院的答复中，重申“独立之精神，自由之思想”。他说做学问，必须以此为准。一切都可以让步，只有这个不能让。这就是陈寅恪的态度。我在我的书里说，现代学者中，能把“独立之精神，自由之思想”坚持到如此的高度和纯度的，没有第二人可以和他相比。

在这个问题上，陈援庵先生也不能和陈寅恪相比。但是，陈寅恪极端看重陈援庵先生的学问。陈援庵两本书的序言都是寅恪先生写的。陈援庵先生最重要的书是《元西域人华化考》，陈先生给他写了序，给予很高的评价，认为他的学问是钱晓徵以后的第一人。钱晓徵是谁？清代的大史学家钱大昕，字晓徵。钱大昕的学问，一等的。陈先生认为，援庵先生的学问是钱晓徵之后的第一人。但是在五十年代初，援庵老人也有叫寅恪先生伤心之处。一九五三年，他在报上公开发表一个检讨。寅恪先生不喜欢一个大学者这么做，你可以完全拥护一个新的政权，但也不必那么深刻地否定自己的过去。他看了这个检讨，写了一首诗，题目是《男旦》，这首诗，我想，援庵老人也会看到的。“改男造女态全新，鞠部精华旧绝伦。太息风流衰歇后，传薪翻是读书人。”因为陈先生一生提倡“独立之精神，自由之思想”，必然不赞成“妾妇之道”。学者要有“独立之精神”，不能像小媳妇那样。“改男造女”是中国戏曲的一个特点，梅兰芳是最有名的了。陈先生非常喜欢京剧和昆曲，“鞠部”就是戏剧。陈先生在这首诗里，对援庵先生的行为有所嘲讽，但他从不轻视援庵先生的学问。各位在师大念书，不管你读什么系，援庵先生的几部书，应该是必读的。即便是念哲学，不懂史，怎么念哲学？陈援庵先生有一本书叫《史讳举例》，这是他的绝学。还有一本《元西域人华化考》，一等的著作。还有一本，也是非常重要的，我们现在还在用的，《二十史朔闰表》。他还有一个大的贡献，是对中国各宗教的研究，不仅是佛教、道教，还包括天主教、基督教的研究。援庵先生的学问，了不起呀。

你们在师大读书，不能不了解这里最著名的教授、他们的学问，即便跟自己没有专业的关系，也应向他们表一份敬意。如果你们了解了他们的学问，以及他们的遭遇，你们的内心就会有一种庄敬产生。

文化何谓？

我们讲中国文化，离不开信仰。可是，中国文化在信仰方面，有一个问题，就是对信仰的对象缺乏牢靠的庄严和崇敬，从孔子开始就如是。《论语》里有句话，“祭神如神在”。从研究宗教学的角度，研究信仰的角度，这句话有一点问题。对信仰的对象是不能假设的。如果你对信仰天主教或者基督教的外国朋友讲，假如上帝存在，他一定不以为然。他说，上帝本来就存在，怎么能假设呢？假如上帝存在，那就是说，也可能上帝不存在。这个信仰的穿透力和牢固程度已经被削弱了。孔子讲“祭神如神在”，那么不祭神，神在不在？老先生没回答。但是孔子何许人啦，他是圣人，是伟大的教育家，儒家思想的创始人，他是中国文化的最高代表。对他，怎么讲都不过分。他给中国人精神的遗泽，我们代代享受。他给我们现代中国带来的荣誉，更不用说。可是在这个问题上，他居然讲，“祭神如神在”，不祭神，神在不在，他不讲。他实际上对信仰的对象打了一个折扣。他还有一句话，叫“敬鬼神而远之”。他似乎对鬼神，不愿有更多的接近。还有，“子不语怪力乱神”。孔子对于一些超自然的现象，不愿多所涉及。这样一个对信仰对象的假设性思维方式，使得中国文化里边，对信仰的对象不一定特别坚牢。

佛教是东汉时从印度传来的一个宗教。但传来之后，有一个本土化的过程。这个过程时间很长，而且走了两条路线，一条路线是往知识分子精英方面走，形成禅宗。但是禅宗流于知识分子的智辩，信仰的成分大为减弱。顿悟即可成佛，一切都在自心。看我的内心能不能达到一种佛的境界，这是禅宗。这样一种内心的皈依与王阳明的心学不谋而合。因此禅宗与其说是信仰，不如说是哲学；与其说是世俗的信仰对象，不如说是精英的智辩。禅宗的那些语录，一些“话头”，如问如何是佛心，回答却是“镇州萝卜重三斤”。你看，这是智辩。佛教另外一个路线往民间走，形成民间佛教，使得我们的寺庙香火很盛。但民间的一些佛教信仰者，内心往往有一个计较存在，就是希望得到回报。希望回报的信仰就不是终极关怀了。

人类学家把文化传统分成两类，一个叫大传统，是社会的主流意识形态；一个叫小传统，就是民间文化、民间艺术、民间习俗和民间信仰。中国几千年的历史，有灿烂的古代文化，有很伟大的文化传统。这里又带出一个词，一个叫传统文化，一个叫文化传统。这两个概念一样吗？不一样。什么叫传统文化？就是传统社会的文化。这个话，说跟没说一样，可是我们找不到更恰当的词。什么是传统社会呢？这是近二十年学术界经过讨论、反思后比较有共识的一个概念。过去，我们把传统社会叫原始社会、奴隶社会、封建社会，后面还有资本主义社会、共产主义社会，这叫生产方式的“五阶段论”。其中封建社会的时间最长，从秦汉或者西周直到晚清，两千多年或者三千年。我们当年接受的教育都是这样一个理论。但是你要看到，改革开放以后，学术界有一个反思，已经很少再有人用“五阶段论”来概括中国的历史。如果把秦汉以来到清朝最后一个皇帝退位这段都叫封建社会，似乎不够妥切。“封建”是一个单独的概念，周公“分封诸侯”，那叫封建。虽然后来也有一些“分封”的事实，但不能用这个词概括秦汉到清的全部历史。这个词遗漏的东西很多，不周延。所以学术界大多不用这个概念了，而叫传统社会。时间的起点，你可以从殷周开始，也可以从秦汉开始，一直到最后一个皇帝退位，也就是一九一一年辛亥革命。这个时期的社会，我们叫传统社会。如果叫“帝制社会”，似乎也可以。这个期间的文化，就是传统文化。

这里，我们需要对“文化”这个词再分疏一下。什么是文化？文化的定义很多，一百多种。五十年代，两位美国人类学家克罗伯和克拉孔，兄弟二人写了一本书，叫《文化：概念和定义的批判回顾》，这本书后来没翻译过来，也许太早了，他们在这部书里，列出西方一百六十多种关于文化的定义。我们看到有些文章说文化的定义很多，有一百多种，应该来源于此。可是我必须跟大家讲，这是五十年代的情况，到七十年代，符号学盛行，带来全新的解释方法，把文化解释为一种符号，产生的定义更多了。

我个人使用的文化定义并不是我的发明，我抽绎出一种我经常使用的定义。什么是文化呢？它是指一个民族的整体生活方式和它的价值系统。文化有物化的方面，也有精神价值的方面。价值方面包括哲学、宗教、伦理、道德、艺术等。这是很宽泛的一个定义。哈佛大学有个大学者，叫史华慈，他已经故去了。他是法裔犹太人，学问非常好，是费正清中心的教授。十多年前，我跟他有一次畅谈文化的对话。他讲，文化是个松散的整体，文化这个词里边，有很强的张力，有各种趋向在这里组合，所以真正讲文化，不是一个僵化的死的概念。所以当我们讲文化的时候，首先需要对文化进行分疏和反思。因为里边的东西太多。你是指它的价值层面还是物化层面？你是指文化还是文明？你是指古代的，还是现代的？你是指中国的，还是欧洲的，美国的，印度的？都是文化，但需要分疏和分别。

传统何传？

中国文化的特点，首先中国是一个文明体国家，有自生的文明，有自己的体系，而且发源还很早。金耀基先生经常讲“文明体”这个概念。在世界四大文化圈里边，中国是一个非常古老的文明，而且是一个不间断的文化。最能说明此点的是汉字。汉字是中华文化的主要载体，汉字到现在，一直在用。可是，你们不要忘了，“五四”时期的一些前辈，多么想把这麻烦的文字去掉啊！北大的钱玄同教授，他是文字学家，他提出的口号是废除汉字。这口号一提，惊动了一个福建人，他叫林纾，也叫林琴南，他就给蔡元培校长写信，说你们北京大学现在怎么了，犯什么病啦，怎么能走到这一步呢？祖宗都不要了，文字都不要了。结果蔡先生给他写了一封信，叫《答林琴南书》，这是研究中国新文化运动的一个经典文献。他在这封信中为北大的一些教授辩护。他说他们都是真正的专家，他们有资格对文字问题发表意见，他们的意见有些过激，他们觉得，中国文化有点像驼背的老人，他们是想用石板压驼背的方法，他们觉得这个文化太老了，吃点儿中药，发散发散不容易治好，索性使用气功之术，按在地上，石板一压，就直了。蔡先生真是用心良苦啊！

尽管这样，“五四”那代人，他们对传统的批判态度未免太过于激烈了。陈独秀讲，如果你觉得欧洲的文明是好的，就不要讲中国文化是好的，两个必居其一，不要折中。而胡适之先生，“五四”的头面人物，说“我主张全盘西化”。别人批评他，他说，不过中国的思维方法，即使全盘西化，一折中，还是一个中体西用。不管怎么说，这些主张终归过分了一点儿。这些主张和戊戌变法时期的激进思想颇有关系。

事非经久而论定，我们今天再看“五四”先贤对传统的批判，一个，我们觉得，有其合理性。在文化的演变中，对传统的反思和批判，不仅五四时期有，历来就有。魏晋时期，有个嵇康，死的时候很潇洒，还演奏了一首《广陵散》，他长得很美，“龙章凤姿”。那个时候的人都长得很美。比如何晏，高高的个子，面孔之白，简直难以想象，结果司马文王怀疑他是擦粉了。有一次，夏天，故意给他一碗热热的汤饼吃，如果他是擦粉了，这粉就会掉下来，结果越吃面孔越白，而且白得泛红，后来就知道，他本来就长得那么白，不是擦粉的。魏晋时期了不起，是老庄思想、道教思想非常行时的时期。一个哲学家，王弼，注《老子》，他二十四岁就死了，但学问了不起。钱锺书《管锥编》论老子，用的就是王弼的注本。他还特别论证为什么用王本，而不用其他本。钱先生何等眼光，他认为王弼的《老子注》了不起。我讲嵇康，是他有一个观点。传统社会讲“孝”，他说这个概念不那么合适。他说，人跟父母的关系，母亲就像一个瓶子，人出生以后，就跟母亲脱离关系了。当然后来嵇康被杀了，用“不孝”作为借口。真实原因是他娶了曹操的一个侄孙女，而当时是篡魏的司马氏当政，对与魏有瓜葛的人，司马氏不高兴。嵇康的死，在于这么个关系。历史上很多时期，比如魏晋，比如明末清初三大家，黄宗羲、顾炎武、王船山，对自己传统的批评也是很厉害的。对自己传统的批判是文化变迁的正常现象。“五四”先贤所做的合理性不能否定。可是我们又觉得，他们讲得太过了一点儿。

在今天，按文化人类学对传统传承的一个理论，传统如果要传承的话，需要得到大多数民众的拥护。大多数人生活在习俗中，习俗是不容易改变的。如果习俗跟传统格格不入，这个传统在他们身上不容易传承。所以，传统的传承，要得到大多数民众的拥护。第二个条件，需要有信仰的精神贯穿始终。现在我们知道，孔子对待信仰的态度，有些马马虎虎。所以，在中国，虽然有悠久的历史，但是，以我个人的研究，实际上不容易凝结为传统。虽然有了不起的传统，但不容易传承。所以在今天的中国人身上，能看到的传统的痕迹越来越少了。这是我们作历史思想文化研究不能不关注的一个问题。

所以我们这样一个悠久的文化，了不起的传统，在传承中，也会遇到一些困难。但是，这个传统也还是传承到了今天，并没有产生传统的终止。汉字就是一个了不起的传统，一直到今天还在顺利使用。世界上另外一些文明，他们的文化能传承下来，可是他们的文字却没有传承下来。埃及尼罗河南部的卢卡索、阿斯旺，有那样多的神庙，你能看到老王朝、新王朝，这时间是公元前三千年到五千年，我们会惊异地发现，他们也有象形文字，跟我们的工笔画一样，鸟就画一只鸟，画得跟我们的工笔画一样美，而且有颜色。眼睛就画一双眼睛，双眼皮，而且也有颜色。这样的文字，他们叫法老文字。可是，这种法老文字，能起到现代交通的作用吗？在诸多古老文字中，只有汉字传到了现在。钱玄同提出要废掉汉字，可是你不要以为，只有钱玄同有这样的想法。一九四九年以后，《人民日报》发表社论，提出要走全世界共同的道路，让汉字拼音化。一九五八年出了一张报纸，叫《汉语拼音报》。我应该算念书不错的人，当我看到那张报的时候，我说完了，我变成文盲了。因为拼音里边，同音字太多，根本没法反映汉字的特征。幸亏没有走拼音化道路，还用汉字，甚至在电脑时代，我们还觉得很方便。对这样一种文化，我们有时感觉很荣耀。

我们对本民族的历史文化，不免有两重的感情，一个觉得非常自豪，另外一个方面，这个文明也有值得我们反思的方面，需要深入研究。比如在信仰问题上，我们觉得没有那么牢固。可是，我们中国从来没有宗教战争。儒家也好，道家也好，佛教也好，都是使人向善的，彼此之间相处得很好。中国传统文化里边，“三教是合一”是长期持续的现象。虽然也有争论，但没有打那么多冲突。这是中国文化的一个特征，就是它的包容性。儒释道三家，是中国文化的骨干，他们三家有精神互补的作用，不是一个单一的思想，因此，中国文化的精神结构是多元的。

我补充一句，中国文化的发生也是多元的。过去，我们说我们的文化是黄河文化，黄土地文化，内陆文化。但是现在考古学家有一个比较一致的看法，近三十年考古方面的发现，足以让我们得出一个结论，长江文化是与黄河文化同时而不同的另一元文化。如果说，黄河文化具有内陆文化的特点，那么长江自古航运便利，你要说长江文化也是一个内陆文化，不容易完全讲得通。南方人的文化性格与北方人的文化性格有所不同。甚至长江的上游、中游、下游文化也有不同。二十年前，四川三星堆大量出土的青铜器，造型极端怪异，顺风耳，千里眼，那是中国人的造型吗？是的。说明了他们的想象力。甚至我们现在可以在四川人身上看到青铜器的某些特征。到了长江中游，楚地又有另外的特征。如果说《诗经》是黄河流域的文学代表，《楚辞》和《离骚》就是长江流域文学的代表，那里有浪漫的诗情。《诗经》也有浪漫的因素，但主要是写实主义文学。到了长江下游，浙江的河姆渡文化、良渚文化，二十年前，那里出土了大量的玉器。不光是饰品，居然有生产工具和军事武器，有刀、镞，有玉斧，考古学家怀疑，中国古代是不是有一个玉器时代。他们太奢侈了，玉多贵啊！而且，你们真还可以从浙江人身上看到一点玉的特征。浙江人大体面孔白皙，性格中还是有一点骨气的。这一点跟苏州人、上海人不同。当然苏州人和上海人也有他们的了不起，温柔绵软，花香鸟语，“温柔富贵乡”，我无所贬义。长江文化跟黄河文化是不同的两元，从发生来讲，中国文化就是多元的；从学术思想来讲，也是多元的，有儒释道三家的互动。我们的传统文化就是这样丰富多彩！

什么是文化传统？是传统文化背后那个精神连接的链条。传统文化能看见，传统是看不见的。你能看到很多出土文物。你到陕西博物馆，看到那么多的收藏物，美不胜收，大饱眼福。河南博物馆同样令你大为震惊。这是我们中国啊！盛唐文化这种精细、贵重，真了不起。中国古代，不同朝代，文化有不同的特征。秦汉主要是制度文化完善起来。汉朝很了不起，儒家思想成为统治思想，就是汉武帝时期，听了董仲舒的建议，独尊儒术，儒家思想就有了很高的地位。春秋战国时期，孔子思想并不得势，他的思想也没有几个人接受。唐朝了不起，是一个多元的繁荣。西域人可以到朝廷来做官，有一本笔记，叫《东城老父传》，说“长安少年有胡心”，当时的长安少年，就像现在的年轻人喜欢西化一样。陈寅恪考证了，长安城里的女性，奇装异服，发髻各式各样，有一种发式叫“玉步摇”，可能一步一摇吧。而且时装领导当时的潮流，现在日本的服装就是吸收了唐宋的服装。

国学何义？

现在对国学的定义，讲得太阔大，还有“大国学”的说法，把所有中国的历史文化都叫国学。说历史文化就是国学，是把学问和学问的研究对象混为一谈了。不知为何糊涂如此。

讲国学这概念的时候，一定要分清楚，是现代的国学，还是古代的国学。如果讲的是“国学”这个语词，周礼就有，汉朝、魏晋、唐朝也不断出现。庐山旁边有个白鹿洞，朱熹创立的书院，宋朝的四大书院之首的白鹿洞书院，就在庐山脚下。白鹿洞书院在唐朝的时候，就叫庐山国学。“国学”这个词，在中国古代典籍中多有出现，但所有这个词，都是国立学校的意思，不是我们今天分疏的这个国学。

我们今天讲的这个国学，我们能看到的材料，最早是一九〇二年。在这一年，黄遵宪给梁启超写信。戊戌变法失败后，黄遵宪回到了广东老家。黄遵宪是广东梅县人，也是诗人。戊戌变法之后，很快就是义和团，很快就是八国联军，签订和约，光绪和慈禧太后跑了，跑之前，还不忘把她恨的一个美丽女人珍妃投到井里。然后，和约签了，赔了银子，他们又回来了，慈禧觉得此事犯了大错，有所悔愧，所以把很多戊戌变法在案人员大赦了，只有两个人不赦，康有为和梁启超。康有为和梁启超都在国外。一九〇二年时，梁启超在日本，黄遵宪在广东。他们都是戊戌政变后被处分的人员。黄遵宪在给梁启超写的信里说，你在信里讲，要办《国学报》，我觉得，现在办《国学报》还不是时候。“国学”一词在这里出现了。梁给黄的信，我们今天看不到了，黄给梁的信，在《黄遵宪全集》里有。

所以，至少一九〇二年，“国学”一词出现了。一九〇四年，梁启超在写《中国学术变迁之大势》时，再次使用这个词。他说有人担心西学过来以后，国学可能不存在了。梁启超说，不会的，西学越进来，国学越能得到发扬。他这个时候用的“国学”，就是我们现在使用的国学。这个国学相当于“旧学”，也相当于“中学”。张之洞最有名的话，叫“旧学为体，西学为用”。在晚清激进与渐进改革争论最激烈的时候，张之洞在一八九八年五月发表了《劝学篇》，他的目的是希望改革能走上渐进的道路，不要走得太远。所以他说，在课程设置方面，应该是“旧学为体，新学为用”。到了一九二一年，梁启超写《清代学术概论》，叙述这段历史的时候，他说当时张南皮提出“中学为体，西学为用”，全国一时以为至言。梁任公先生在转述张之洞的话的时候，做了一个转译。张说的是“旧学为体，新学为用”，梁讲成“中学为体，西学为用”。意思没有歪曲。张之洞讲的“旧学”，梁启超讲的“中学”和后来的“国学”，大体是同一个含义。这个国学，是跟西学相比较而存在的。可是当这个国学定义用了以后，对这个概念长期没有分梳。

第一个对国学作分梳的是胡适，他在一九二三年，北大国学门出的《国学季刊》的发刊词里。一九二二年底，北大成立国学门，一九二五年清华大学成立国学研究院。《国学季刊》的发刊词是请胡适之写的，他讲，什么是国学呢？国学就是国故学的简称。什么是“国故”呢？这是章太炎的发明。他在一九一〇年有本书的名字就叫《国故论衡》。在他的文章著作里，不断出现“国故”这个词。“国故”就是中国的历史文化。章先生讲，“国故”有三点最重要，一个是制度，一个是语言，一个是人物。这是胡适第一次说对"国故"进行研究，就是国故学，国故学的简称就是国学。但是胡先生这个概念没有得到学术界的共同认可，大家觉得过于笼统。长时间大家使用的概念，是认为国学是中国固有学术。

什么是中国固有学术？具体说，就是先秦的诸子百家之学，是中国的固有学术，两汉时期的经学，魏晋时期的玄学，隋唐时期的佛学，宋代的理学、明代的心学，清代的朴学，都是中国固有学术。宋代理学的一个特点，虽然也是儒学的发展，但吸收了佛教特别是禅宗的思想，也吸收了道家和道教的思想，所以，宋代的思想是一个大汇流。所以王国维、陈寅恪都讲，宋代的思想是吾国思想文化的最高峰，一个重要标志，就是理学出现了。理学的出现，意味着中国的思想有了自己的体系。中国的思想本来是不以追求体系为目标的，不像西方，柏拉图、亚里士多德、康德、黑格尔都有自己的体系。中国的学者不追求体系，孔子也不追求体系，孟子也不追求体系，当然现代有些学者说他们有体系，这个要另当别论。但即使对体系有严格界定的学者，也不能不承认，朱熹的学问是一个体系，他对最基本的概念"理"和"气"，反复解释，反复探讨。还提出"事"和"理"谁在先谁在后的问题，这就是哲学要探讨的问题了。到清朝的朴学，一大批人物出现了，像我刚才讲的钱大昕、惠栋、章学诚、戴震、阮元等，他们最大的贡献是把中国古代的所有典籍翻了一个过。所有微小的词义，都让他们用显微镜看出来了，由大量著述留下来。对清儒的著述，我们能感到他们学问和学养的深厚。研究这些固有学术，就是国学，过去、现在，学术界基本还是这个看法。

可是，在一九三八年，有一位学者，他叫马一浮，在浙江大学作国学讲座时，他提出，把国学视为中国固有学术，这也太笼统。人家要问：是什么学术，哪一时期的学术，是儒家、道家还是佛家？他觉得这个概念还太泛，因此他提出国学是“六艺之学”的新的国学定义。“六艺”就是《诗》《书》《礼》《易》《乐》《春秋》，后来称为“六经”，《乐经》不传，剩下“五经”。但学术界还是习惯称“六艺”或者“六经”。我非常赞同马一浮先生的看法，近五年我写的文章，就想叫国学“瘦身”，主张经学和小学是国学的两个支柱。在这个意义上，现代学者中章太炎可以称作真正的国学大师。因为他懂经学，特别是他小学的造诣，二十世纪少有人比。鲁迅先生就在东京听他讲过《说文解字》，那是一九〇七或一九〇八年。章太炎是浙江人，早年在俞曲园先生的“诂经精舍”念过经学。他毕生下的功夫是文字学、音韵学、训诂学，也就是小学部分。经学最早的是“六经”，小学包括文字学、音韵学、训诂学。老辈经常讲，从小学入经学，是学问的最佳次第，然后再入史学。所以清儒讲“读书必先识字”。

现在学术界研究文史哲人文学术的人不少，但即使比我更年长的一些的师友，他们学问上各有专攻，但一提经学和小学，造诣深厚的不是很多。特别是小学的功夫，很多人不具备。但是师大得天独厚，你们有一个了不起的陆宗达教授，他是文字训诂学家。他的弟子王宁，现在是比较活跃的学者，长期下放到西北，在甘肃工作，当她回来，继承了陆先生的渊源，在文字学的研究方面有所贡献。他还有一位弟子，你们都知道，许嘉璐先生。后来他做官了，但没忘学问。其实他的文字学根底很不错，他对中国文化有很深的情结。

如果认为国学主要是是经学的话，有一个好处，可以跟国民教育结合起来，可以在小学、中学、大学一二年级开国学课。国学课讲什么？就讲“六经”。“六经”不好读，可以从《论语》《孟子》开始。《论语》和《孟子》讲的道理，就是“六经”的基本义理。特别是《论语》，即使小学生念也不是特别难。“六经”的基本义理，是中国人立国做人的基本依据。如果今天讲国学的话，我主张将国学视为“六艺之学”。小学，包括文字学、训诂学、音韵学，是入门的工具。有一次我在人大国学院演讲，我讲了这个观点，我建议国学院设立三个部，一个经学部，一个小学部，一个国学教育部。国学教育部是应用方面，这样的话，国学就跟文史哲各科没有矛盾了，因为经学是独立的。否则的话，国学跟现代学术分科的冲突，谁也解决不了。

你说国学是培养通识通儒，哲学不要通识通儒吗？哲学难道不需要有文学和史学的根基？没有文学的根基，你的文章写不好。没有史学的根基，你的思想从何而出？假如哲学是你专攻的方向，但是你也需要整体的人文修养。如果设立国学院，开的课跟文史哲三系完全一样，何必再设国学院？

如果国学院以经学和小学作为主要的研究对象，跟文史哲各科就不相冲突了。这样，国学院就可以培养经学和小学的专门人才，也就是国学人才。“五四”以后，完全反对读经，是一个缺失。四书五经，是做人为学的根基，不影响你对现代知识的吸取。

我讲的是自己的思想，大家不必完全认同，一家言而已。

载《中华书画家》二〇一四年第七期

第九篇

《学术与传统》自序

余所治学，早年为古典文学和文学思想史，特别对《红楼梦》与明清文学思潮用力较多。现当代文学和文学理论也曾涉猎，出版过几种论著。但上世纪八十年代中期以后，开始转入学术史和思想史研究。引领我“出文入史”的是王国维、陈寅恪、钱锺书三位学术大师。读他们的书，如醉如痴，足以忘我，结果自己不想写文章了。于是编纂了一套《中国现代学术经典》，收晚清民国以还现代学者的著作四十四家、三十五卷、两千多万字，一九九七年出版，历时七年时光。好处是使我有机会系统接触现代学术的谱系，王、陈、钱之外的其他学者，也成了我熟悉的前辈老师。此处“老师”一词，我用的是《史记·孟子荀卿列传》“齐襄王时，而荀卿最为老师”之典意。他们为我打开的学问世界，广阔无垠而又绚丽多彩，不禁为之流连忘返。一九九六年出版的《传统的误读》，二〇〇四年出版的《学术思想与人物》，二〇〇八年出版的《中国现代学术要略》，可视为此一方面研究的一个结点。而二〇〇五年出版的《红楼梦与百年中国》一书，不妨视作由文学研究进入学术史研究的一个过渡。

我重点研究的中国现代学术的个案是王国维、陈寅恪和马一浮。研陈的书，二〇一二年出版了《陈宝箴和湖南新政》，二〇一四年出版了《陈寅恪的学说》，二〇一七年还将出版另一研陈专著《陈寅恪论稿》。研究马一浮的专书《马一浮与国学》，已于二〇一五年由三联书店出版。王国维，我是将其和陈寅恪一起研究的，将来或合稿成书。遗憾的是，研究钱锺书的书，长期未能着笔。直到去年年中，才有机缘写完了《钱锺书的学问方式》和《钱锺书与陈寅恪的异同》两文，均刊于《中华读书报》，算是还了一点儿学术的宿债。我研钱下的功夫，可是不少，单是笔记就有好几册。主要是研陈研马花了太多的时间。而近年我的学术又有了新的转向。马一浮先生带领我进入宋学，又返归“六经”。如今我正在“六艺之学”和先秦诸子里打转呢。国学的义涵及缘起与流变，中国传统文化价值理念如何在今天发用，是我近年着力研究的课题，意在溯源接榫，为当代社会文化价值的建构寻找传统的资源。

故本书所收文字，第一卷为研究王国维、陈寅恪的专题文章，尽量选取研究题旨和角度的不同侧面，以示区别与联系。有老辈称，我的研陈是“王陈并治”，可谓知我者之言。不过我研陈是连通其家学渊源一起研究的，亦即将陈学和义宁之学连类并观，寅恪先生的祖父陈宝箴和父尊陈三立，同样是我感会探究的学术对象。本书所收的《陈寅恪的家学渊源和晚清胜流》这篇文字，可作为此一题义的代表。此稿近三万言，往昔曾以节稿的方式刊于《中国学术》，全文收书，这是第一次。王、陈之间，吴宓是不可忽视的人物，他具有能将王、陈、钱联为一体的学术法力和历史过节。由《王国维、陈寅恪与吴宓》一文，可以看到他们之间许多有趣的学问故事。其余诸篇，就不赘述了。唯此卷的第六篇《陈寅恪对儒释道三家的“判教”》，是新近写就，二〇一六年九月十四日《中华读书报》以三个整版的篇幅全文刊载，为该报近二十年所仅见之特例。此篇固是我研究陈寅恪学术思想的比较重要的文章，对理解和研究中国文化的思想流变而言，从中亦可窥知，寅老不仅为我们立下一个解读“大事因缘”的思想纲领，也给了我们能够开启其秘藏妙谛的一把智慧的锁钥。

本书第二卷以马一浮为主，连带研究熊十力、钱锺书、张舜徽等其他学者的文字，以及关于中国现代学术思想的通论和专论。新写的研究钱锺书的文章，两篇合而为一，统以《钱锺书的学问方式》出之。通论部分则以《中国现代学术要略》为代表。最初《要略》一文是我为《中国现代学术经典》撰写的总序，曾以四个整版分两次连载于一九九七年的《中华读书报》，在学界引起较大反响。但直到三联书店出版专书之前，此文我从未收过书。此次入选，只是正文部分的第十二章，相关附件未予收录。本书第六卷《我的一次学术历险》，对此文的撰写背景和前后经过，有详明的叙说，有兴趣的读者不妨参看。《文化托命与现代学术传统》写于一九九一年，初刊于《中国文化》一九九二年春季号，是我研究现代学术思想较早的一篇专论。陈寅恪先生在《王静安先生遗书序》中写道："自昔大师巨子，其关系于民族盛衰学术兴废者，不仅在能承续先哲将坠之业，为其托命之人，而尤在能开拓学术之区宇，补前修所未逮。故其著作可以转移一时之风气，而示来者以轨则也。"我的题旨的灵感，盖得自于此。二十世纪的大师巨子，其生平志业本身，无不具有文化托命的担负，但实现自身的安身立命，又显得困难重重。我试图寻找其中的线索和缘由。《大师与传统》则是二〇〇七年十二月十五日，我在凤凰卫视"世纪大讲堂"一次演讲的文字稿，二〇〇八年二月二十四日经《文汇报》全文刊载。《学兼四部的国学大师》，是当张舜徽先生百年诞辰之际，应《光明日报》国学版之约而写，刊于二〇一一年六月二十日的《光明日报》。但此篇绝非匆促的应制之文，而是多年研究的明学会心之作。张先生晚年与我有诸多通信，他是我所推许的章太炎、黄季刚、钱宾四之后，首屈一指的国学大师。

第三卷是关于传统文化与国学及传统文化价值理念在今天可能有的意义，这是我近年一直关注的课题。中国自周秦以来，或者换一个更容易为学界认可的说法，自秦汉以来，就建立了以长治久安为目标的社会形态。这一社会形态，体系完整，纲纪分明，文教发达，人事旺盛。虽中经丧乱，内忧外患，改朝换代，但主流根脉，未遑动摇。社会本身似乎有一种稳定的内在调节机制。我想这与民间社会广大深厚不无关系。所谓“礼失，求诸野”，圣人之言，自有无穷消息。农民起义所造成的改朝换代，实际上充当了这一社会形态自我完善的调节器。而由边族觊觎中原而引起的华夷之辨和华夷之变，又每以用夏变夷来收场，不自觉地扮演起从外部调节社会机制的角色。这一社会形态，已往的教科书和学者著述，统以“封建社会”称之，显然是受了外域的“社会五阶段论”的理论模式的影响。如今看来，用“封建社会”指称周秦以来或秦汉以来的中国社会，是殊为不伦的削足适履的做法，应予更止。我近二三十年的写作著论，当涉及相关历史时间段的时候，一般都用“传统社会”代之。其实“传统社会”一词，仍嫌笼统，如果分段为说，则称殷周为王制社会，秦汉至清为帝制社会，也许不失允当。

收入此第三卷的《中国传统文化的特质及其价值取向》《百年中国文化传统的流失与重建》《中国文化的狂者精神及其

消退》，属于研究我国思想文化流变的专题著论，文化反思的意味至为明显。《当代中国与传统文化》《中国传统价值理念的现代意义》两文，都是以传统如何在当代发用为宗旨，前者首发二〇一〇年三月二十五日《光明日报》，两版篇幅；后者是二〇一一年九月六日在中央文史研究馆建馆六十周年座谈会上发言的文字稿，载于《光明日报》和香港《国学新视野》等报刊。《狂者精神》写于二〇一〇年，《读书》杂志连载于当年的三、四、七期，是写得痛快畅心的一篇文字。至于国学与传统文化的关系，我认为两者是不同的概念，既不能混同，又不能互代。国学的内涵，要以中国文化的最高形态“六经”为主导，而以小学为进阶，辅之以公民的国学教育。青少年进入国学，则以《论语》《孟子》为入门途径，由浅及深，日积月累，必获成效。学习国学从《论语》开始，是我的结论，也是我的主张。国学只有和民众相关才有生命力，是我近期的一次演讲，对此题义我深信不疑。因为国学归根结底是中国人自己的经典价值系统，其化而成为现代人通识教育的一部分，毋庸说自是顺理成章之事。这样一来，国学与文史哲各科门的关系，也可以避免扞格而坐收两全之美。北大国学门成立于一九二二年，清华国学研究院成立于一九二五年，都只存在了四年的时间。原因何在？此无他，不过是北大、清华两学府至二十年代末三十年代初，各自的文史哲三院已经建设得科目齐全，实力雄厚，不需要另立所谓“国学”，与之混淆不清。此义《论国学》《国学辨义》两长文作了深入的考论。直至今天，各大学的国学院如果不以经学、小学和国学教育为立院的学科基石，仍然无法解决与文史哲三院的科际关系。我的关于国学的论旨要义，大体上尽在此卷中矣。《如何评价儒家学说的历史地位》是不久前新写，载二〇一六年一月十八日《光明日报》。就中国传统文化而言，儒学是无论如何都绕不开的题义，一并收入，以明笔者的思想取向和学术立场。

第四卷是古典文学和思想文化史研究。《为生民立命》一文，专门论述宋代大儒张载的“横渠四句教”，并兼及对清学和宋学的关系的探讨，首载二〇〇八年九月三日《中华读书报》。《白鹿洞书院访学记》，则着意复现朱子和白鹿洞书院的关系，从中可约略窥见我国的书院传统及其艰辛的历程。原载二〇〇九年八月九日《文汇报》，因事涉宋学，故置于本卷，使之与关学巨子为伴。《唐朝的气象》，是我为研究生开的“中国文化史导论”课的一讲，经整理重写，曾发表于《人民政协报》。《汉译佛典与中国的文章体制》，是我早年钟情的研究领域文学思想史的题义，以《文心雕龙》的文体论为论述中心。盖平生雅好《文心》一书，此为心得之一。《汤若望在明清鼎革之际的角色意义》，系一九九二年出席在德国召开的“纪念汤若望诞辰四百周年”国际学术研讨会而提交的论文，一篇以明清鼎革为背景的异域宗教人物的专论，写得自己感到了喜欢。《史华慈：最后发表的思想》，是一九九九年在哈佛大学与史华慈教授访谈对话的改写稿，曾在二〇〇六年华东师范大学召开的“史华慈与中国”

国际学术研讨会上宣读，尔后上海《社会科学报》以两个版的篇幅全文刊载。置于此卷，庶几可与汤若望一篇稍作呼应。红学的文章，过去成书者，一律不选，只以晚近写的《〈牡丹亭〉与〈红楼梦〉》和《陈寅恪与〈红楼梦〉》两篇别一角度的涉红文作为代表。此两文的写作均有故事，此处不遑多记。

需要多说几句的，是《社会变革中的文化制衡——对“五四”文化启蒙的另一种反省》这篇文章。竣稿时间为一九八九年年初，是为当年五月在香山召开的纪念五四运动七十周年国际学术研讨会准备的论文，一九九〇年发表于香港中文大学中国文化研究所主办的《二十一世纪》杂志。早已忘记了有此一文，最近无意中发现并通读一过，不禁为之感叹。只有当时的文化语境下，才有如此酣畅的学理论说。万言之作，竟如一气呵成。而文章旨趣，则与我写于同年的《中国文化》创刊词一脉相承。

二十世纪八十年代，我国的社会变革正在如火如荼地展开，同时遇到的问题也多到不知凡几。我看到了问题背后的文化限制，所以提出了“文化制衡”的概念。文章开头的第一句就写道：“社会变革需要有先进思想的导引，同时也需要常态的文化制衡。”而且对“文化秩序”一语表现出浓厚的兴趣。我给出了自己的理解：“社会是个有机体，它在常规运行中，自然会累积自己的文明，从而形成文化秩序。文明的累积，借助于同时也产生着人类的理性和集体智慧。这种理性和集体智慧的平均值，是一个社会成熟与健全的标志。因此社会依其成熟与健全的程度划分为不同的历史段落；同一历史阶段的不同社会形态，具有各自相同或相异的文化秩序。”并试图为文化秩序下一个定义，故接下去写道：“我所说的文化秩序，是指与一定的生产力水准相联系的人类行为的规则链，特别是社会成员生活方式的文明程度和普遍的理性水平是文化秩序的重要标志。因此它直接涉及全民教育和法制建设，这是一个社会的文化秩序正常与否的必要条件。文化秩序系由传统累积而成。国家意志在文化秩序面前也要屈尊以降。事实上，国家与法只有与文化秩序相适应，才能保证该社会是一个健全的社会。”我的意思，文化秩序一是与传统有关，二是与法制有关，三是需要有理性精神的渗透。“人固然创造文化，文化也制约着人类”，是文章一再阐释的题旨。诠察二十七年过后我国今天的社会与文化，如果认为该文所阐释的题旨尚属没有过时，应该不算是自是溢美之言。文章里有这样一句话：“只不过人类太自信了，难免有时执着于社会变革，却不承认或者忽略了文化秩序对社会变革的制衡作用。”今天看来此言尤值得警醒。

第五卷的文字，《敬义论》《立诚篇》《论和同》均为新写，是我研究“六经”的价值论理系列文章的一部分。《敬义论》是此组文章的领题，《北京大学学报》于二〇一六年第三期以特稿的形式刊载，文长三万言。“敬”是我近年一再深究的价值理念，曾多次撰文，反复阐释其义理内涵，并提出“敬”这个价值理念已经进入中华文化的信仰之维。此篇《敬义论》是为第一次系统论述，遍引《易》理经纶，探河穷源，辨明流变，整合义理，重构统绪，可以说初步完成了敬义的学理论说。“敬”与“诚”相连接，如果无诚，便不会有敬。诚是自然而然如此，敬是无论如何必须如此。故大程子明道先生说：“诚者，天之道；敬者，人事之本。敬则诚。”《敬义论》既竣稿，则《立诚篇》必须踵武而随之，一万二千言，刊于二〇一六年九月二日《中国文化报》。《易·乾卦·文言》写道：“君子进德修业，忠信所以进德也。修辞立其诚，所以居业也。”我认为此两句可以概括人生志业的全部要义。盖匆促人生，无非“进德修业”四字。而令此德此业臻于至境，全赖“忠信”“立诚”的不朽箴铭。“和同”也是我集中关注的核心价值理念，近年相关文章多有，但系统论述当首推此篇《论和同》，载《文史哲》二〇一六年第三期，文长两万言。孔子说：“君子和而不同。”是为关乎中国人立身行事准则的大判断。《易》之“同人”一卦，层层为说，反复演绎此理，力主“与人和同”，让我不胜惊喜。盖《易经》一书，不愧人类进德修业之渊薮，文明观念之理窟也。

《将无同——文化融合是人类未来的大趋势》，与《论和同》为时空措置的不同体位的观照。在同一时空，应与人和同；展望未来，则无外乎“将无同”三字。魏晋清谈主要围绕“名教”

与“自然”的题旨展开，哲学层面则是关于宇宙世界的“有”和“无”的问题。名流们为此口若悬河，争论得无法休止。但到了下一代，情况发生改变。《晋书》记载，阮籍的从侄孙阮瞻，一次拜见当时已经位至“三公”的王戎。王戎问这位年轻人：“圣人贵名教，老庄明自然，其旨同异？”阮瞻回答说：“将无同。”当时圈内人士称阮瞻的回答为“三语掾”。“将无”是不含实义的语助词，“将无同”就是没有什么不同，也就是“同”。二〇一〇年十月，中美文化论坛在伯克利大学举行，最后一次圆桌会议，我应邀代表中方学者发言，讲了文化的“异同”这个话题，提出对话应该成为人类的生活准则。这个题旨恰好可以和《论和同》《将无同》两文相呼应。

而宋儒张载的哲学四句教：“有象斯有对，对必反其为，有反斯有仇，仇必和而解。”是我尊仰的哲学命题。窃以为人类未来走向何所，实与对此一命题的理解有关。孔子“和而不同”的思想，是此一命题最精要的概括。一个是“君子和而不同”，一个是“己所不欲勿施于人”，这两个哲学命题，已经给出了人类麻烦的解决之道。“和而不同”是中国人和中国文化面对这个世界的本有的原则。我一向的观点，人类的“同”终归是主要的，不同只是文化的差异，即“化迹的不同”。王国维强调的“学问之事，本无中西”，陈寅恪力主的“文化高于种族”，均可归之于《易》之一语：“天下同归而殊途，一致而百虑。”甚至陈三立叙述陈宝箴的行事“府君独知时变所当为而已，不复较孰为新旧，尤无所谓新党旧党之见”，也可以看作是此一理念的遗绪。只不过人类的良知为世间的利欲力势所汩没，正所谓“利令智昏”，而今亟待去魅“复性”，恢复人之为人的本然之知和本然之善。

《二十一世纪的挑战：亚洲价值的反省》，是一九九八年九月中日韩三国学者汉城（今首尔）文化论坛上，我报告的论文，其题义与此卷的内容多有吻合。评议朱维铮的《走出中世纪》和《走出中世纪二集》一文，不仅评书，亦关评人，将其论域、学思、文风、胆识、意气，囊括入于一炉。对马一浮和儒家思想的不同观点，亦绝不模棱两是，而行文立义又充满了解之同情。文章在《中华读书报》发表后曾寄请维铮阅正，电话中他一片喜悦。我和维铮算得上“不同”而能相“和”的一个例证。卷六的《中国现代学术要略》的后记，也曾叙及和维铮的交往过节，我称他为学之诤友而士之君子。关于汤一介先生的《学术所寄之人》，是在他生前写的。我引王国维的名言：“天而未厌中国也，必不亡其学术。天不欲亡中国之学术，则于学术所寄之人，必因而笃之。”汤先生，朱维铮先生，自然都称得上当代中国的“学术所寄之人”。《人文与社会科学研究的几个问题》，是我的一次演讲提纲，原刊二〇〇二年《文汇报》，《新华文摘》曾予转载。文中所谈的偏于己身为学经验的十二个问题，也许可略供好学深思者参酌。

最后是第六卷的一组文字，为序跋之属，这里也略作说明。新时期改革开放以来，我先后创办了两种学术刊物，一为《中国文化》，一为《世界汉学》。《中国文化》迄今已二十有八年，至今还在有兴味地办。《世界汉学》只出版四期，因资金不济而停刊了。我办刊物的宗趣与我的为学是一致的，因此特将两刊的创刊致词附载于此。《中国文化》创刊词写于一九八八年，当时就提出："为学之道，尚同比求异更重要而且深刻得多。"并引钱锺书先生的名言"东海西海，心理攸同；南学北学，道术未裂"作为证词。《世界汉学》发刊寄语陈述的我的学术目标是："祈望以汉语的方式构建不同文化背景、不同文化系统之间的沟通与对话，构建国际汉学研究的学术桥梁，为实现人类在二十一世纪的梦想稍尽绵薄。"可见笔者为学之理念不无前后相承相续的一贯性。《我的一次学术历险》，是为三联版《中国现代学术要略》的后记，《切问而近思》是中华版《刘梦溪学术访谈录》的题序，有人物，有故事，可见出我为学为文的一些不为人所知的心路过程。

二〇一五年，我的《中国文化的狂者精神》一书的韩文版出版了，应译者韩惠京教授之邀，写了一篇序言，文字不长，却相当于一篇独立的专题论文，以《孔子为何寄望狂狷》为题，首刊于二〇一五年三月三十日《光明日报》。刚好我的《〈红楼梦〉与百年中国》也有了发行韩文版的机会，按译者要求需要有著者写的卷前致语。没有想到，竟写了这篇万余言的《大观园里和大观园外》，俨然成为一篇新的研红论文，只好作为书前导言置于韩文版《〈红楼梦〉与百年中国》的卷首了。此文曾刊于二〇一五年第七期《读书》杂志，据接近红学圈的朋友讲，口碑似乎尚称不恶。《二十世纪学人的独标与秀出》是去年商务版《现代学人的信仰》的题记，内容应属于卷二的范围，因系序跋之属，只好请其在这里与同侪为伴。全书殿后的《季羡林先生九十寿序》，是一篇值得我个人特殊记忆的文字。季先生有恩于我，因此当二〇〇〇年他九十华诞的时候，我一口气写成此文，用的是文言。初稿尝送请吴小如先生润正。因季先生字希逋，小如先生建议循旧例文题宜改为《季希逋先生九十寿序》。但考虑到季先生名羡林字希逋的今典，恐怕只有北大极少的几位老辈知晓，我说可否依今习仍直接以名称。他沉吟良久，雅不情愿地同意了我的固执之见。此篇虽以寿序名，实为叙论百年以还现代学术流变文字的一种别体。

北京时代华文书局在二〇一五年年初，已经出版了我的《将无同：现代学术与文化展望》一书，是为我所在研究机构的学术文库之一种，但出版社和我个人都意犹未尽。因为文库的方式有自身的局限，不易为知书好学之士所关注。于是商定在原书的基础上，另出我们更加满意的单行文本。经过一年多的时间，商酌在四，七易其稿，终于编定了这部以《学术与传统》名书的学术论著选编。盖我的研究，依题义言，无外乎学术、思想与人物；就研治范围言，亦未逾于学术与传统之外。学术，是我的志之所钟；传统，是我的心之所系。《将无同》收文三十篇，厘为五卷；现在的《学术与传统》，共六卷，五十四篇，规模体量比前者增加了倍半有奇。更主要是补入了一些不同时间段的具有代表性的论文，学术厚度和论述的系统性有所提升。没有明确的选例或凡例，要以不因时间的推移而减少题义的价值，而又能稍有学问之滋味者，为入选的心理标准。我为学不专主一家，好古而不泥古。与古人为伍，是我穿越千古，进入他们的文化环境。和古人对话，是请他们屈尊降临到我的身旁，在今日的语境下和他们畅论义理哲思。初无选入这么多文字之想，时代华文主人的以学问为宗极的专业精神和通怀雅量，使得我能够因缘入于孟子的“学问之道，求其放心而已”之与吾心所同然者之胜境。

著论文字的多寡不关学问本身，只不过透过广阔一些的题域世界，更能见出著者为学的心路历程和思想轨迹。古贤往圣的范本展布在那里，二十世纪现代学术大师的标杆立在那里，我辈后学，何敢自是？陈寅恪先生的诗句有言：“吾侪所学关天意。”信斯言也。寅老又说：“文章存佚关兴废。”则吾岂敢？

二〇一六年七月二十日序于东塾

载《中国文化》二〇一七年春季号

第十篇

沉潜学术，传承典范

——走近刘梦溪的学问世界

《中华英才》记者　赵雯

了解之同情

刘梦溪撰写的《马一浮与国学》有言："本人多年研究马一浮，有一深切的体会，即在马先生其人和他的著作面前，我们的话说得越多，离马先生越远。因此本书的写作，力求让马先生自己说话。"

"让……自己说话"，是学者严谨客观的态度。以刘梦溪最喜欢的人物陈寅恪来说，他最擅考据，发扬实证精神，但又有深切的情感投入。刘梦溪说，由于陈寅恪学问深厚，人格峻洁，这样的情感投入不仅不影响其史学研究的客观性，反而为其研究、文章增添了力量。陈寅恪对待古人学说的基本态度，是“了解之同情”，刘梦溪对陈氏此论感会深切，如同己出。

读刘梦溪的著作与文章，亦能感受到他对古今人士的“了解之同情”的态度，即用近乎艺术家的精神和眼光，像欣赏艺术名作那样，进入对象，与立说之人处于同一境界，设身处地思考他们“为何是”“如何是”“不得不如是”，对其立说用意取得“真了解”。

有了“了解之同情”，便不会轻易责备苛求他人。研究钱锺书，他说：“钱先生不是革命家，不是政治家，也不是游旋于政学两界的人。你向他要革命，他没有。要政治，他不喜欢谈。要亦学亦政，他反对这种骑墙式的人生状态。他是非常单纯的学者。不应该向他要这些反其道而行之的东西。你要他出头？参与街头政治？他不愿意那样做。换句话说，他不是梁任公，他不是冯友兰。冯友兰先生的学问当然很好，三十年代的《中国哲学史》，上、下两大册，陈寅恪先生评价很高。抗战时期的‘贞元六书’，构建自己的哲学体系，也是开创性的建树。冯友兰的学术成就，没人能够否定。但冯先生一生于学问之外，有不能忘情于政治的一面，所以容易遭受各种訾议。但我不赞成否定这位杰出的大哲学史家，到现在我给学生开书目，他的《中国哲学简史》，还是必读书。”他分析王国维的自尽，是理性自觉，而非情绪冲动，所以给出结论：“王国维采取了一个行动，在五十一岁的盛年，在他的学问的成熟期，居然自己来结束自己的生命。这是很了不起的哲人之举。”

刘梦溪长期研究二十世纪学术人物，准确地说是大师级人物，由人物入手，复现当时的思想文化风景，梳理论述百年以来现代学术的流变，又通过现代思想史进入传统领域。有如他评价陈寅恪的《柳如是别传》，是“借传”来“修史”，从一个人的故事写出了复杂的明清文化转变史。刘梦溪本人也是由人物来呈现思想精神——不仅是中国学人、学术之精神，也包括中国文化、中国人的精神。

透过刘梦溪的治学经历，可以感觉到他的“良苦用心”。他是学文学出身，早年兴趣为古典文学和文学思想史，对现当代文学和文学理论也有涉猎，特别是红学方面，已创出一片天地。然而自上世纪八十年代中期以后，他开始转入学术史和思想史研究。他说读王国维、陈寅恪、钱锺书三位先生的书，如醉如痴，足以忘我，结果自己不想写文章了。九十年代初，历时七年，刘梦溪编纂了一套《中国现代学术经典》，三十五卷，两千多万字，让读者对现代学术谱系得以全面系统了解。

这样的学术转向应属自觉，又似有天意。打通文史、融会古今，皆为天然。正是对《红楼梦》的研究，刘梦溪了解了明清社会与历史，这与后来研究陈寅恪的《柳如是别传》联系起来了。陈寅恪研究隋唐政治文化制度，而刘梦溪的古典文学功底让他对唐诗里的隋唐社会风貌了然于心，于是又有了某种接应。

如果说陈寅恪为考据之学（当然也有义理），那么马一浮是义理之学。刘梦溪研究陈寅恪二十年，研究马一浮十年，对宋代几大家下了深切的功夫，又通过宋学返回“六经”。如今他正在集中研究“六经”的价值论理、国学的义涵和施教，以及中国传统文化价值理念如何在今天发用。

刘梦溪认为，当代文化传统的承续与重建，有三条途径比较行之有效。第一是文本经典的阅读，第二是文化典范的熏陶，第三是礼仪文化的熏习。这三者显然是相互关联的一个整体。刘梦溪的研究，在我看来是一种“典范的学术与学术的典范”。

吾辈并无资格和能力评述刘梦溪先生，但阅读先生文字，聆听先生教诲，如沐春风，心向往之。先生学养深湛，但著述审慎，要求甚高，并不追求多产。只是近十年，有厚积厚发之势。他说：“愿意将清洁的东西，真思想、真精神、真学问传递给喜欢自己文字的人。”

为走近先生的学问世界，我不妨讲几个小故事。但真想了解先生，还是去读他的书吧。

故事一：蜗居读书

“喏，他在那里。”陈祖芬老师接我进屋。我往里看并未看到刘梦溪先生，只见一排排一摞摞书。“哦，他常常被书挡着，看不见，那是他蜗居的地方。”陈老师莞尔一笑。

先生走下台阶，整齐的深蓝色中式布衣，银发在阳光下闪着威严的光芒。但先生一跟你说话，便会打消你先前的紧张。先生是极度耐心的人，尽管我知道几乎所有的问题在其著作中论述详尽，又在不同文章中有所强调，或不知被多少记者提问过多少回，他还是很认真地把一个个问题清清楚楚地从头说到尾。“够了吗？”最后先生还问。

先生博闻强识，连口语也不含糊，说话跟写文章一般准确文雅。我问他如何做到，必是天分。先生说，也许跟小时候喜欢背书有关。背《三字经》《论语》，背《唐诗三百首》《古文观止》。“读书做学问，在我既是一种兴趣，又是一种职业。”先生说他看书极细，且一遍遍重读，好处是能“学而时习之”，往深里走；坏处是写作的时间往往拖得很长。

“刘先生即之也温，久而知其严，再久，又转温了。”有朋友如此评价先生，我亦有同感。向来以为读书人的书房最是神圣、隐秘处，不敢擅入。没想到先生主动请我到每一间书房参观，先生引路，走廊间也堆满书。先生又翻出与许多学界友人的照片来给我看，我觉得先生对岁月也生出感慨。

“都说文人相轻，文人各有性格又思想执着，有深笃持久的友谊怕是不易吧？”我问。先生郑重转过头跟我说：“我从不嫉妒别人，特别欣赏有才华的人，我只不喜欢一种人——小人，小人见了我，常常自我退避。”

故事二：南瓜与葫芦

先生喜欢南瓜与葫芦，四处收集来摆放在家中。家里有一种自然的生趣与宁静。他说："南瓜的感觉是温厚、质朴而有田园风味，让我心生喜爱；葫芦的特点是简洁、完整、自成一体，外面无所见，内里乾坤大。"

故事三：佛缘

先生不是佛教徒，但喜欢佛教，说自己略有佛缘。

"一次在家里，一边吃早餐一边看电视，电视里播放的是介绍敦煌的纪录片。忽然看到某一窟，一尊佛像，两脚交叉，手如此摊开，微笑面对众生。我顿时流出了泪水……从餐厅回到书房，《弘一大师全集》摊开在那里，恰好这一页上有弘一的书法：'见佛自在生欢喜。'呵，原来我是喜极而泣。"

"多情乃佛子。你看李叔同，他是有大情感、大经历之人，又修最严格的律宗。是真正的大德高僧。"

故事四："有恩于我"

先生多次提及季羡林先生"有恩于我"，季老九十岁生日时，先生一气呵成写下文言文《季羡林先生九十寿序》。

"大学在人大念书的时候，听过季先生的课。七十年代末八十年代初在文联工作，一些文艺界的会，能见到季先生，逐渐熟悉起来。后来成立中国文化研究所，创办《中国文化》杂志，我们的学术活动，常请他参加。只要我出面，他总是能到场。我写的四五万字的长文《陈寅恪先生的学术创获和研究方法》，季先生看后，称赞是一篇‘至文’，这对我是很大的鼓励。”“二〇〇〇年，我六十岁的时候生了一场大病，一年没出门。季先生几次问助手：‘梦溪怎么不见了？梦溪去哪里了？’后来得知我卧病，特地打来电话，说自己‘其实浑身都是病，但不太在意，你把它看成休整的过程，病就变成有益的东西了’。又写信慰勉，说‘吾兄罹疾，我心难安。’让我十分感动。”“还有一次是《世界汉学》创刊，季先生、钟敬文先生、张岱年先生都在座。钟先生问：‘梦溪是北大的吧？’季先生说：‘他不是北大毕业，但比北大还北大。’季先生这句话的内涵，只有知者知之。”

学术与传统

对话与“和同”

二〇一七年的第一季度，刘梦溪先生将有一部大书出版，学术论文自选，上中下三卷，一百万字，书名叫《学术与传统》。他在自序中说：“盖我的研究，依题义言，无外乎学术、思想与人物；就研治范围言，亦未逾于学术与传统之外。学术，是我的志之所钟；传统，是我的心之所系。”

刘梦溪研究的马一浮，是高人，不著时文，不任教职，他的学问很难被时人读懂。刘梦溪也感到知音难觅，但他趋向于与世间“合作”，愿意沟通对话。一九八八年创办《中国文化》，已表明“嘤其鸣矣，求其友声”之意。他的许多文章见诸《读书》《中华读书报》《文汇报》《光明日报》《21世纪经济导报》等报刊。他也接受电视媒体的采访和邀约作演讲。凤凰卫视“世纪大讲堂”讲过两次，一次讲的是《大师与传统》。部级领导干部文化历史讲座请他三次登坛，讲题分别为《百年中国文化传统的流失与重建》《当代中国的传统与现代的变奏》和《中国传统价值理念的现代意义》。

刘梦溪希望有更多的人来学习、了解中国传统文化。“我早年并不愿意出来讲太多东西。有一次在南京大学有一场关于中国文化的演讲，没想到座无虚席，过道都站满了人。有一个女生互动时说：‘刘老师您讲得我激情满怀，您应该到全国去讲！’过去没意识到演讲对听者有如此的好处，的确那次以后我演讲多了一些。”

“对于我们做传统文化研究的人来说，一直有一个问题，就是古典怎么样进入现代生活。”“现代文化的建构，对话最重要，包括各种文明之间的对话，也包括今人和古人的对话。”

“对话”与“尚同”是刘梦溪的一个核心思想。二〇一〇年的伯克利大学中美文化论坛上，他发表了《对话是人类的生活准则》的主旨演讲。他提出，哲学上要破除对“异”的偏执病，承认人类的共同性和共通性。他引述钱锺书著作里反复出现的理念“貌异心同”“东海西海，心理攸同”。他提出：“过分夸大人与人之间的差异、文化和文化之间的差异，是文明的陷阱。”

王国维、陈寅恪、马一浮、钱锺书是刘梦溪重点研究的个案。陈寅恪和马一浮，一个在地上，一个在云端，但是从“本体无缺”这个角度来说，他们是相通的。刘梦溪写《陈寅恪与钱锺书的异同》等文章，比较留意人物之间的比照，但更多是发掘这些一流人物人格境界上的“同”——具有“独立自由之意志”，不曲学阿世，资质纯洁，以学术为公器，通学通儒的学术特征，以及“为天地立心，为生民立命，为往圣继绝学，为万世开太平”的怀抱。

魏晋玄学盛行，有“名教”与“自然”之争。“圣人贵名教，老庄明自然，其旨同异？”阮籍的从侄孙阮瞻回答：“将无同。”“将无”为不含实义的语助词，“将无同”就是没有什么不同的意思。刘梦溪借“将无同”一语，预期人类未来文化融合的趋势。他反复引证张载的话：“有象斯有对，对必反其为；有反斯有仇，仇必和而解。”他说人类最终总会走到一起。“《易经》系辞的‘天下同归而殊途，一致而百虑’，是先天的结论，也会为后天所验证。”

他的两万字的长文《论和同》，发表在《文史哲》二〇一六年第三期。他说一个是“和而不同”，一个是“己所不欲，勿施于人”，这两句话是中华文化给出的解决人类生存之道的一种大智慧。

刘梦溪的学术研究，有沉潜的味道，也有思想的亮色。

优美门风与狂者精神

刘梦溪研究二十世纪中国现代学术，有一个独特的体会，即认为那一时期的大师巨子，其知识结构和精神学养可以用“空前绝后”来形容。因为在西学训练方面，无论汉、宋或清中叶的学者，都不可能与之相比；而他们的家学渊源和国学根底，又为后来者难以企及。身处新旧交替的大变局时代，他们的家国情怀格外深沉。

刘梦溪注意到，那一时期的学者不少出自世家，门风优美，其中陈寅恪最为典型。因此他研究陈寅恪是连通其家世和家学一起研究的。《陈寅恪的家学渊源和晚清胜流》是这方面的代表作；又有《陈宝箴和湖南新政》一书，直接研究陈寅恪的祖父陈宝箴和父亲陈三立。

陈宝箴是一八九五到一八九八年的湖南巡抚，推动变法维新，走在全国的最前面。梁启超、黄遵宪、熊希龄、皮锡瑞、谭嗣同、唐才常等改革派人士均受其感召，齐集湖南。陈寅恪的父亲陈三立，是晚清大诗人，文采过人，风骨节操不亚于陈宝箴。一九三七年日军侵华，陈三立愤而不食而死。陈寅恪毕生恪守的“独立之精神，自由之思想”，与其家学传统可谓一脉相传。

刘梦溪出生于“耕读之家”，从小听父亲讲侠义小说，对行侠仗义的英雄心存想往。初中读古典诗文多，高中读欧洲文学多。酷嗜塞万提斯的《堂吉诃德》，对那位和风车战斗的拉曼却骑士欣悦无比。但尤其喜欢普希金，他说“普希金的作品，有一种温情的清雅”。

读刘梦溪本人的著作，也会感受到这种温情的清雅。简练庄正，有理有情，绝无武断、酸腐之气，是令人起敬的文质彬彬。不过他又是个性明显的性情中人，与特立不随俗的一流人物有感应。“你总会碰到自己最喜欢的东西，包括遇到的人。我的关切和我的研究对象是合一的。”

“不得中行而与之，必也狂狷乎。狂者进取，狷者有所不为。”刘梦溪认为孔子释“狂”，具有思想革新的性质。“‘狂’是超前，‘狷’是知止。总之‘狂’和‘狷’都是有自己独立思想和独立人格的表现。”通过撰写《中国文化的狂者精神》一书，刘梦溪进入阮籍、嵇康、李白、苏东坡、王阳明、李卓吾等人的精神世界，等于写了一部关于狂的思想小史，感慨如今“良知的傲慢”已然消退。

国学与复性

“一个人良善性格的形成，学校有重要作用，但与家庭的关系更直接。”刘梦溪说他对中国文化的精神有信心，但对当前的社会以及文化的整合、再生，有相当的悲观。“现在教育的问题比较多，包括大中小学的教育。这一百年，我们基本上采取的是西方教育模式，这是一种知识教育，忽略了传道的内容，而中国传统教育是注重传道的。”“近百年以来的家庭解体，家学失传，我深表忧虑。”

正是看到现代教育重“器能”，而对于“德行道艺之本”有所缺失，马一浮当年要创办复性书院。“窃惟国之根本，系于人心；人心之存亡，系于义理之明晦；义理之明晦，系于学术之盛衰。”“复性”即恢复人的自性、本然之善。刘梦溪说，他研究马一浮，一个重要收获是找到国学的准确定义并且深感需通过国学教育来养成国人健全的文化人格。

刘梦溪认为，国学是当西学东渐之后，与西学相比较才有的概念。胡适说国学是“国故学”的简称，“国故”则是所有的中国历史文化，包括礼仪、制度、人物、语言、文字、风俗、习惯、工艺、服饰等等。这样定义国学，未免过于宽泛。后来大家一致认可，国学为中国固有学术，包括先秦的诸子百家之学、两汉经学、魏晋玄学、隋唐佛学、宋代理学、明代心学，以及清代的考据学等。“但这又太专业，与普通百姓关系不大，无法构成国民教育的内容。”所以，刘梦溪认为马一浮给出的国学定义堪称经典，即国学乃“六艺之学”，包括《诗》《书》《礼》《易》《乐》《春秋》，后来称为“六经”。“这是中国文化的最高的经典形态，是中国人立国和做人的基本依据。”

关心教育的刘梦溪先生，建议在中小学和大学的一二年级开设国学课，内容以《论语》和《孟子》选读为主。因为“六经”文辞比较难读，《论语》和《孟子》讲的义理，就是“六经”的义理，《论语》可视作“六经”的简易读本。他还提出，国学内容除经学外，还应加上“小学”，即文字、音韵、训诂学的内容，经学、小学、国学教育，应该成为大学国学院的学科构成。

“六经”以及《论语》《孟子》中的价值理念，在当代社会能否发用呢？刘梦溪经过深入研究，从中梳理出诚信、爱敬、忠恕、和同、知耻五组概念，认为是当代社会文化建构必不可少的价值论理。“敬是人的一种自性的庄严，属于信仰的层面，亦即一个人精神世界里的始终不渝、不可动摇的东西。”他说：“这些价值理念是永恒的价值，不仅属于过去，也属于现在和未来，不仅属于中国人，也属于外国人，是人类的共同价值。”

这些年，刘梦溪写了很多文章，包括学术演讲，反复阐释“六经”中的这些价值论理。《敬义论》《立诚篇》《论和同》《修身从“知耻”开始》，是其中的代表论著。《敬义论》三万言，以特稿方式发表在《北京大学学报》二〇一六年第三期。《立诚篇》一万二千字，刊于二〇一六年九月二日《中国文化报》。《论和同》两万字，发表在《文史哲》二〇一六年第三期。“君子进德修业。忠信，所以进德也；修辞立其诚，所以居业也。”刘梦溪说，《易经》中的这两句话，“可以概括人生志业的全部要义。盖匆促人生，无非‘进德修业’四字”。

本文原题为《刘梦溪：沉潜学术，传承典范》
载于《中华英才》二〇一七年第一期